中公文庫

ルームメイト

今邑　彩

中央公論新社

目次

ルームメイト

モノローグ1

シャワーを浴びて戻ってくると、マリは、まだ裸のまま、ベッドにねそべって、写真のようなものを見ていた。

「何、見てるんだ」

俺はタオルで濡れた髪を拭きながら、ベッドの端に腰掛けて、何げなく尋ねた。

「こいつよ」

マリは手についた糞でも払うような手つきで、持っていたものをベッドの上に放り出した。

「この前話した豚野郎は」

口を歪めて言う。

俺は写真をつまみあげた。黄ばんだ歯を剝き出して笑っている五十年配の男の上半身が写っていた。日本人ではなかった。シャツのはだけた胸元からは、胸糞の悪い金色の胸毛がのぞいている。

なるほど、豚野郎にふさわしい顔をしている。俺は心の中でそう呟いた。いや、豚野郎などと言ったら、本物の豚に対して失礼かもしれない。豚は愛すべき清潔な生き物である。俺が愛読していた動物の本にはそう書いてあった。

先週会ったときマリが話してくれた、こいつにまつわる昔話は、今思い出しても吐き気がしそうだ。

「あれ、本気で言ったの?」

マリは、怠惰な猫のようにゆっくりと身を起こすと、大きく伸びをして、あぐらをかいた。あぐらをかくと、脚の間のものが丸見えになったが、彼女は全然気にしなかった。

「あれって?」

俺は写真から目をあげた。

「こいつが目の前にいたら、殺してやるって、あんた、そう言ったじゃない」

マリの目が妖しく光った。

「本気だよ」

俺は答えた。むろん、本気だった。今だって、手の中にある写真を真っぷたつに引き裂きたい衝動をなんとか抑えていた。

「だったら、殺してよ」

マリは低い声で言った。

俺はマリの目を見た。口元は薄笑いを浮かべていたが、目は笑っていなかった。突き刺すように鋭く、俺の目を見据えていた。その鋭い目の奥に、俺は六歳の少女の目を見たような気がした。マリの中にずっと住み続けている、脅え、怒りに燃える目。いまだに癒されることのない子供の目だ。

「殺してよ」

マリはもう一度言った。

「こいつをズタズタに切り裂いて」

「いいよ」

俺はためらわなかった。マリの目を真っすぐ見ながら頷いた。マリの怒りは俺の怒り。マリの苦しみは俺の苦しみだった。

「本当はあたしが自分でやりたいんだ。何もできないサミーのために」

マリは悔しそうに呟いた。おまえがやることはない。俺はそう言いたかった。おまえの奇麗な白い指を、こんな豚野郎の薄汚れた血で汚すことはない。そう言ってやりたかった。でも、俺は違う言葉を口に出していた。

「どうやってやればいい？」

「あたし、考えたのよ」

マリは唇をなめながら続けた。声がいつもの呑気な感じに戻っていた。

「こいつ、あたしとやりたがってるんだよ。だから、とうとう落ちた振りをして、こいつにホテルの一室を取らせるわ」

マリは自分の計画を話した。

「……そこへ俺が行くってわけ？」

マリの話を聞き終わって、俺は尋ねた。

「そうよ。こうすれば、あたしにはアリバイができるし、あたしとあんたの関係を知っている者はいないから、誰もあんたの仕業だなんて思わない」

「わかった」

「やってくれる？」

マリは俺の名前を呼んだ。そして、四つん這いで俺のそばまで擦り寄ってくると、俺の目をのぞき込んだ。

「やる」

俺は彼女の首に手を回し、彼女の顔を引き寄せながら、きっぱりと答えた。

やつが入ってきた。

俺はホテルのロビーのソファに陣取り、広げた新聞の縁から、写真の男が、フロントに近づいて行くのを目で追った。

フロントからは離れているので、話し声までは聞こえない。でも、男が、フロントマンの差し出すカードに、身をかがめて何か書き込んでいる姿はよく見える。

男はフロントの手続きを終えると、ステップでも踏むような浮き浮きした足取りで、エレベーターの方に歩いて行った。あの足取りからすると、野郎の頭の中は、これからはじまるお楽しみのことでピンク色になっていやがるんだろう。

俺は新聞を畳むと、さりげなく立ち上がった。ぶらぶらとした足取りで、エレベーターが降りてくるのを待っている男の背後に近づいた。エレベーターが降りてきた。ドアが開く。男と一緒に俺も乗り込んだ。男は、すぐに七階のボタンを押した。俺も怪しまれないために、九階のボタンを押した。そして、男から顔をそむけて、壁を見つめて立った。男は鼻歌を歌っていた。自分の頭の中で繰り広げられる、いやらしい妄想に酔って、俺のことなんか目に入らないみたいだった。

エレベーターが七階に着くと、男はそそくさと降りて行った。俺は、少し待ってから、男の跡をつけた。男はある部屋の前まで来ると、手にしたカードキーをドアに差し込んだ。俺はそれを横目で見ながら、男の部屋を通り過ぎた。ドアの閉まった部屋の番号を頭の中にたたき込むと、エレベーターまで戻って、一階のロビーに降りた。今、押し入るのはまずい。少し時間を潰すつもりだった。男は、おそらく、部屋に入って、すぐにシャワーを浴びるだろう。男のシャツは、腋の下と背中に大きな汗の染みができていた。あれを脱いで、備え付けのバスローブか浴衣に着替えるはずだ。そんな無防備な姿になるまで待つつもりだった。それに俺がマリからの使いであるような振りをするには、それなりの時間が必要だった。すぐに行ったら怪しまれる。どうせ、あいつは、マリが来るまで、どこへも出掛けず、鼻の下を伸ばしきって、待っていやがるだろう。

一時間ほど、また新聞を広げて暇を潰してから、俺は再びエレベーターで七階まで行った。さっき頭にたたき込んだ部屋番号の前まで来ると、軽くノックした。

マリが来たと思ったらしい。ドアがすぐに中から開いた。にやけた笑みを浮かべた男の顔が、俺を見ると、あてがはずれたようなポカンとした表情になった。

「パーカーさんですね」

俺は囁くような声で言った。なるべく声を他の客に聞かせたくなかった。

「誰だ、きみは」

男は流暢な日本語を使った。白いバスローブに着替えていた。はだけた胸からのぞく胸毛がまだ濡れている。俺のことを覚えていないみたいだった。

「彼女から頼まれたんです。ちょっと、いいですか」

俺はそう言いながら、半ば強引に中に入ると、ドアを素早く閉めた。

「マリはどうした？　来ないのか」

がっかりしたような口調で、男は言った。

「さっき、携帯に電話がかかってきて、部屋の番号を言ったら、すぐに来るって言ってたぞ」

「いや、来ますよ。ただ、あのあと、抜けられない用事ができちゃって、それで少し遅れるかもしれないって」

俺は微笑を浮かべてそう言ってやった。

俺の返事を聞くと、男はちょっと安心したような顔になった。

俺は喉のあたりを押さえて言った。

「あの、その前に水を一杯貰えませんか。急いで来たんで、喉、渇いちゃって」

男はシラケたような顔になると、俺に背中を向けて、洗面所の方に行こうとした。

今だ。俺は、手にさげていた紙袋から、スパナを取り出すと、それで男の後頭部を一撃した。男はぐっと呻いて、頭を両手で押さえるようなしぐさをすると、床に倒れ込んだ。俺は紙袋から手袋を取り出して着けた。気絶した男のそばに寄ると、紙袋から粘着テープを出して、それで、男の両手両足を縛りあげた。最後に、男の口にもテープを貼った。

ここまでやって、ようやく、一息つくと、俺は部屋の中を見回した。ベージュ色のカヴァーを掛けた二つのベッドが並んでいる。ベッドの一つには、男のシャツとズボンがだらしなく脱ぎ捨ててあった。スイートではなさそうだ。いわゆるデラックスツインとでも呼ばれている部屋だろうか。

サイドテーブルには、まだ開けていない缶ビールが置いてあった。それを見ると、俺は本当に喉の渇きをおぼえた。テーブルの上の缶ビールをつかむと、プルトップを引き抜いて、半分ほど一気に喉に流し込んだ。少しむせて咳きこんでいると、床の上に転がった男が低く呻いて身じろぎした。意識を取り戻したらしい。

俺はリモコンでテレビのスイッチを入れた。歌番組をやっていた。ちょうどいい。少し音を大きくした。

床に転がった男は、呻きながら、しばらくじたばたしていたが、呆然としたような顔を俺の方に振り向けた。薄青いビー玉みたいな目が、飛び出さんばかりに見開かれていた。

俺は、そんな男を見下ろしながら、缶ビールの残りを飲み干すと、空き缶を片手で握り潰した。それから、ゆっくりと、落ちていた紙袋を拾いあげ、中から、ナイフを取り出した。

ナイフもスパナもマリが調達したものだった。

男の目が本当に飛び出しそうになった。暴れたせいで、バスローブの紐が解け、前がだらしなく開いていた。男は下に何も着けていなかった。気の早い野郎だ。だぶついた腹が大きく上下している。その動きにつれて、白ちゃけた陰毛にくるまれた赤黒く縮こまったものがブルブルと震えている。

滑稽で猥雑な眺めだった。

俺はマリから聞いた話をした。男の目が次第に霞がかかったようになっていった。

「この話は本当のことか」

俺は、ナイフを男の飛び出した喉仏に突き付けた。別に男から返事が聞きたいわけではなかった。俺はマリの話を小指の先ほども疑ってはいなかったからだ。マリがやったと言えば、やったのだ。それだけで充分だった。

ただ、俺がそんなことを聞いたのは、男から否定の返事を貰いたかったからだ。否定されれば、ナイフの使い道ができる。ようするに、この豚野郎のだぶついた腹にナイフを根元まで深々と突き刺すためのきっかけを作ろうと思ったにすぎなかった。

案の定、男は激しくかぶりを振った。乱れた乏しい金髪が、男の禿げあがった額に散った。

「頷くだけでいい。やったと言え」

俺はナイフの切っ先で、男の胸から腹にかけて、一筋の線を一気に引いた。それほど深くはない。それでも、すぐに血の玉が噴き出た。

男はそれでもかぶりを振る。

「やったと言えば、命だけは助けてやる」

俺はそう言いながら、男の両乳首を再びナイフの線でゆっくりと結んだ。男の身体に血の十字架が浮かび上がった。

男はふさがれた口でもぐもぐ言った。

「頷くだけでいいんだ。白状しろよ」

男は今度はかぶりを振らなかった。しかし、頷きもしない。霞んだような目でじっと俺を見ている。何か思案しているようだった。

「やったんだろう。え、おまえがやったんだろう」

今度は斜めに線を入れた。二本入れると、十字架が、米という字に変わった。

「マリはおまえが手を油だらけにしてガレージから出てきたところを見たと言ってるんだ。マリはおまえのことをちゃんと覚えていたんだよ」

俺はそう言いながら、男の身体に切りつけた。

男の身体に刻まれた米という字は、もはやグチャグチャになってしまって、いかなる文字、記号にも似ていなかった。

「おまえ、サミーが親に話したと思ったんだろう？　おまえがサミーにしたことを。

だから、あんなことをしたんだろ」

　俺は男の剝き出しの薄汚い膚をなおも少しずつ切り刻みながら言った。

「サミーは誰にも話しちゃいなかったんだよ。それを早とちりしやがって。だけどな、マリはおまえを許すって言ってるんだよ。忘れるって言ってるんだ。もし、おまえが罪を認めて、心の底から謝罪するならば」

　男の目に恐怖以外の色が浮かんだ。

「だから、認めろよ。頷きさえしたら、俺はこの部屋から黙って出て行ってやるよ」

　男がもぐもぐと何か言った。俺には、「それは本当か」と聞いたように思えた。

「ウソじゃねえよ。だから、頷け。一度でいいから、頷けよ。そうすればすべては終わるんだ。やったんだな？」

　とうとう、男の首がゆっくりと縦に振られた。

　俺は心の中で凱歌をあげた。これで心おきなくやれる。

「やったんだな？　おまえがやったんだな」

　俺が念を押すと、男はうんうんとせわしなく何度も頷いた。

「おまえは正真正銘の豚野郎だよ……」

　俺は男の耳に口をあてて囁くと、立ち上がり、紙袋の中から、黄色い安物のレインコートを取り出した。フードの付いた携帯用のやつだ。そして、それをTシャツの上からすっぽり羽織った。

男はそんな俺の様子を、ポカンとした表情で見つめていた。

「なんでこんな物を着るのか不思議そうだな。教えてやろうか」

俺はボタンを全部はめてから、ナイフを拾いあげた。

「豚野郎の血で服を汚したくないからさ」

男の目がまなじりが裂けそうなほど見開かれた。ふさがれた口で何かわめいた。こめかみの血管が今にもぶち切れそうに膨れ上がっている。

異臭が漂った。なんて野郎だ。恐怖のあまり失禁したらしい。

俺は、両手で柄を握ると、それを、男の激しく上下する腹のど真ん中に力一杯突き立てた。

生温かいものが顔に飛び、口や目の中にも飛び込んだ。鉄サビの匂いと味で頭がくらくらした。なぜか、それは懐かしい味がした。あとはよくおぼえていない。同じことを何度も機械的に繰り返したような気がする。はっと気づいたときには、俺の両手は血でぬるぬるになり、男はまさに解体された豚肉の塊みたいになっていた。

俺は肩で息をしながら、薄青い目を宙に据えたまま、まだピクピクしている男の身体を見下ろしていた。

大の字に開いた脚の間から、例の赤黒くしょぼくれたものが、醜いオブジェのように垂れさがっている。

こいつがサミーを苦しめたのか。こんな情けないものが。俺はそれを見ているうちに、吐きそうなほど、胸がむかついてきた。

ジーンズに血がつかないようにかがみこむと、死体の脚の間のものをつかんで引っ張り出し、ナイフの刃を根元にあてて、それを一気にかき切った。

すると、まだこんなに残っていたのかと、びっくりするような大量の血が切り口から迸り出た。

第一部

1

七月十九日。朝、起きると、西村麗子《にしむられいこ》はすでに起きていて、ダイニングルームで、テレビのモーニングショーか何かを観ながら、トーストを齧っていた。

「おはよう」

萩尾春海《はぎおはるみ》は生あくびをかみ殺しながら声をかけた。空はどんよりと曇って、今にも雨が降り出しそうな天気だった。昨夜は頭痛がしたので、早めに床に入ったのに、十分寝たという感じがしなかった。生理になる前はいつもこうだ。

「食べる?」

麗子はそう言い、齧りかけのトーストを皿に置くと立ち上がりかけた。

「いい。自分でやるから」

春海はそう言って、食パンを二切れ取り出すと、それをトースターにセットした。それから、冷蔵庫からオレンジジュースのペットボトルを取り出した。

「……殺されていたのは、池袋で英会話スクールを経営しているロバート・パーカーさん、五十六歳で、パーカーさんは……」

興奮した男の声に、ちらと見ると、テレビの画面には、マイクを握り締めたリポーターらしき男が映っていた。

男性リポーターは高層の建物を背景にしゃべっている。

どうやら、三、四日前に新宿のシティホテルで起こったという殺人事件のことをやっているらしい、と春海は眉をしかめながら思った。

新聞の報道によれば、殺されたのは白人の中年男性で、粘着テープで手足を縛りあげられ、ナイフで全身を切り刻まれたあげく、生殖器を切り取られていたという、いかにも、テレビのモーニングショーやワイドショーが飛びつきそうな猟奇的な事件だった。

テレビの画面が変わって、どうやら録画らしい、床に生々しい血だまりの跡が残っている現場の様子が映し出された瞬間、春海は眠気も食欲もふっとんでしまった。朝っぱらから、それも食事をしながら観るような番組ではなかった。

チャンネル替えたいな、と思いながら、それとなく麗子の方を見ると、彼女はまばたき一つしないで、食い入るように画面を見つめている。

どういう神経してるんだろう。

真っ赤なイチゴジャムを塗りたくったトーストをほお張りながら、血まみれの現場を平然と見つめている麗子を見て、春海は啞然とした。

それにしても……。

麗子の方を見るともなく見ながら、春海は思った。

変わったな、この人。まるで別人みたいだ。

出会ったときの麗子は、見るからに良家の箱入り娘といった感じの、もっと生真面目そうな雰囲気があった。黒縁の眼鏡をかけ、仕立ては良いが、地味な色あいのスーツを着ていた。

ところが、一緒に暮らしはじめて、一カ月もしないうちに、彼女はガラリと変わった。少しずつ変わっていったというのではなく、ある日を境に豹変したという感じだった。まず身につけるものが派手になった。前は紺とか白とかベージュとか抑えた色を好んでいたように見えたのに、突然、赤や黄色の原色ばかり着るようになった。しかも、かなり肌の露出度の高いものを。同性の春海でさえ、時々、目のやり場に困ることがあった。

コンタクトにしたのか、いつのまにか、眼鏡もかけなくなっていた。東京暮らしに慣れるにつれて垢抜けてきたというには、あまりにも突然の変化だった。

しかも、変わったのは、見かけだけではなかった。食べ物や音楽の好みも変わったみたいだった。はじめの頃は、寿司の光り物が駄目と言って、全く手を出さなかったのに、今では平気でパクついている。アルコールもまるで駄目と言っていたのに、今では、朝から缶ビールを開けるようになった。タバコも吸っているようだ。

時折、私室の中から聞こえてくる音楽は、はじめは静かなクラシック風のものが多かったのに、いつのまにか、ロック風のビートの激しいものになっていた。

何があったんだろう……。

春海は、ルームメイトのこの目を見張るような変化にとまどい、理由を知りたいと思っていたが、二人で作ったルールの中には、互いのプライバシーを何よりも重んじ、干渉し合わないこと、というのが、最優先の項目としてあった。

だから、いまだに、その理由を聞き出せないでいる。たぶん、アルバイトか何かやっているのだろう。いつだったか、ダイニングテーブルの上に、銀座のクラブのマッチが置いてあった。そんな所へ遊びに行ったとは思えないから、おそらく、そこで働いているのではないかという気がした。その証拠に、帰りはいつも春海が寝たあとのようだし、外泊してくることも多くなった。最近では、一週間に一度くらいしか顔を合わせることがないくらいだ。

しかし、生活ぶりが変わったからといっても、麗子は、二人で作ったルールだけはきちんと守っていたから、春海としては文句は言えなかった。

例の猟奇殺人の報道が終わって、何とかというスターの離婚騒動のことにモーニングショーの話題が移ると、麗子は、興味をなくしたように、リモコンを取り上げて、さっさとチャンネルを替えてしまった。

2

春海が西村麗子とはじめて会ったのは、三月の半ば、ある不動産屋の店内だった。東京の大学に入学が決まって、新しい下宿先を見つけようと、一人で大学近くの不動産屋をあたっていたときだった。条件の合う物件がなかなか見つからず、春海は苛立っていた。

そんなとき、最後に足を運んだ不動産屋に、西村麗子が先客としていたのだ。もっとも、店の中では話はしなかった。ただ、たまたま、麗子と不動産屋の社員との会話が、聞くともなく耳に入ってきたのだ。

最初に耳に飛び込んできたのは、「これだけ？　他にもっとないんですか」という、苛立ったような細い声だった。

何げなく声の方を見ると、黒縁の眼鏡をかけた小柄で華奢な若い女性が、食い下がるような顔つきで、目の前の男性社員を見ていた。若い女性は、リクルートスーツめいた地味な紺色のスーツを着て、膝に置いた、シャネルのバッグをきつく握り締めていた。

「ええ、今のところ、これだけなんですよ……」

中年の男性社員は、目の前の客をいささかもてあましたような表情で見ながらそう答えた。

どうやら、聞くともなく聞いた話では、この若い女性も地方から出てきて、新しい下宿先を探している学生のようだった。彼女も下宿先がなかなか決まらずに苛立っているように見えた。思わず、春海は同類相憐れむという目で彼女の方を見た。

結局、その不動産屋にも、これはと思う物件を見つけることができず、春海は少し憂鬱な気分で表に出た。今泊まっているビジネス・ホテルは、明日の朝にはチェックアウトしなければならない。あと一日で決めなければならないのだ。そう考えると、焦りにも似た感情が春海を支配しはじめていた。

それでもなんとか気力を振り絞って、次の不動産屋をあたろうと、踏み出しかけたとき、背後から呼び止められた。

振り向くと、さきほどの眼鏡の女性が立っていた。

「あの、失礼ですけど、あなたも学生？」

彼女は関西風のアクセントでそう尋ねてきた。春海がそうだと答えると、西村麗子と名乗る女性は、自分も京都から出てきて、今年J大学の英文科に入ることになったのだけれど、下宿先がいまだに決まらないで困っていると告白した。

春海が彼女の会話を聞くともなく聞いていたように、彼女の方でも、春海と不動産屋の社員との会話を聞いていたらしい。

似たような境遇に置かれた若い女性同士が意気投合するのに、さほど時間はかからなかった。しかも、おあつらえむきに、二人が立ち話をしていた道路の向かいには洒落た装いの喫茶店があった。

「あそこでお茶でも飲まへん？」

西村麗子にそう誘われたとき、朝からの不動産屋巡りでくたくたになっていた春海は、このへんでコーヒーでも飲んでリフレッシュするのも悪くないと思った。

喫茶店に入ると、西村麗子は、問わずがたりに自分のことを話しはじめた。実家は、円山公園の近くで、古くから京料理の店をやっていること。父親は一人娘の彼女が東京に出るのは反対だったらしいのだが、麗子としては、どうしても一度は東京に出てみたかったこと、一人暮らしというものを経験してみたかったこともあって、家から通える大学には行きたくなかったこと……。

春海には麗子の気持ちが痛いほど分かった。春海にしても、実家のある愛知県の津島市から通える名古屋の大学を選ばずに、わざわざ東京の大学を選んだのは、学部がどうこうということではなくて、麗子と全く同じ動機だったからだ。

「でもね、東京の大学を選んだ本当の理由は、彼がいるからなの……」

麗子は打ち明け話でもするような口調でそう続けた。彼女には、高校一年のときから付き合っている一つ年上のボーイフレンドがいて、その彼が昨年、Ｊ大学に入学したのだということ。どうやら、東京に出て一人暮らしをしたいという願望の底には、このボーイフレンドの存在があったらしい。

互いのことを夢中でしゃべりあっているうちに、一時間があっという間にすぎてしまった。麗子がある提案をしたのは、春海がそろそろおみこしをあげようかと、ちらちらと腕時計を見はじめた頃だった。

「ねえ、一緒に住まへん？」

彼女はいきなりそう言った。春海は面食らって聞き返した。

「一緒に住むって？」

ルームメイトになるのよ、と彼女は勢いこんで言った。

ルームメイト……。

その言葉は、春海の耳に妙に新鮮に響いた。

麗子の提案というのはこうだった。麗子があたった物件の中で、掘り出し物と不動産屋が太鼓判を捺した物件があるのだという。二ＬＤＫのマンションで、六畳の洋間が二ついている。築六年だが、外見も部屋の中も、新築と言っても通るくらいに奇麗で洒落ているのだという。部屋は両方とも南に面していて日当たりも抜群だし、三階だから、見晴らしもわりとよく、防犯的にもちょうどいい。最寄りの駅やスーパーも近く、周りの環境はまずまずだ。

不動産屋の案内で、見に行ったときには、麗子はこの物件が一目で気に入ったのだという。ただ、いいことずくめの中で一つだけ決定的な弱点があった。家賃である。管理費こみで月十三万だというのだ。これが痛い。不動産屋の話では、間取りや立地条件から考えたら、むしろ安いくらいなのだそうだが、月々の家賃は七、八万で抑えたいと思っている彼女には、やはり手が出しかねた。

結局、涙を飲んであきらめざるをえなかったのだが、もし、誰かと一緒に借りることができれば、家賃を折半にすることができる。そうすれば、月六万五千円で、理想的な下宿先を手に入れることができるというのだ。

春海は麗子の話をやや押され気味に聞きながら、それでも、心のどこかで、彼女の提案に動かされるものを感じていた。

むろん、ほんの一時間ばかり前に会ったばかりの見ず知らずの人間と、同じ屋根の下に住むというのは、どちらかといえば、引っ込み思案で、人見知りの強い性格の春海にしては、気のすすまないことだった。

迷っていると、麗子は、とにかく物件を自分の目で見てきてよ、としきりに勧めた。自分の目で見たら、きっと、あなたも気に入るから、と言った。

その強い口調に押されて、とりあえず、物件を見るだけならという軽い気持ちで、春海は麗子の教えてくれた不動産屋を訪ねることにした。麗子は喫茶店で待っているという。

不動産屋の案内で、その物件を見に行った春海は、麗子の話が誇張でも何でもないことを実感した。たしかに、それは、不動産屋が掘り出し物と言うだけのことはある物件だった。春海が今まで見た中では別格に良い物件だった。内装も洒落ていて、春海がテレビのトレンディードラマで見てひそかに憧れていたタイプにかなり近かった。

この段階で、春海の気持ちはかなり揺れ動いていた。とりあえず、物件を見るだけという気持ちが、ここに住めたらなあという強い願望に変わっていた。そして、この願望が、赤の他人と一緒に住むことへの抵抗感をかなり薄めてしまった。

西村麗子という女性がどんな性癖の持ち主か分からないが、そんなに非常識なことをするようなタイプには見えなかった。いかにも、古都の料理屋の娘というイメージが外見からもしたし、何よりも、麗子との出会いを、何か運命的なものに感じはじめていた。「あたしたち、なんだか気が合いそう」と麗子が言ったように、春海は、西村麗子という若い女性に、初対面から、何かうまが合うものを感じていた。

それに、早く下宿先を決めなければという気持ちの焦りと肉体的な疲労が、ここらで手を打ってしまいたいという気にもさせていた。

こんな成り行きで、春海は、西村麗子との同居生活を決心した。そのことを喫茶店に戻って、麗子に話すと、彼女は喜んで、それならば、すぐに契約をしようと言い出した。掘り出し物だから、ぐずぐずしていると、すぐに借り手がついてしまうかもしれないと言うのである。しかも、麗子が言い出したのは、それだけではなかった。

麗子を春海の妹ということにして、部屋を借りたらどうかと言い出したのだ。これには、春海はやや面食らった。何もそんなウソをつかなくても、と思ったからだ。しかし、麗子は、赤の他人同士で部屋を借りるとなると、不動産屋や大家が不審に思うのではないかと言うのだ。姉妹ということにしておけば、彼らも安心するだろう、と言うのである。春海はこの提案になんとなく納得のいかないものを感じたが、そんなものかなとも思った。

この段階で、西村麗子という女のことをもっと疑ってかかるべきだったかもしれない、と春海は後になって思ったが、このときはそんな心の余裕はなかった。

とにかく、春海はそのマンションを借りる手続きを取ることにした。ただ、そこではじめて、すぐに契約というわけにはいかず、保証人の印鑑証明書と契約同意書へのサインと捺印、さらに、敷金として二カ月分の家賃が必要だと言われた。

麗子に相談すると、保証人に関しては春海に任せるが、敷金に関しては自分が負担すると言い出した。どうせ敷金は一種の保証金で、退去時には戻ってくるはずだからと言うのである。

敷金を負担すると自分から言い出した麗子に、春海は信頼できる人物という印象をもった。ただ、問題は、保証人のことだった。春海は母の喜恵に保証人になって貰うつもりでいたが、それには、不動産屋から手渡された書類を持って一度家に帰り、出直してこなければならないようだった。そのことを言うと、麗子は、あとの手続きなら、自分がしてもよいと言い出した。

麗子の話では、彼女の両親は、彼女が二つのときに離婚しており、実母とは別れて暮らしていたのだが、その実母の住まいが東京にあるので、今、そこに厄介になっている。だから、その住所あてに必要な書類を送ってくれたなら、あとは自分がすると言うのである。

こうして契約は成立し、二人は同じマンションで暮らしはじめたのである……。

3

七月十九日。金曜日の夜だった。

エレベーターを降りて部屋の前まで来た松下貴弘は、「おや」というように目を剝いた。帰りの新幹線の中で飲んだビールのほろ酔い気分がいっぺんで醒めてしまった。ドアの新聞受けに新聞が差し込まれたままになっていたからだ。それも四、五日分はありそうだった。

由紀はどこかに出掛けているのだろうか。

松下は、新聞の束を苦労して抜き取りながら思った。見ると、七月十五日の朝刊からたまっていた。七月十四日の夜、単身赴任先の盛岡に戻る松下を見送ったあとで、妻はどこかへ出掛けたらしい。

しかたなく、ポケットから合鍵を取り出すと、それでドアを開けた。廊下の奥のガラス戸を開け、暗いリビングルームに入ると、赤く点滅している留守電のボタンがまず目についた。松下は電気をつけてから、留守ボタンを押した。

「由紀です。少し帰りが遅くなりますけど、心配しないでください」

由紀の声でそんなメッセージが入っていた。

メッセージの最後に「七月十九日、午前九時三分」という合成音が入っていた。

どこへ行ったんだ……。

松下はワイシャツを脱ぎながら怪訝そうに眉をひそめた。メッセージは今朝がた出先からかけてきたものらしい。この前会ったとき、旅行に出るなどということは全く言っていなかった。

不審に思いながらも、由紀のメッセージがあったことで、松下は少し安心して、シャワーを浴びに浴室に行った。

由紀が帰ってきたのは、松下が浴室から出て、テレビを見ながら、二本めの缶ビールを開けたときだった。

「遅くなってごめんなさい」

リビングに入ってくるなり、由紀はそう言った。いつも和服を好んで身につけている妻が、珍しく洋装で、しかも真っ赤なワンピースなど着ていたので、松下は他人でも見るような気がした。

「どこへ行ってたんだ」

松下はやや不機嫌な表情で尋ねながら、妙だなと思った。五日間も家を空けていたわりには、由紀は身軽な装いをしていた。ハンドバッグ一つ持っているだけである。

「きみ、その格好で出掛けたのか」

そう尋ねると、由紀は、「えっ」と言った。

「五日も家空けてたんだろう。その格好で行ったのか」

「あ、いえ……」

由紀はうろたえたような顔をした。

「どこへ行ってたんだよ」

もう一度聞くと、「あの、綾部に……」と、由紀は消え入りそうな声で答えた。

「綾部って――」

京都の綾部には、由紀の祖父母が住んでいるはずだ。両親を早くに亡くした由紀にとっては唯一の肉親だった。松下は一度も会ったことはないが、由紀からそう聞いていた。

由紀は、祖父が倒れたと電話で祖母から聞いて、取るものも取り敢えず駆けつけたのだと説明した。

それを聞いて、松下は納得した。祖父母の家は由紀が育ったところだから、家に帰れば着替えくらいはあるのだろう。だから何も持って行く必要がなかったのだ。

ただ、由紀から聞いた話では、ある事情があって、祖父から勘当を言い渡されていたということだったが、祖母から連絡がきたところを見ると、どうやら勘当は解けたらしい、と松下は思った。

「で、おじいさんの具合は？」

そう聞くと、由紀はようやく笑顔を見せて、「もう大丈夫みたいやわ。軽い脳貧血だったみたい」と答えた。

そして、話題を変えるように、「おなかすいてない？　何か軽いものを作るわ」と言った。

4

七月二十五日の深夜だった。ブーンという低いモーター音が耳について中島淳子はなかなか眠りにつけなかった。さきほどから寝返りばかりうっていた。

隣の部屋のエアコンの室外機が作動している音らしい。それが、ベランダ越しに、開け放した窓から聞こえてくるのである。昼間はそんなに気にならないのだが、深夜、マンションの住人たちが寝静まって、あたりが静かになると、妙にその音が耳につく。

今夜はそんなに暑くないのに、どうして隣ではエアコンをつけているのだろう。また寝返りをうちながら、淳子は不思議に思った。それに、奇妙なのはそれだけじゃない。どうも隣は留守らしいのだ。二、三日前からドアの新聞受けには新聞が差し込まれたままになっていた。それなのに、エアコンの室外機の音がする。エアコンを消し忘れて出掛けてしまったのだろうか。淳子はふとそう思った。

隣の住人とはほとんど付き合いがない。二年前に、夫と共にこのマンションに引っ越してきたときに、タオルを持って挨拶に行ったきり、口ひとつきくことがなかった。

会社勤めをしている独身女性の一人住まいらしいということしか分からなかった。表札には〝青柳麻美〟と出ている。

それでも、隣は何をする人ぞとばかり、隣人に対して好奇心のようなものがないわけではなかった。またそんな好奇心を起こさせるほど、隣人の行動はやや謎めいていた。会社勤めをしているわりには、時々、休日でもない日に、昼間顔を合わせることがあった。そのときの印象は、地味でおとなしそうな女性という感じで、顔が合うと、むこうから挨拶をしてきたが、夜になると、別人のような濃い化粧に派手な格好をして出て行く。すれ違っても挨拶もしない。会社勤めというのは表向きで、本当は夜の仕事についているのではないかと、淳子は密かに思っていた。

しかも奇妙なのは、週末には必ず留守にするということだった。新聞受けに新聞がたまっているのですぐ分かった。それが月曜の朝になるとなくなっている。どうやら、別のところにもう一つ住まいがあって、週末はそこで過ごし、日曜の夜あたりにこちらに帰ってくるという生活をしているようだ。

ただ、今年の四月になって、それまでは見かけることがあった木曜も朝から留守のことが多くなった。ようするに、週の半分はいないようだった。

淳子はとうとう起き上がると、ベランダ側の窓を閉めに行った。サッシの窓を閉めると、モーター音はかなり聞こえにくくなった。少し寝苦しいが、我慢できないほどではない。

モーター音が気にならなくなると、そのうち、瞼が重くなってきた。

5

七月二十六日の夜。

部屋の前で、松下貴弘は、愕然とした表情で、「またか」と呟いていた。先週と同じように、ドアの新聞受けには数日分の新聞が差し込まれたままになっていたからだ。由紀はまたどこかに出掛けたのだろうか。

どういうことなんだ、これは……。

先週も、金曜の夜、盛岡から帰ってくると、こんな風に新聞がたまっていて、妻の由紀は留守だった。あのときは、祖父が倒れたので郷里に帰っていたと言っていたが、まさか、今度もそうだというのではあるまい。祖父の容体はたいしたことがなかったと、由紀の口から聞いていた。としたら、今度はどこへ行ったというのだろう。抜きとった新聞を調べてみると、やはり前と同じように、月曜、つまり二十二日の朝刊からたまっていた。

松下はポケットから合鍵を取り出すと、それでドアを開けた。玄関に入って、すぐに壁の照明スイッチをつけると、傘立てに鮮やかな紫色の傘があるのに気が付いた。由紀のものらしい。

リビングに入ると、松下の目はすぐに留守電にいった。また由紀からのメッセージが入っているかもしれないと思ったからである。しかし、今度は、留守ボタンは点滅していなかった。何か書き置きの類いはないかと部屋中を探したが、何もなかった。

松下は、とりあえずシャワーを浴びようと、ワイシャツを脱ぎながら、ふいに言い知れぬ不安に襲われた。

変だ……。

二週も続けて外泊するというのはどう考えてもおかしい。万が一、祖父の容体が急変して、また駆けつけたのだとしても、それならそれで、何らかのメッセージを残して行くはずではないか。

まさか……。

嫌な想像が松下の胸を締め付けた。

由紀は出て行ったのではないか。ふとそう思ったのだ。ある日、家に帰ると由紀がいなくなっている。そんな不安を、由紀と暮らして三年、松下はいつも心の底に持ち続けていたような気がする。だから、早く籍を入れて、由紀を正真正銘の妻にしてしまいたかった。それができなかったのは、由紀の側に事情があったからだ。

二年前、盛岡に転勤が決まったときも、本当は由紀も連れて行きたかった。しかし、会社では独身ということになっている松下は、転勤先の住まいとして、独身者用の寮をあてがわれてしまった。由紀の方も、この横浜で友人もできたので、盛岡にはあまり行きたくないと言った。それで、しかたなく、彼女を横浜に残し、週末だけ会いに帰るという形をとらざるを得なかったのだ。

松下は脱ぎかけたワイシャツをまた着直すと、タンスを開けてみた。由紀の衣類はなくなってはいなかった。押し入れの中を見てみると、スーツケースや旅行カバンも何ひとつなくなってはいなかった。

ということは、家出ではない。ほっとすると同時に妙だと感じた。二十二日の朝刊からたまっていたことから、由紀が家を出たのは、二十一日の夜からだと考えられた。松下が盛岡に戻るために家を出たのが、二十一日の午後七時頃だったから、由紀が出たのは、午後七時以降ということになる。もし、綾部に帰ったのではないとしたら、着替えを持って出たはずだ。旅行カバンが全部そろっているというのはかえっておかしい。

やはり、祖父の容体が急変して、綾部にまた帰ったのだろうか。そうとしか思えなくなった。きっと、一刻の猶予もならない事態になって、メッセージを書き残す暇もなかったのかもしれない。

それとも、まさか、あの男が？

松下の脳裏に、今なお由紀の戸籍上の夫である平田という男がよぎった。いや、そんなはずはない。由紀はあの男の顔も見たくないと言っていた。平田のもとに戻るはずがない。

やはり、考えられるのは実家しかない。

実家に電話をして確かめることができればいいのだが、あいにく、松下は由紀の実家の電話番号を聞かされてはいなかった。由紀の話では、由紀が祖父の猛反対を押し切って平田と駆け落ちしたとき、祖父から絶縁を申し渡されたと言うのである。由紀の祖父というのは、昔かたぎの人間なので、由紀が平田と籍を抜かないままに、別の男と同棲していると知ったら、烈火のごとく怒るのは目に見えている。だから、いずれ、平田と正式に別れ、祖父の怒りが解けたところで、松下を改めて新しい夫として祖父母に紹介したい、それまでは、祖父母に会うのは待って欲しいと言われていた。

結局、松下としては、由紀からの連絡を待つしかなかった。そして、その夜、まんじりともしないで、由紀からの連絡を待ったが、ついに電話はかかってこなかった。

翌朝、松下は、隣の主婦に聞いてみることを思いついた。隣の主婦は由紀と年齢が近いこともあって、何かと親しくしていると聞いたことがある。彼女なら何か知っているかもしれないと思ったのだ。

松下は部屋を出ると、隣室のインターホンを鳴らした。若い女性の声がすぐに答えた。

「隣の松下ですが、奥さんにちょっと伺いたいことがありまして」と言うと、すぐに声の主が出てきた。

「昨夜、盛岡から帰ってきたんですが、由紀がいないんです。どこへ行ったか知りませんか」と、恥を忍んで尋ねると、主婦は首をかしげて、「さあ」と言った。何も知らないようだ。松下はがっかりしながらも、礼を言って引きさがろうとすると、主婦は、「あのう……」と、言いにくそうな顔で言った。

「由紀さん、いつもお留守でしたよ……」

松下は、思わず「え」と問い返した。主婦の言っている意味が理解できなかった。

「いつも留守って?」

「ご存じなかったんですか。いつも新聞受けに新聞がたまってましたもの……」

主婦は悪いことを言ってしまったかなという表情で、それでもそう続けた。

「ど、どういう意味ですか、それは」

松下は詰めよった。

「月曜から木曜までいつも新聞がたまっていたんです。だから、てっきり、ご実家の方に帰られてるのか、ご主人の赴任先に一緒に行かれたのかと思っていたんですけど、わたし」

隣の主婦には、由紀とは内縁関係だということは伏せてあった。表札も、〃松下貴弘・由紀〃で出してある。

「い、いつからです、それは？」

「もう随分前からですよ。松下さんが単身赴任されてすぐですから……」

呆然としたまま部屋に帰ってきた松下は、糸の切れたマリオネットのように、ソファにすとんと腰をおろした。由紀が家を空けはじめたのは先週にはじまったことではなく、松下が単身赴任になってすぐだというのだ。ということは、由紀はこの二年間、日曜の夜、松下を送り出したあとで、どこかに出掛け、金曜の夕方、松下が盛岡から帰ってくる前に帰ってきて、たまった新聞を取り込み、何食わぬ顔でうちにずっといたような振りをしていたということになる。

そう言われてみれば、盛岡から夜電話をいれると、いつも留守番電話になっていた。そのことを言うと、由紀は、よく悪戯電話がかかってくるので、松下がいないときは留守電にしてあるのだと答えた。妙だなとは思いながらも、金曜の夜に帰れば、由紀がいつもと変わらぬ笑顔で迎えてくれるので、さほど気にはしていなかった。まさか、由紀が松下がいない間ずっと家を空けていたなんて夢にも思わなかった。

一体、どこで何をしていたというのだ……。

松下はリビングの棚に飾ってある妻の写真に向かって話しかけた。三年前、旅先の金沢ではじめて出会ったときに写したものだった。兼六公園の中で、和服を着た由紀がつつましい笑顔を見せて立っている。

リビングの電話が鳴ったのは、昼過ぎだった。ソファで頭を抱えていた松下は弾かれたように顔をあげた。

由紀だ。

直感的にそう思った。

飛びつくように受話器を取ると耳にあてた。

6

銀行の自動記帳機から吐き出されてきた通帳をもどかしげに取り上げた萩尾春海は、記帳内容にざっと目を通すと、憂い顔で小さく呟いた。

「まだ入ってない……」

麗子からの来月分の家賃がまだ振り込まれていなかった。今日は七月二十七日だ。二日も遅れている。

二人の取り決めでは、毎月二十五日までに、麗子は春海の口座に家賃の半額を振り込むことになっていた。麗子からの振り込みを確認したあとで、春海が自分の分を足して、大家の口座に家賃の全額を振り込む。これが、今のマンションを借りるとき、二人で話しあって決めたルールだったはずだ。そもそも、「お金のことでもめるのは嫌だから」と言って、こういう形にしようと言い出したのは、麗子の方だった。ここ三カ月の間は、このルールはきちんと守られてきた。

それなのに……。

春海は憂鬱な気分になった。契約書では、大家への家賃の振り込みは、前月の月末までにということになっている。もうそろそろ振り込まないとまずい。でも、ここで、家賃の全額を春海が負担するのは、かなりつらいものがある。母に無心するわけにはいかない。月十万の仕送りが、小さな洋裁店を細々と営んでいる母にできるぎりぎりの援助だということを、春海はよく分かっていた。いずれアルバイトをするつもりではいたけれど、今すぐというわけにはいかない。困ったな。どうしよう。

背後の人に促されて、慌てて、記帳機から離れると、重い足取りで銀行を出た。商店街を抜けて、マンションのある方向に歩きながら、春海は途方に暮れていた。

大学はすでに夏期休暇に入っていた。おそらく、旅行やアルバイトの計画で頭が一杯になって、麗子はつい家賃の振り込みのことなんか忘れてしまったのだろう。わざと忘れた振りをしているとは思いたくない。

まさか。

春海は思わず足をとめた。嫌な予感がした。この数日間、麗子の姿を全く見ていないことを思い出したのだ。最後に彼女と会って口をきいたのは、エート、と春海は思い出そうとした。確か、十九日の朝だったかしら。そうだ。十九日の朝だった。春海が起きると、麗子はすでに起きていて、モーニングショーを観ながら、トーストを齧っていた。モーニングショーでは、新宿のホテルで起きた猟奇殺人のことをやっていたっけ。

そう、あのときが、麗子と会って話した最後だった。あのあと、春海は大学へ出掛けてしまい、帰ってきたときには、麗子の姿はなかった。そういえば、あれ以来、彼女とは顔を合わせていない……。

たしか、あのとき、麗子に夏休みをどう過ごすつもりか何げなく尋ねたら、「海外旅行に行きたいんだけれど」と言っていた。まさか、海外旅行なんてことは……。

そう思いかけ、春海は自分で自分の思いつきをすぐに打ち消した。そんなはずはない。共同生活をはじめるときに、家賃のことだけでなく、他にも幾つかルールを作った。その中に、旅行などで不在にするときは、前以て、そのことを相手に知らせるというのもあったはずだ。もし、旅行に出たのだとしたら、その前に、一言断っていくはずではないか。

春海はボンヤリと考えこみながら、マンションに帰ってくると、三〇二号室の鍵を開けた。麗子が帰っている気配はなかった。ふと、玄関の片隅の傘立てを見た。紫色の傘がなかった。麗子の傘だった。いつも、ドアを開けるたびに、なぜか、鮮やかな紫の色が目についた。奇麗な色だなと思っていた。あたしもあんな色の傘を買おうかなと思ったこともある。その色が失われている。ということは、麗子はあの傘を持ったまま、どこかに出掛けて、それきり、戻らないということなのだろうか。

雨が降ったのはいつだったたっけ。

思い出そうとしたが、記憶が混乱していて、なかなか思い出せなかった。十九日だったっけ。そうだ。十九日だ。朝は曇り空だったが、午後から雨になったのだった。おそらく、麗子はあの日の朝か午後に出掛けて、それっきり、まだ帰ってはいないのだ。

春海は麗子の部屋のドアを見つめた。彼女の部屋に入ってみれば、何か分かるかもしれない。そう思ったが、実行はできなかった。麗子はおそらく部屋のドアに鍵は掛けていないだろう。六畳ほどの洋間には、春海の部屋同様、内鍵がついているだけのはずだ。だから、入ろうと思えば簡単に入れるのだが、春海にはできなかった。互いの部屋には、相手の許可なくして、絶対に入ってはならない。そう取り決めていた。春海はそれを一度も破ったことはなかった。

どうしようかな。彼女が戻ってくるまで待つしかないのだろうか。

春海はダイニングルームのテーブルの前に腰をおろすと、ため息をつきながら、そう思いかけたが、ふとひらめいたことがあった。

もしかしたら、東京にいるという麗子の実母に聞けば、彼女の居所が分かるかもしれない。あるいは、案外、彼女はそこにいるのかもしれない。そう思いついたのである。春海はすぐに立ち上がると、ダイニングルームを出て、自分の部屋に入った。電話機はそこにある。

プライバシーを守るために、電話回線は二本引いて貰って、それぞれの部屋に自分専用の電話機を置いていた。アドレス帳を開いて、それを見ながら、電話のプッシュボタンを押した。しかし、呼び出し音がむなしく響くだけで、誰も出ようとはしなかった。

麗子の母親は留守のようだった。そういえば、会社勤めをしていると言っていた。春海はそれを思い出して受話器を置いた。次に、京都の実家の方にかけてみようと思い立った。もしかすると、すでに帰省しているのかもしれない。そうも思ったからである。京都の実家に電話をかけるのははじめてだった。今まではそんな必要がなかったからだ。

こちらの方は、呼び出し音が数回鳴って、すぐに受話器が取られる気配がした。「西村でございますが」と柔らかな京風アクセントの女性の声がした。

「萩尾と申しますが、麗子さん、ご在宅でしょうか」とたずねると、相手は、「少々お待ちくださいー」と言って、保留ボタンを押したらしく、メロディーが流れてきた。

出たのは、お手伝いさんか、麗子の継母にあたる人ではないかと春海は推測した。それでも、内心、ほっとしていた。どうやら、麗子は実家に帰っていたらしい。やはり、家賃のことをうっかり忘れて、帰省してしまっていたのだろう。それならば、京都の銀行から振り込んで貰えばいい。春海はそう思った。

やがて、メロディーが途切れたかと思うと「もしもし、麗子ですけど」という若い女性の声がした。春海は一瞬、あれと思った。なんとなく麗子の声とは違うような気がしたからだ。

「萩尾です」

そう言うと、相手は、「はあ？」と聞き返した。

「東京の萩尾です。萩尾春海」

春海はそう繰り返した。しかし、そう言っても、相手は、誰のことか分からないとでもいうように、戸惑ったような声で、「東京の萩尾さん……？」などとつぶやいている。

「あのう、麗子さんでしょ？」

春海の方もなんとなく妙な気分になりながら、そう尋ねた。どうも、声の主はあの麗子ではないような気がしていた。

「そうですけど」

「西村麗子さんですよね」

「ええ」

「ちょっと言いにくいんですけれど、来月分の家賃がまだ振り込まれてないんです。すぐに振り込んで貰えませんか」

「家賃って――」

相手は面食らったような声を出した。何か変だ。春海は直感的にそう感じた。

「あなた、どなたですか」

麗子の声がやや尖った。

「どなたって、だから、東京の萩尾です」

「あたし、東京の萩尾さんなんて人、知りません」

ええっ。春海はびっくり仰天した。

「知らないって、ルームメイトの萩尾ですけど」

「ルームメイト？　何をおっしゃってるのか、さっぱり分からへんわ。おかけ間違いじゃありませんか」

春海は受話器を握り締めたまま、呆然とした。ここにいたって、ようやく、自分が話しているのが、あの麗子ではないことを確信したのである。声が違う。最初は、気のせいかなと思っていたのだが、明らかに、電話に出たのは、あの麗子とは別人だった。

「あ、あの、失礼しました」

うろたえて思考停止状態になった春海は慌ててそれだけ言うと、電話を切ってしまった。混乱したまま、ベッドの隅に腰をおろすと、「どういうこと、これ」と思わず独り言を言った。

少し冷静になって、ようやく分かったことは、西村麗子と名乗って、春海のルームメイトになった女は、西村麗子ではなかったということだった。電話に出たのが本物の西村麗子だとしたら、彼女は、西村麗子の名を騙っていたことになる。

それじゃ、あの人、一体誰なの……？

春海は呆然としたまま、そう呟いた。

7

こうなったら、ルールもへったくれもない。春海は勢いよく立ち上がると、部屋を出て、麗子――いや、麗子と名乗っていた女の部屋に行った。ルールを先に破ったのは彼女の方だ。まず、家賃に関する取り決めを守らなかったわけだし、そもそも、他人の名前と住所を使って、身元を偽っていたことからして、重大なルール違反ではないか。

春海は憤慨しながら、ルームメイトの部屋のドアを開けた。はじめて入る部屋だった。今まで、顔を合わせて口をきくのは、リビング・ダイニングルームと決まっていたからだ。

部屋の中は整然と片付いていた。ベッドは淡いピンク色のカヴァーが掛かっていて、しばらく使った気配が見られなかった。春海は、デスクの引きだしや小物入れ、洋服ダンスを片っ端から開けて、何か彼女の身元を明かす手掛りはないか、と血眼になって探した。

しかし、何も出てこなかった。手帳とかアドレス帳の類いは見つからなかった。保険証とか預金通帳なども見当たらない。むろん、学生証も出てこなかった。

もし、西村麗子という名前も経歴もウソだとしたら、J大学の英文科に通っているというのも、ウソだったに違いない、と春海は思った。その証拠に、部屋の中には、大学生を思わせるものは何もなかった。テキストも辞書の類いも全く見当たらない。

まるで、持ち主の匂いの全くしない、ホテルかウィークリーマンションの一室のようだった。

手掛りを失って、疲れて、床に座り込んでしまった春海の目が、ふととらえたのは、サイドテーブルの上に置かれた白い電話機だった。留守番機能のついた電話機だったが、解除になっていた。

リダイヤルボタンを押してみたら、と春海が思いついたのは、なんとなく、その電話機をボンヤリと見つめていたときだった。リダイヤルボタンを押せば、彼女が最後にかけたところが分かる。もしかしたら、そこから何か手掛りがつかめるかもしれない。ふとそう思いついたのである。むろん、あまり期待はしなかった。それでも、何もしないよりはましなような気がした。

　春海は受話器を取ると、リダイヤルボタンを押した。ピポパと機械音がして、呼び出し音が鳴り出した。鬼が出るか、蛇が出るか。春海は、息を殺して、受話器に耳をあてていた。すぐに受話器の取られる気配がした。

「松下ですが」

　男の声がした。まだ若い男のような声だった。まつした？　少なくとも、彼女から松下という名前は聞いたことがなかった。春海は絶句した。いざ相手が出てみると、なんと切り出していいのか分からなかった。黙っていると、相手は、「もしもし？」と聞き返した。まだ黙っていると、相手は、「……ユキか？」と尋ねてきた。

「ユキなんだろう？　どうしたんだ。何があったんだ。今、どこにいるんだ。心配してたんだぞ――」

「あの、私、萩尾という者ですが」

　これ以上黙っているのに耐えられなくなって、春海はそう言った。どうも、相手は、ユキという女性と間違えているらしい。

「え……」

　相手はうろたえたような声をあげた。

「あのう、突然なんですけれど、私の話を聞いて貰えますか」

春海は仕方なくそう切り出した。こうなったら、この松下という男に、全て打ち明けて、松下が彼女とどういう関係にあるのか聞き出さなければならないと腹を決めた。西村麗子と名乗った女が、ここから、松下という家に電話をかけたということは、この男と彼女との間には、何らかの関係があると見ていいだろう。

「実は——」

春海は西村麗子と名乗る女性と出会ってルームメイトになったこと、ところが、麗子と名乗っていた女性が他人の名前を使っていたらしいのが分かったこと、とにかく、彼女と連絡を取りたいので、手掛りを探そうと思い、彼女の部屋の電話のリダイヤルボタンを押したこと、そうしたら、あなたが出たこと、などをなるべく手短に話した。

「その西村麗子という女性ですが、どんな感じでしたか」

黙って春海の話を聞いてくれた松下は、しばらく沈黙したあとで、そう尋ねてきた。その声の調子には、麗子と名乗った女に心当たりがあるようなニュアンスが感じられた。

春海は、彼女の特徴を思い出す限り話した。年は二十前後で、最初は黒縁の眼鏡をかけていたこと、小柄で華奢な体格をしていたこと、などなど。

「もしかしたら——」

唸るような声で松下が言った。

「それは、ユキかもしれません」

「あの、ユキさんって」

「私の妻です」

松下と名乗った男はそう答えた。

8

玄関チャイムの音がした。リビングルームのソファに腰をおろしていた春海は、すぐに立ち上がると、玄関に行き、ドアを開けた。

紺色のポロシャツに格子縞のスラックスをはいた三十前後の男が立っていた。

「あ、どうも。松下です」

男はそう言って、軽く頭をさげた。

「御足労かけてすみません」

そう言うと、松下貴弘は、「いや、とんでもないです」と恐縮したように言った。

あのあと、松下は、西村麗子と名乗った女が、自分の妻の由紀かどうか確かめたいので、写真を持って、そちらに伺いたいと言い出したのである。松下の住まいは、横浜だという。

「どうぞ」

来客用のスリッパを差し出すと、松下は、また軽く会釈して、あがりこんできた。

「これが由紀の写真なんですが」

リビングに通すと、松下は、ソファに腰をおろすや否や、抱えていたセカンドバッグの中から数枚の写真を取り出して見せた。

春海は写真を食い入るように見た。由紀が一人で写っているのもあれば、旅先で撮ったのか、松下と並んで写っているものもあった。

春海は首をかしげた。顔かたちは麗子と似ているような気がした。ただ、二人を同一人物だと断定するには、あまりにも雰囲気が異なっていた。写真の女性が和服を着ていたせいもあるかもしれない。いずれも、はにかんだような笑顔を見せており、いかにも、初々しい若妻といった雰囲気があった。麗子がこんな表情をしたのを見たことはなかった。

眼鏡のことを聞くと、松下は、由紀が眼鏡をかけているのを見たことは一度もないと言った。といって、コンタクトをつけていたわけではなかったらしい。もともと視力は悪くないようだったというのだ。年齢も違う。松下の話では、妻の年齢は二十五歳だということだった。それに、洋服でいるよりも、和服でいることが多かったと言う。この点も麗子とは違っている。彼女の洋服ダンスには和服など一枚もなかった。

さらに、松下は由紀は料理が得意だったと言ったが、麗子が料理をしているのを見たことはなかった。

「似ているような気もしますが……」

春海は自信なさそうに言った。

「その西村麗子という人は、京都の出身らしいということでしたね」

松下が身を乗り出すようにして尋ねた。

「たぶん。言葉遣いに京風のアクセントがありましたから」

春海がそう答えると、

「由紀も京都弁をしゃべっていました。小さいときに両親を事故でなくして、綾部に住む父かたの祖父母の家で育ったと言っていました」

「あの、由紀さんがその実家の方に帰っているということは？」

春海はそう聞いてみた。電話の話では、松下が妻の失踪に気づいたのは、七月二十六日、金曜日の夜だという。松下は、さる大手のＡＶ機器メーカーに勤めていたのだが、二年前に、盛岡の営業所に単身赴任することになり、週末だけ、妻のいる横浜のマンションに帰るという生活を続けていたらしい。

ところが、二十六日の夜、自宅に帰ってみると、起きて待っているはずの妻の姿がない。置き手紙の類いもなく、旅行カバンなどは持ち出されていなかった。妻から何の連絡もないまま、夜が明けてしまい、やきもきしていたところへ、春海からの電話を受けたという次第らしかった。

「最初はそう思ったのですが……」

松下は、春海の問いに、やや表情をこわばらせて答えた。由紀がいつも月曜から金曜の夜まで留守にしていたという、隣の主婦の話を聞いて、祖父が倒れたので綾部に戻っていたという由紀の話は嘘だったことに松下は気が付いていた。二年前からずっと、綾部に戻っていたとはとても思えない。実家に帰っていたならば、そのことを松下に隠す必要はないはずだからだ。

「どうも実家には戻っていないようです」

「連絡してみたんですか」

「いないようです」と言う松下の妙に曖昧な言い方に不審の念を抱いた春海はすぐに聞き返した。

「いや」

松下は短く否定した。

「え、どうしてですか」

春海はいささか驚いて言った。妻がいなくなれば、夫たる者、まず真っ先に妻の実家に連絡を取ろうとするものではないだろうか。

「いや、それが、その、連絡先が分からないんですよ。ただ、京都の綾部に祖父母が住んでいると聞いていただけで、詳しい住所や電話番号までは……」

松下は渋い表情でそんなことを言い出した。春海はポカンと口を開けた。夫が妻の実家の住所も電話番号も知らないということがあるだろうか。

春海の顔つきから察したのか、松下は弁解するような口調で言った。

「ああ、その、妻と言っても、私が勝手にそう思い込んでいただけで、籍はまだ入っていないんです。結婚式も挙げていないし、披露宴もやっていないんです。だから、私は彼女の祖父母には会ったことはないんです」

松下は由紀と出会ったときの話をした。はじめて会ったのは、今から三年ほど前のことで、夏の休暇を利用して、松下が金沢に旅行した折のことだったという。

「兼六公園を一人でぶらついていたとき、やはり一人旅らしい和服の若い女性に会ったんです。それが由紀でした……」

どことなく寂しげな風情のその女性に心ひかれるものがあって、松下は、写真のシャッターを押してくれないかという口実で近づいた。ちょうど昼時だったので、食事に誘い、そこで話をするうちに、平田由紀と名乗るその女性が大阪に住む人妻で、どうやら、夫との仲がうまくいかずに悩んだ末に、ぶらりと一人旅に出てきたことが分かった。

食事を終えたあとも、市内の名所旧跡を二人で見て回るうちに、すっかり親しくなり、その夜、アルコールが入った勢いもあって、その女性と一夜を過ごしてしまったのだという。

一夜のアバンチュールのはずが、松下は、旅から帰ったあとも、その女性のことが忘れられずに悶々としていると、数日して、その女性から連絡があり、もう一度会いたいと言ってきたのだそうだ。

　つまるところ、旅先で出会って、二カ月後には、松下は、夫のもとから逃げ出してきた平田由紀と横浜のマンションで同棲をはじめていたというわけだった。

「私としては、由紀と正式に結婚したかったので、彼女に平田と離婚してくれと何度も言ったのです。しかし、由紀は、夫の平田という男は性格が歪んでいて、もし、私の存在を知れば、意固地になって、絶対に離婚はしないだろうと言うのです。それよりも、どうせ、平田もそのうち別の女性を見つけて再婚したいと思うようになるだろうから、それまで待ってくれと言うのです。それで、私はしかたなく待つことにしたんです……」

　由紀が平田と離婚した時点で、由紀の祖父母には挨拶に行こうと思っていたというのである。

　しかし、結局、由紀は平田という男と離婚できないままに、ズルズルと月日だけがたってしまい、気が付くと三年が過ぎていたというわけだった。

「その平田という男のもとへ戻ったってことは考えられませんか」

　春海はそう聞いてみた。

「それはありえません。由紀は平田のことは顔を見るのも嫌だと言っていました。自分の意志で戻ったとはとても考えられませんね」

松下はきっぱりとそう言い切った。

「でも、もしかしたら、その平田という人が由紀さんのことを探しあてて、無理やり連れ戻したという事も……」

そう言いかけると、松下は暗い表情になって、かすかに頷いた。

「その可能性はあるかもしれませんが、もしそうだとしても、私には平田の住所も分からないのです。前に住んでいたのは、大阪と聞いていただけなので。本当に迂闊《うかつ》でした。由紀がいなくなってはじめて、私は彼女のことを何も知らなかったことに気が付いたんです」

松下はそう言って唇を嚙み締めた。春海はそんな松下を笑えなかった。思えば、春海とて同じ穴のムジナのようなものではないか。西村麗子と名乗った女の話を鵜呑みにして、疑おうともしなかった。彼女がいなくなってはじめて、彼女のことを何も知らなかったことに気づいて愕然としているのだから。

「だから、もし、由紀が、あなたのルームメイトと同一人物だとしたら、そちらの方から何か手掛りを得るしかないんです」

松下はすがるような目で、自分よりも十以上も年下の春海を見た。

「でも、あたしの方も、電話でお話ししたように、彼女に関する手掛りが全くないんです。それに、この写真だけでは、彼女が由紀さんと同一人物かどうかも分からないし……」

春海は途方に暮れて言った。

「最後にルームメイトを見たのはいつでしたか」

松下が聞いた。

「確か、十九日の朝でした。それ以来、見かけていません。物音も聞いていません。あ、そうだわ」

春海は思い出したことがあって、松下に聞いてみた。

「彼女、紫色の傘を持っていました。白い取っ手が付いたブランド物の傘です。その傘が見当たらないんです」

「紫色の傘？　それなら由紀も持っています。そうです。白い取っ手のやつです」

松下が嚙み付くような勢いで言った。その傘は、横浜の自宅に今もあるという。

「それじゃ、やっぱり」

春海と松下は互いの顔を見ながら同時に言った。

顔かたちが似ていて、京都の出で、紫の傘を持っている。しかも、二人とも行方が分からない。ここまで共通点があれば、やはり、西村麗子と名乗った女は、平田由紀と名乗った女と同一人物と考えてさしつかえないような気がした。それに、そう言われてみれば、春海は週末に麗子に会ったことが一度もないことを思い出した。

「十九日といえば金曜日でしたね。そういえば、私があの日、盛岡から戻ってくると、由紀はうちにいませんでした。その代わりに、留守番電話にメッセージが入っていました。少し帰りが遅くなるかもしれない、と――」

松下は思い出すような目でそう言った。

「もしかしたら、そのメッセージはここからいれたのでは」

春海は思わず口をはさんだ。

「多分そうでしょう。だから、あなたがリダイヤルボタンを押したら、うちにかかったんですよ」

松下もはっとしたように言う。すべてつじつまが合う。もはや、由紀と麗子が同一人物であることは疑いようがなかった。

「その夜、由紀さんは帰ってきたんですね」

春海は言った。

「ええ。たしか、私が帰って一時間ほどして、由紀も帰ってきました。そして、二十一日の日曜の夜、私が盛岡に発つまで一緒に過ごしたんです」

「ということは、由紀さんがいなくなったのは、二十一日の夜以降ということになりますね」

春海は念を押した。松下は黙って頷いた。

七月二十一日の夜以降、平田由紀はどこかに行き、そこで何らかの事件か事故に巻き込まれたのかもしれない。春海はふとそう思った。松下の話から考えあわせても、旅行などの線は捨ててもいいだろう。

「それにしても」

春海は言った。

「由紀さんはどうして西村麗子などと偽名を使って二重生活をしていたんでしょうか」

松下に問うというよりも、独り言のように呟いた。西村麗子が偽名だと分かったからには、おそらく、平田由紀というのが彼女の本名なのだろう。年齢も、十八歳ではなくて、二十五歳というのが本当だったに違いない。

「わかりません。私にも彼女が何を考えて、そんなことをしたのか、さっぱり理解できません。ただ、はたして二重生活だったのでしょうか……」

松下はふいにそんなことを言い出した。

「え」

「萩尾さんの話だと、由紀が西村麗子と名乗ってここで暮らしはじめたのは今年の四月からだということでしたね。でも、隣の奥さんの話では、由紀が家を空けるようになったのは、二年も前からだというのです。ということは、由紀にはまだ他に住居があったのではないかと……」

松下はそんなことを言い出した。

「ま、まさか三重生活をしていたと？」

春海は驚いて聞き返した。

「信じられない話ですが、それ以外に考えられません」

「そんな……」

「ただ、由紀がその西村という女性の名前や住所を使ったということは、二人とも京都の出ということから考えても、知り合いであった可能性が高いと思えるんですが」

気を取り直したように、松下は言った。

「わたしもそう思います。本物の西村さんに会って、由紀さんの写真を見せたら、何か手掛りがつかめるかもしれません」

春海もそう言った。

「そうですね。私が京都に行けたらいいんですが――」

松下は残念そうな顔になった。

「実は、今日の午後の新幹線で盛岡に戻らなければならないんです。仕事が今ちょっとたてこんでいて――いつもなら、日曜に帰ればいいのですが」

困ったように頭を掻く。

「それならば、わたしが行きます」

春海は即座に言った。

松下は「え？」という顔で春海を見た。

「大学は夏休みに入って、どうせ暇ですから。それに、西村麗子と名乗ってルームメイトになった彼女のことをもっと知りたくなったんです。西村さんにもう一度電話してみます。もし、西村さんが会ってくれると言ったら、明日にでも行ってこようと思います。京都なら日帰りもできますから」

「そうして貰えれば、私としても助かります」

そう言って、松下ははじめて笑顔を見せた。

9

「確かに妙な話だな……」

春海から手渡された平田由紀の写真を見ながら、工藤謙介《くどうけんすけ》は興味をそそられたという顔つきで呟いた。

工藤は春海の大学の先輩にあたる。学部は違うが、春海が所属している写真部の部長で、全国を廻って石の写真ばかり撮っているという、少々風変わりな男である。この春、卒業するはずだったのだが、撮影旅行ばかりしていて、授業には殆ど出なかったとかで、めでたく留年が決まっていた。

松下が帰ったあとで、春海は、工藤に会いたくなって、写真部の部室を訪れた。工藤は写真部の主のような存在で、ここで寝起きしているのではないかという噂もあった。

だから、ここに来れば、工藤に会えると踏んで来たのだが、案の定、たてつけの悪い戸を苦労して開けると、薄汚れたジーンズ姿の工藤が、指定席のようになっている長椅子にながながと寝そべって写真雑誌を眺めていた。

あまり浮世のことに興味を持たないような、この男が、春海の話には珍しく興味を持ったようだった。

それに、工藤は、西村麗子と名乗っていた女に一度会っていた。四月の新入生歓迎コンパのときに、帰る方向が同じということで、春海は工藤とタクシーに同乗したことがあった。そのとき、飲み慣れない酒を飲まされて、かなり足元が怪しくなっていた春海は、マンションの手前で、タクシーから降りた途端に転倒して、右足首を捻挫してしまった。見かねた工藤が、三階の春海の部屋まで、おぶって送ってくれた。このとき、西村麗子に会って、少し言葉をかわしていたのである。

工藤が会ったときの西村麗子は、黒縁の眼鏡をかけて、おかたい印象があった頃の麗子だった。

「顔は似てるけど、まるで別人みたいじゃないか」

工藤は由紀の写真を見ながら、なおも言った。

「そうなんです。だから、わたしも最初は他人の空似じゃないかとも思ったんですけど」

「しかし、他人の空似というには、二人には共通点がありすぎる」

「そうなんです」

「平田由紀というのも本名なのかな」

浅黒い頬にまばらに生えた不精髭を手で撫でながら、工藤はふと言った。

「え」

「その松下という男の話では、彼女がそう名乗っていたというだけなんだろう。戸籍抄本とかで確かめてはないわけだろう？　だとしたら、平田由紀というのも偽名かもしれない」

「……………」

春海は目をまるくした。そう言われてみればそうだ。西村麗子が偽名と分かっていたので、平田由紀の方が本名だとつい思い込んでしまったが、考えてみれば、工藤が言うような可能性も充分ありうるではないか。

「金めのもの、大丈夫だったのか」

工藤がいきなり聞いた。

「は？」

春海は質問の意味が分からず、きょとんとした。

「は、じゃないよ。もし、この女が窃盗目的で近づいたんだとしたらどうなる？　同じ屋根の下に住んでいたんだから、きみの預金通帳とかキャッシュカードとか、いつでも勝手に持ち出せたはずじゃないか。部屋に鍵はかけてなかったんだろう」

「ああ、そういうことですか」

　春海は合点のいった顔になった。

「その点なら大丈夫です。預金を勝手におろされた形跡はありませんし、盗られたものもありません。もともと、盗まれるような金めのものなんて持ってませんから、わたし」

「自慢してどうする」

　工藤は呆れたように言った。

「松下さんも、その点は大丈夫だったみたいです。松下さんは由紀さんを信用して、預金通帳も印鑑も預けていたそうなんですけど、生活に必要な分しか使ってはいなかったそうです。だから、彼女が何らかの犯罪目的でこんなことをしたとは考えられないんです」

「となると、いよいよ、不可解だな」

　工藤は首をひねっていたが、

「だけど、きみも迂闊《うかつ》だったなあ」

　と春海の方を呆れたような顔で見た。

「一緒に暮らす前に、どうして相手の身元をもっと確かめなかったんだ。相手は不動産屋ではじめて会った赤の他人なんだろう？　学生証とか住民票とか、何か身元を示すものを見せてもらわなかったのか」

「それも考えたんですけど、なんか、彼女のことを疑ってるみたいで、言い出しにくくて。それに、彼女の方からは何もそんなことは言わなかったから、あたしの方もつい——」

　春海は首をすくめた。たしかに、工藤の言う通り、その点に関しては迂闊だったと思う。

「それに、彼女、怪しい人には全く見えなかったし……」

「やっぱり世間知らずのお嬢さんなんだな、きみは。人間なんて外見からじゃ分からないものだよ。詐欺師は獲物をひっかけるときには、人並以上に立派な身なりをするというからな。あまり外見で人を判断しない方がいいぜ。知らない人間はとりあえず疑ってかかった方が賢明だ」

「あたし、嫌いです、そういう物の考え方。人を見たら泥棒と思えみたいな。悲しいじゃないですか」

「安易に信用して裏切られた方がもっと悲しいよ」

「でも、実害は何もなかったんですよ。未払いの家賃のことだって、彼女が払った敷金の中から払えばいいんだし」

「そりゃ、結果論だよ。不幸中の幸いってやつにすぎない」

　工藤はそっけなく言った。

「……」

「で、その京都の西村麗子という女には連絡取ったのか」

「ええ、松下さんが帰ったあとで、すぐに、もう一度電話をかけてみたんです。今度は、詳しく事情を話したら、彼女も不審に思ったようで、会ってもいいって言ってくれました。それで、明日の午後一時に、円山公園の中にある喫茶店で会う約束をしました」

「ふーん」

工藤は何か思案するような顔で黙っていたが、春海の方は見ないで、呟くように言った。

「京都か。俺も行こうかな」

「え」

「どうせ明日はこれといって予定もないし……」

そう言いかけ、工藤はちらと春海の方を見た。

「それに、なんか、きみ一人だと危なっかしいという——迷惑と言うならやめますけど」

「べ、べつに迷惑ってことはありません」

春海はなぜか頬のあたりが緩みそうになるのをきりっと引き締めながら、澄まして答えた。

あの歓迎コンパの夜、足首を捻挫して、工藤におぶって貰って以来、この男に単なるクラブの先輩以上の感情を抱いている自分に、春海は薄々気が付いていた。

工藤の広く暖かい背中は、昔、よく春海がぐずっていたとき、おぶってあやしてくれた、兄の健介のことを思い出させた。大好きだった兄と同じ音の名前を持つ男に、春海は初対面のときから、何か惹かれるものを感じていた。

10

翌朝、春海が東京駅の新幹線切符売り場に息を切らして辿りついたとき、工藤は人待ち顔で腕時計を眺めていた。

「すみません、寝坊しちゃって」

そう言うと、工藤は、駅弁らしき包みと京都までの自由席の切符を黙って突き出し、さっさと乗り場の方に大股で歩いて行った。

「あ、あの、お金払います」

慌てて、ショルダーバッグから財布を取り出しながら声をかけたが、工藤は聞こえないような素振りで、改札を通り抜けてしまった。春海は小走りで工藤のあとを追いかけた。

「あの、お金……」

ホームに昇るエスカレーターのところで、もう一度言ってみたが、工藤は、あらぬ方向を見ながら、「九時二二分のにするか」などと呟いていた。

九時二一分のひかりが、東京駅を滑り出すと、春海は、今度ははっきりと、切符と弁当代を払います、と言った。工藤は、ようやく、切符の金額だけ言った。「お弁当は？」と聞いても、「いくらだったか忘れた」と言って受け取ろうとはしなかった。

「先輩、靴、持ってたんですね」

席に着くや否や、シートを倒し、スニーカーを脱ぎ捨て、くつろぎの態勢を取った連れの足元を見ながら、春海はくすっと笑った。

長身を支えるにふさわしい大足は定価札をつけたままの真新しい靴下に包まれている。四月に知って以来、いつ会っても、工藤は素足にサンダルをはいていた。肩まで髪を伸ばし、若きホームレスとでも言いたいような風体が、今日は、妙にこざっぱりとしていた。昨日まで生やしていた不精髭も奇麗に剃られている。ただ、そんな自分の格好に慣れないとでも言うように、工藤はそわそわして落ち着かなかった。タバコを取り出してくわえかけ、ここが禁煙席だと気が付くと、渋い顔をして、口からはずした。しばらくすると、半ば無意識のように同じ動作を繰り返した。

それでも、朝食を取ってこなかったのか、早々と駅弁の包みを開いて、食べはじめ、食べ終わったときには、ようやく落ち着きを取り戻したように、おとなしくなった。

「そういえば、昨夜、松下さんから電話があって――」

春海は口を開いた。

「由紀さんのことで思い出したことがあるって言うんです」

　そう切り出すと、半分眠っているような目で、工藤は春海の方を見た。

「由紀さん、時々、発作を起こすことがあったそうです」

「発作？」

　工藤の目が少し大きくなった。

「夜中に突然飛び起きて、脅えたみたいに泣き出すんだそうです。松下さんが驚いて、なだめようとすると、まるで知らない人でも見るような顔で、ひどく脅えながら、何かわめいて部屋の隅の方に逃げてしまうんですって。こんなことが一緒に暮らしはじめて、数回あったそうです」

「……」

「しかも、そのことを、朝になると全くおぼえていないんですって。もしかすると、彼女は子供の頃に何か怖い体験をしたことがあるんじゃないか。だから、大人になっても、そのことを夢に見てしまうんじゃないかって言ってました。というのは、発作を起こしたときの由紀さんは、まるで、小さな子供みたいになってしまうんですって……」

　工藤は黙って聞いていた。ただ、その目付きにはさきほどまでの眠たそうな様子はまるでなかった。

「それに」

と春海は続けた。

「変だって言うんです」

「変って？」

「発作を起こしたときの由紀さん、日本語を一言もしゃべらないんですって」

「え……」

「英語をしゃべるって言うんです。それも日本の学校で習うような英語じゃなくて、かなりこなれたネイティヴイングリッシュみたいだと言うんです。それで、もしかしたら、海外に住んでいたことがあるんじゃないかと思って、そのことを聞いてみたことがあるんですって。そうしたら、彼女は、自分は英語なんかしゃべれない。京都生まれの京都育ちで、海外に住んだことなんかないって答えたって言うんです。そのときの様子は、とてもウソをついているようには見えなかったって……」

「英語をしゃべる子供か……」

工藤はそう呟いただけだった。それきり、黙ってじっと考えこんでいた。

11

「ひかり」が京都駅に到着したのは、正午を少し過ぎた頃だった。春海が京都に来たのは中学の修学旅行以来だったので、なんとなく物珍しくて、きょろきょろしていると、工藤は、何度も来ているような物慣れた足取りで、さっさと階段をおり、工事中の長い通路を抜けて、烏丸中央口を出た。春海は、工藤のあとをついて行くだけだった。

駅前の市バス乗り場で待っていると、さほど待つこともなく、祇園経由のバスがやってきた。二人はそれに乗り込んだ。二十分ほどで、バスは祇園に停車した。そこでおりると、目の前には、八坂神社の華やかな朱塗りの西楼門がそびえたっていた。

観光客に混じって、この楼門を抜けると、境内には綿菓子やタコ焼きを売る屋台が並んでいて、どこか懐かしく庶民的な雰囲気が漂っていた。春海は、なんとなく心が浮き立つのを感じた。それは、生まれ育った津島市にある津島神社にも共通する、庶民的な華やかさが、子供の頃のお祭り気分を思い出させてくれるせいかもしれなかった。

「牛頭《ごず》天皇といえば、津島にも牛頭天皇を祀った神社があったな」

それまでさっさと先を歩いていた工藤が、何を思ったのか、ふと歩調をゆるめて、そう尋ねてきた。

「はあ」と言うと、「俺、あそこの津島神社ってのに行ったことがあるけど、あれはなかなか面白い神社だね」と独り言でも言うように言った。春海は、工藤の言う〝面白い〟の意味がわかりかねて、なんと返事をしていいのか分からなかった。

「あの神社のそばに、三つ石というのがあるだろう」

本殿の方に近づきながら、工藤はなおも言う。

「ええ……」

春海は頷いた。確かに工藤の言う通り、津島神社の南門を出たところにある稲荷大社の境内に、大きな自然石が巴状に並べられていて、三つ石と呼ばれていた。自然に転がっている石ではなく、昔の人が何らかの意図を持って、そこに配置したものらしいのだが、その由来は明らかではなかった。ただ、あの石が同じ場所にずっとあったことを裏付ける古い文献がある、ということは聞いたことがあった。

「あれは、もしかしたら、古代祭祀の跡ではないかと思うんだが、違うのかな」

工藤はそんなことを言い出した。そんなことを言われても、春海にはなんとも答えようがない。

「さあ」と首をかしげると、「竈《かまど》神と何か関係があると思うんだが、聞いたことない？」と工藤は食い下がった。「さあ」と春海は首をかしげるばかりだった。確かに、竈社というのが近くにあるから、何か関係があるのかもしれないが。

「津島神社は一般の知名度は今いちだが、あれは古代史的には知る人ぞ知る貴重な神社なんだぜ。今では牛頭天皇スサノオを祀るといえば、この八坂神社とか、紀伊の熊野大社とかの方が有名になってしまったけれど、研究家の中には、津島神社こそが、牛頭天皇の発祥地ではないかって言う人もいる……」

本殿を通って、円山公園に出られる東門を抜けるまで、工藤は、津島神社に関する蘊蓄《うんちく》を、頼みもしないのに、とうとうと披露しつづけた。物部《もののべ》氏がどうのとか、安曇《あずみ》族がどうのと言われても、そちらの知識のまるでない春海には、今一つピンとこない話で、いささかありがた迷惑の感があったが、唾をとばさんばかりに夢中でしゃべっている連れを見ると、あくびをするわけにもいかず、時折、適当なところで相槌を打って、聞いている振りをした。

「石だけじゃなくて、神社にも詳しいんですね」

多少皮肉をこめて言うと、工藤は水を得た魚のような顔になって、今度は、「神代の昔から、人は神が宿るとして、石を信仰の対象にしてきた。だから、今でも、古い由緒を誇る神社には、神体が石というところも少なくはない云々」などと、石と神社の関係について、またまた講釈をたれはじめたので、春海は変な茶々をいれたことを心底後悔した。

だから、地元の人や観光客で賑わう、円山公園の中を歩きながら、西村麗子に教えられた喫茶店を見つけたときには、春海は内心ほっとした。

12

喫茶店の中に入って、それらしき人を探したが、約束の一時前ということもあってか、西村麗子らしき姿は見当たらなかった。

二人は入り口近くの席に陣取って、工藤はホットコーヒー、春海はアイスティーを頼んだ。その頼んだ飲みものがまだ運ばれてこないうちに、若い女性が入ってきた。春海は、その女性を見て、すぐにそれが西村麗子だと直感的に分かった。一応目印として、赤と緑のストライプのショルダーバッグをさげていると電話では言っていたが、それよりも、その若い女が黒縁の眼鏡をかけていたことで、ピンときたのだ。

その女性の注意を促すように、春海は軽く片手をあげた。若い女はすぐに気づいて、春海たちの席に近づいてきた。

「萩尾さんですか」

女が尋ねてきた。春海が頷いて立ち上がりかけると、「わたし、西村麗子です」と言って軽く頭をさげた。

目の前の西村麗子は、言うまでもなく、あの西村麗子と名乗った女とは別人だった。ただ、春海がおやと思ったのは、黒縁の眼鏡という共通点のせいか、顔形にどことなく似通ったところがあるような気がした。ただ、あの麗子の方は小柄で華奢だったのに対して、本物の麗子の方は、大柄で体格がよかった。春海も女としては身長のある方で、百六十五はあるが、麗子の方もそのくらいはありそうに見えた。

春海は、工藤のことを、〝大学の先輩〟とだけ紹介した。

「これが、平田由紀という人の写真なんですが」

春海は、ショルダーバッグの中から、さっそく松下から預かってきた写真を取り出した。それを麗子に手渡す。松下のことも由紀のことも、大体、電話で話してあった。

「その人に見覚えありますか。あなたの名前や住所を使ったところを見ると、あなたのお知り合いだと思うんですが」

そう言うと、麗子は強ばった表情で、じっと写真を見つめていたが、ようやく、顔をあげ、「ちょっと感じが違ってるけど、この人に似た人を知っています。平田由紀という名前やないけど」と言った。

どうやら、工藤の危惧した通り、平田由紀という名も偽名だったようだ。

「え、ほんとう。なんていうの。住所はわかります？　やっぱり、京都の人？」

春海は同年配の気安さと、とうとうルームメイトの正体が分かるという嬉しさも手伝って、ショルダーの中から手帳とボールペンを取り出しながら、ついくだけた口調になった。

「名前は青柳麻美《あおやぎあさみ》。今、住んでいるのは京都じゃなくて、東京の上石神井というところです」

手帳を開いて、書き留めようとしていた春海の手がはたと止まった。「え」という顔で麗子の方を見る。麗子の言った名前に聞き覚えがあったからだ。青柳というのは、たしか、偽麗子が別れた実母だと言っていた人の姓ではないか。住所も、前に、偽麗子から教えて貰ったそれと全く同じだった。ということは、偽麗子が実母だと言っていた女こそが、偽麗子本人だったということなのか。この青柳という女性のところにも、あれから何度か電話をしたのだが、全く連絡が取れなかったのだ。

「間違いありませんか？」

春海は念を押した。

「でも、似ているというだけで、本当にハハなのかどうか確信はありませんけれど……」

麗子は困ったように言った。春海は一瞬、聞き間違えかなと思った。今、麗子が、〝ハハ〟と言ったような気がしたからだ。〝ハハ〟とは、〝母〟の意味だろうか。

「あの、今、ハハっておっしゃいましたよね」

春海はおそるおそる尋ねた。

「ええ、言いましたけれど」

麗子はそれがどうしたという顔で春海を見た。

「あの、ハハって、お母さんって意味ですか」

なんだかひどく間の抜けた質問をしているような気がしたが、そう聞かずにはいられなかった。

「もちろん、そうです」

麗子は当然のように答えた。

「あの、誰のお母さんなんですか」

そう尋ねると、「わたしの母です」と麗子はあっさり言ってのけた。

「継母って意味ですか」

春海はそう聞き返した。もしかすると、青柳麻美は、西村麗子の継母にあたる人なのか、ととっさに思ったからだ。麗子の父親は、娘のような若い後妻を迎えたのだろうか。世間に例のない話ではないが、しかし、どうも話が妙だ……。

「違います。継母じゃありません。わたしを産んでくれた母のことです。青柳麻美はわたしの実母なんです。わたしが二つのときに、父と別れて、今は東京にいるほんまの母親です」

麗子は言った。春海は口をぽかんと開けた。ルームメイトが西村麗子ではないと知ったときのように、頭の中が真っ白になり、思考停止状態になってしまった。実母ですって。わたしを産んだ？

「ちょっと待ってくれよ」

口をはさんだのは工藤だった。

「失礼だけど、あんた、今いくつなんだ？」

そう聞くと、麗子は、「十八です」と答えた。

「一体、あんたの母親ってのは、あんたをいくつのときに産んだんだ」

工藤もやや混乱したような顔をしていた。

「たしか、二十四のときだったと聞いてますけど」

「おい、ちょっと待てよ……」

工藤は計算するように目を剝いた。十八に二十四を足すだけの、小学生にでもできるような簡単な算術だったが、先入観が邪魔をして、すぐに答えが出てこないようだった。

「ということは、四十二ってことか」

工藤は、麗子ではなく、春海の方を見ながら、啞然としたように言った。春海もぽかんとしていた。四十二？　あの西村麗子と名乗って現れた謎の女の本当の年齢は四十二歳だったということなのだろうか。

そんな馬鹿な……。

「母はとても若く見えるんです。わたしもはじめて会ったとき、母があんまり若いので驚きました」

麗子は、春海たちの困惑の原因を察したようにそう言った。麗子の父親は、麗子の母親と離婚したあと、すぐに、今の継母と再婚したらしい。もの心つく前に実母と別れて育った麗子は、それまで自分を育ててくれた女性を本当の母だと思いこんでいたのだが、中学に入った年に、父の口から実母のことを聞かされ、東京まで会いに行ったことがあるのだという。そのとき、青柳麻美は、三十六歳になっていたはずだが、どう見ても、二十一、二歳にしか見えなかったという。長いこと別れて暮らしていたせいもあるが、麗子は、その異様に若く見える姿に、母親という実感がまるでわかなかったと言った。

「たぶん、わたしの名前を騙っていたのは、この母じゃないかと思うんです」

麗子はやや憂い顔で続けた。

「というのは、萩尾さんの話だと、わたしの名前を騙った女はJ大学の学生だと言ったそうですけど、わたしもJ大学に入りたくて、今年、試験を受けたんです。そやけど、落っこちてしもて、仕方なく、今は地元の短大に通っているんですけれど」

麗子はそう言って肩をすくめた。

「ただ、あの大学を受けるとき、父に反対されて、わたしは東京に出たときに、母に会って、そのことを相談したんです……」

母親という実感こそわかなかったが、青柳麻美に対して姉に接するような気持ちは持つことができたので、その後も時折、東京に出たときに、青柳麻美を訪ねることがあったのだと言った。

「でも、本当のことを言うと、東京に出たかったのは、康彦さんがいたからなんです……」

麗子は色白の頰をやや紅潮させ、高校のときから付き合っている一つ年上のボーイフレンドがいて、そのボーイフレンドが一足先にJ大学に入ったのだと語った。これも、春海が、偽麗子から聞いた話と一致していた。麗子は、このボーイフレンドを母親に紹介したことがあったのだという。

麗子の話を聞けば聞くほど、偽麗子の正体は、青柳麻美という女に間違いないような気が春海にはしてきた。それにしても、たとえそうだとしても、分からないのは、青柳麻美がなぜ自分の娘に化けてまで、春海のルームメイトになろうとしたかという、その動機だった。

そのことを麗子に聞いても、彼女も顔を曇らせ、「わたしにも分かりません」と首を振るだけだった。

「ところで」

ふいに工藤が口をはさんだ。

「青柳麻美さんは、英語が堪能でしたか」

そう聞くと、麗子は、「さあ」と首をかしげた。

「子供の頃に海外にいたなんてことはなかったかな」

重ねてそう聞くと、麗子はゆるやかにかぶりを振り、「わたしには分かりません。母からはそんな話は聞いたことはありません。でも、母の子供の頃のことなら、綾部にいる曾祖母がよく知っていると思いますけれど」と言った。

工藤と春海は思わず顔を見合わせた。

「曾祖母って——」

工藤が聞くと、

「母の祖母のことです。母は小さいときに両親を亡くして、父かたの祖父母に育てられたんだそうです。曾祖父の方は八年ほど前に亡くなったそうやけど、曾祖母は今も健在で、綾部で一人暮らしをしているそうです」

これで、ようやく三人の女が一つの糸でつながったと春海は思った。やはり、偽麗子と平田由紀は同一人物で、しかも、その正体は青柳麻美という四十二歳の女だった。

「その曾祖母という人の連絡先わかりますか」

工藤が勢いこんで尋ねた。

「詳しいことはちょっと……。綾部と聞いたことがあるだけで」

麗子は困ったような顔をしていたが、

「あ、そうや」と小さくつぶやき、「父なら知ってるかもしれません。電話で父に聞いてみます」

そう言うと、ショルダーバッグを取り上げ、店内のピンク電話の方へ歩いて行った。そのピンク電話で何やらメモを取りながら話していたが、しばらくして、足早に戻ってきた。

13

「四十二歳とはなあ」

　再び祇園のバス停から京都駅行きの市バスに乗り込むと、工藤謙介は、まだ信じられないという口調で言った。春海とて同じ気持ちだったが、あの西村麗子がでたらめを話したとはとても思えない。麗子から、彼女には曾祖母にあたる青柳やすえの連絡先を聞き出したあと、彼女とは喫茶店の前で別れていた。

「いまだに信じられないけれど、でも、これで話のつじつまは合います」

　バスに揺られながら、春海は言った。

「まあね。しかし、松下って人もショックだろうな。人妻は人妻でも、由紀の正体が四十すぎの、しかも、十八になる娘までいるオバサンだったって分かったらさ。いっそ何も知らないままの方が幸せかもしれないなあ」

　工藤はそう言って苦笑いした。

「ただ、これでよけい分からなくなってしまいましたね。彼女が青柳麻美だとしたら、どうして、娘の振りなんかしてたのか……」

「そのことなんだが、俺には一つひらめいたことがある」

工藤はそんなことを言い出した。

「え。ひらめいたことって？」

「いや、まだ話せない。ほんの思いつきにすぎないし、まさかって気もするし。こうなったら、彼女の祖母に会ってみるしかないね」

「綾部まで行ってみます？」

「そうだな」

工藤は顎を撫でながら頷いた。腕時計を見ると、二時半になろうとしていた。これから綾部に向かうとしても、充分、日帰りが可能のようだ、と春海は思った。それに、もしかすると、青柳麻美はこの祖母の家にいるかもしれない。そんな考えが春海の頭をふとよぎった。麻美の東京の住所に何度電話しても出ないということは、その可能性も大いに考えられるではないか。もし、綾部に寄って、そこで麻美と会うことができたら、こんな好都合なことはない。

京都駅に戻ると、駅の公衆電話で、春海は、青柳やすえの家に電話を入れてみた。麻美さんの件でお目にかかって伺いたいことがあると言うと、やすえは面会を承諾してくれた。どうも電話の様子だと、麻美は祖母の家には帰ってはいないようだった。ただ、青柳やすえと電話で話してみて、春海はほっとしていた。四十二歳の麻美の祖母というのだから、かなりの高齢が予想された。だから、まともに話ができるかどうか危ぶんでいたのだ。一言話すたびに、耳に手をあてて聞き返されたのではたまったものではない。しかし、電話の応対の様子では、その心配はなさそうだった。

時刻表を調べてみると、三時二五分発の「はしだて5号」という特急があった。これが四時二七分に綾部に停まる。春海と工藤は、この特急「はしだて5号」に乗り込むと、京都駅をあとにした。

京都駅を発つ頃は晴れていたのに、園部を過ぎた頃から空模様が怪しくなってきた。空が次第に灰色になり、綾部に着いた頃には、ポツリ、ポツリと雨が降ってきた。

二人が綾部駅の前でタクシーを拾い、青柳やすえの住まいの近くで降りたときには、雨は本降りになっていた。

14

「麻美のことで何か……？」

青柳やすえは、春海たちを八畳ほどの和室に通すと、茶菓の支度をしながら、やや不安げな顔つきで、そう尋ねた。

庭に面して風流な葦のすだれが下がり、軒下のガラスの風鈴が涼しい音をたてていた。外の雨音も夏らしい風情を醸し出している。

青柳やすえは、電話の声から想像したとおり、身奇麗で身のこなしのしなやかな老女で、八十は越えているらしいが、目も耳もまだ達者なようだった。

玄関を入るとき、〝生け花教室〟という看板が目についたから、おそらく、近所の娘さんたちにでも生け花を教えているのだろう。和服の着こなし方にも、矍鑠《かくしゃく》とした現役、といった雰囲気がある。青柳麻美が異様に若く見えたのも、もしかすると、この祖母から受けついだ遺伝的な体質だったのかもしれない、と春海はふと考えた。この老女も、六十代と言っても通るような物腰と肌の艶を持っていた。

春海は、今までの事の成り行きを説明した。西村麗子と名乗る女性と出会ってルームメイトになったこと。その麗子が姿を消してしまったこと。調べているうちに、横浜に住む松下という男の内妻の由紀という女性が、ルームメイトと同一人物らしいと分かったこと、本物の西村麗子に会って、それが、彼女の母の青柳麻美であることが分かったこと……。

かなり異様で入り組んだ話だったにもかかわらず、やすえは、眉をひそめたまま、黙って聞いてくれた。

「それで、麻美は、あなた様に何かご迷惑をかけたのでしょうか」

一通り話を終えると、やすえは、心配そうな面持ちで、すぐにそう尋ねてきた。春海が、そういうわけではないと答えると、ややほっとしたような表情を見せた。

「これが松下さんから預かってきた写真なのですが」

そう言って、写真を見せると、やすえはそれをじっと見ていたが、「確かに麻美に似ている」と言った。

「麻美さんから、最近、連絡がなかったでしょうか」

そう尋ねてみると、やすえはかぶりを振り、「麻美とは、もう四、五年会っておりません。最後に電話があったのも、三年くらい前になるでしょうか」

と、やや寂しげな顔でそう答えた。

「平田という男に聞き覚えはありませんか」

工藤が横から尋ねた。

「平田光二なら、麻美が短大を出た年に、駆け落ちまでして一緒になった男です」

やすえは吐き捨てるような口調で言った。工藤と春海は思わず顔を見合わせた。どうやら、平田由紀が松下に話した身の上話は架空の話ではなく、麻美の身の上に実際に起こったことのようだった。

やすえの話では、麻美は、短大二年の頃から、車のセールスをしていた平田光二という男とどこで会ったのか、祖父母の目を盗んで、付き合い始めたのだという。そして、短大を卒業すると、この男と結婚したいと言い出した。しかし、平田の人柄が信用ならないと見抜いた麻美の祖父が頑として反対した。すると、麻美はこの男と駆け落ちして、大阪に行ってしまった。怒った祖父は麻美に絶縁を申し渡したのだという。

ところが、二年もしないうちに、麻美はすっかり痩せ細って綾部に戻ってきた。平田のもとから逃げ出してきたのだ。最初は優しかった平田が、一緒に住むようになると、次第に本性を表すようになり、麻美にさまざまな嫌がらせや暴力をふるうようになったらしい。麻美もようやく目が覚めたということだった。当初、平田は離婚はしないと頑張っていたらしいが、祖父が中に入って、なんとか二人を別れさせたのだという。

麻美が京料理の店をやっている西村貞市と再婚したのは、その翌年だった。こちらの結婚には、祖父母も大乗り気で、最初とは違い、周囲から祝福された結婚だった。西村という男も、平田とは違って、人格が円満で、夫として申し分のない人だった。

ところが、子供にも恵まれ、順調に見えた結婚生活も、それから二年足らずで破局を迎えてしまった。二十六歳のとき、再び離婚した麻美は、上京すると、商社の事務職についたのだという……。

その後、時折、思い出したようにフラリと故郷に帰ってはきたものの、東京での生活はあまり話したがらなかったらしい。

「立ち入ったことを伺うようですが、西村さんと離婚したのは、何が原因だったのですか」

工藤が尋ねた。

「色々あったようですけれど、西村さんに離婚を決意させた一番大きな理由は、麻美が娘を産んだあとも、母親としての自覚がまるでなかったことらしいのです。赤ん坊をほっぽり出して、夜遅くまで遊び歩いたり、夜中に子供が泣くと、うるさいと言って、布団にたたきつけたこともあったそうです……」

「麻美さんは、そういう性格の人だったんですか。子供を虐待するような」

工藤がそう尋ねると、やすえは、「とんでもない」というような表情をした。

「いいえ。わたしの知っている麻美は、お人形遊びの好きな、おとなしい優しい子でした。どうして、あんな風になってしまったのか、わたしには分かりません。まるで別人のようになってしまって。そういえば、平田と駆け落ちしたときも、麻美はまるで別人のようでした。それまでは、口ごたえひとつしない、聞き分けの良い子でしたのに……。ただ——」

やすえは、ふと思い出したという顔をした。

「ただ、何ですか」

と工藤。

「子供の頃から、麻美は、時々、ひどく癇癪《かんしゃく》を起こしたり、聞き分けがなくなることがありました。しかも、叱ると、『あれはあたしがやったんじゃない。マリちゃんがやったんだ。悪いことはいつもマリちゃんがやるんだ。あたしじゃない』なんて、人形のせいにしたりして——」

「人形？」

工藤が目を光らせて聞き返した。

「ええ。外国製の熊のぬいぐるみなんです。テディなんとかという。麻美が小さいときに、息子が買ってやったものらしいのですが、麻美はそれが大好きで、それにマリという名前をつけて、いつも持ち歩いていました」

「ひょっとして、ユキという名前の人形を持っていたことはありませんか」

工藤が切り返すように尋ねた。

「ええ、あります。八歳のとき、主人がお誕生日のお祝いに買ってあげた市松人形です。麻美はその人形にもユキという名前をつけて可愛がっていました。あの頃、帰国子女ということもあってか、友達のいなかったあの子は、人形を本当の遊び友達のように思っていたのかもしれません――」

「今、帰国子女とおっしゃいましたね」

工藤が身を乗り出した。

「ええ。あの子はアメリカで生まれたのです。その頃、息子夫婦は仕事の関係で、ミネソタのセント・ポールという街に住んでいたのです。麻美はそこで生まれました。八歳のときに、息子夫婦が自動車事故で亡くなるまで、そこで育ちました。息子夫婦の突然の不幸で、孤児になってしまったあの子を、わたしどもが引き取ったのです」

「ということは、麻美さんは英語が話せたということですね」

さらに工藤が追及すると、やすえは大きく頷いた。

「ええ。うちへ来たばかりのときは、日本語よりも、英語の方がしゃべりやすそうでした。息子夫婦は家庭では日本語も教えていたようですが、やはり、周りがみんな英語ですから、麻美も自然と英語の方になじんでしまったのでしょうねえ。ですから、最初の頃は、日本語がぎこちなくて、学校へ行っても、『ガイジン、ガイジン』と言われて、友達に苛められることもよくあったようです。ですから、友達もなく、いつも人形を相手に一人遊びをしていました。時々、発作を起こしたようになるのは、やはり、そういったことが原因だろうと、精神科のお医者さまもおっしゃってました」

「発作を起こしたのですか」

「ええ。夜中に突然飛び起きて、震えながら何か叫ぶのです。でも、それが英語みたいで、何を言っているのか、わたしどもには分かりませんでした。何かにひどく脅えているように見えました。それが頻繁に続くので、大きな病院の精神科の先生に診て貰ったのです。その先生の話では、たぶん、生活環境の変化からくるストレスと、両親の突然の事故死という、小さな子供には、つらすぎる経験が原因だろうとおっしゃったそうです。病院に連れて行ったのは、主人でしたので、詳しい話は分かりませんが。でも、そのときの先生の話では、そのうち、環境に慣れれば、自然にそういった発作もおさまるだろうということでした」

「それで、発作はおさまったのですか」

「完全になくなったわけではありませんが、回数はだいぶ減りました。中学へ入る頃には、だいぶ日本語も自然に話せるようになっていたので、もう学校で苛められることもないようでした。ただ、発作はなくなったのですが、時々、妙なことを口ばしるようになりました。さっき、あたしにそっくりな子が机に座っていたのよとか……」

「あたしにそっくりな子……？」

工藤がつぶやいた。

「ええ。そんな馬鹿なことを言うのです」

「他に何か、たとえば頭痛などを訴えることはありませんでしたか」

工藤はそう尋ねた。

「それは、しょっちゅうでした」

「記憶がないなどということは？」

「それは別に――」と、やすえは言いかけ、何か思い出したように、「そういえば、時々、友達から嘘つき呼ばわりをされたと言って泣いていることがありました。友達と約束したことを忘れてしまったらしくて、そのことでなじられたらしいんですが、麻美はそんな約束はしていないと言うのです。わたしにも覚えがあります。麻美に何か用事を言い付けると、忘れてしまったらしく、いつまでたってもやらないので、そのことを言うと、そんなことは聞いていないと言うのです。ウソをついているようには見えませんでした。本当に忘れてしまったようなのです」

「ご両親が亡くなる原因になった車の事故のことですが、その車に麻美さんも乗っていたのですか」

「いいえ。乗っていたのは息子夫婦だけでした。麻美は乗ってはいませんでした。もし、麻美も乗っていたら、あの子も生きてはいなかったでしょう。それは、惨たらしい事故でした。道路のガードレールを突き抜けて、崖から転落したのです。息子も嫁も即死でした。息子の会社の人からあとで聞いたのですが、二人の遺体は、とても正視できるものではなかったそうです」

　やすえはそう言って、そのときのことを思い出したように、目がしらを押さえた。

「まさか、両親の遺体を、麻美さんが見たということは——」

「いいえ、とんでもない。あんな惨たらしいものを子供に見せるはずがありません。麻美には、事故のことは、少したってから、わたしどもの口から伝えたのです」

「事故の原因は何だったんですか」

「それが、よく分からないようでした。車も人も酷い有り様でしたので。ただ、現場にブレーキの跡がなかったということで、車の故障か、あるいは、息子の居眠り運転ではないかと思われていたようです」

「居眠り運転というのは妙ですね。一人で乗っていたというならともかく」

工藤が不審そうな顔をした。

「ええ。それで、結局は、車の故障だったのではないかということになりましたが、そういえば、あとになって、麻美が変なことを言い出したのです」

「変なこと？」

「ボブが何かしたというのです。事故が起こる前日、ボブがうちのガレージから出てくるのを麻美は見たというのです。そのとき、ボブの手は油のようなもので汚れていたと」

「その、ボブというのは？」

「隣に住んでいた大学生の息子さんです。隣には、ハイスクールの教師をしている一家が住んでいて、息子たちとは家族のような付き合いをしていたそうです。その家の長男が、麻美をとても可愛がっていたのです」

「その仲良しだった大学生が、車に何か細工したと、麻美さんは言ったのですか」

工藤は腑に落ちないというように尋ねた。

「ええ。まるで、その大学生が、車に何かして事故を起こさせたのだと言わんばかりでした。警察でも、その大学生に事情を聞いたようなのですが、大学生は否定したそうです。それに、その一家と息子夫婦はとても親しくしていて、その大学生が息子夫婦を恨んでいたとか、そんな話は全くなかったらしいのです。しかも、その息子さんというのは、大学ではラグビーか何かの花形選手とかで、とても評判の良い人でした。その人が、親しくしていた隣人の車に細工をして事故を起こさせたとはとても考えられなかったようです。それに、そんなことを言い出した麻美自身が、そのうち、あたしはそんなことを言ってない、と言い出したりして、結局、両親の事故死を知らされた麻美が、一時的に錯乱して、でたらめを言ったのだろうということになりましたが……」

15

春海と工藤が青柳やすえの家を出たときには、既に六時近くなっていた。通り雨のようなものだったらしく、その頃には、雨は止んでいた。二人は、やすえが呼んでくれたタクシーで綾部駅まで戻った。次の京都行きは六時四十四分で、まだ少し時間があった。

「ねえ、先輩」

ホームのベンチに腰掛けながら、春海は工藤の方を見た。

「青柳さんに会って、どうでした？」

「どうって？」

「先輩、言ってたじゃないですか。青柳麻美が娘の振りをしていた理由に心あたりがある。彼女の祖母に会えば、もっと詳しいことが分かるかもしれないって」

　最初こそ、やすえと話していたのは、春海の方だったが、途中からは、質問するのは殆ど工藤の方で、その質問の仕方には、工藤が何か自分なりの考えを持っているように、春海には思えた。

「『24人のビリー・ミリガン』って本、読んだことある？」

　工藤謙介は、春海の質問には答えず、いきなり、そんなことを言い出した。

「聞いたことはありますけど、まだ……」

　春海は、何を言い出すのかと、工藤の横顔をまじまじと見ながら言った。読んだことはないが、出版されるや、かなりの話題を攫《さら》った本だったから、春海も新聞の書評などを読んで、この本のおおまかな内容くらいは知っていた。そのうち図書館にも入るだろうから、そのときは、借り出して読もうと思っていた。

「確か、ベストセラーになった本でしたよね。何でも多重人格を扱った本だとか――」

　そう言いかけ、春海はあることに気が付いて、はっとした。

「まさか」

「そのまさかだよ、俺が考えているのは」

　工藤は春海の顔を見ながらにやりとした。

「青柳麻美が多重人格者だったなんて言うんじゃないでしょうね」

　春海は嚙み付くような勢いで尋ねた。

「そう言いたいんだよ。青柳やすえの話を聞いて、俺は、いよいよ確信を持ったね。青柳麻美が解離性同一性障害、いわゆる多重人格者だったと考えれば、彼女の不可解な行動も説明がつくじゃないか」

「でも……」

春海にはとても信じられなかった。ビリー・ミリガンの話が、作家の空想によるものではなく、実話を基にしたノンフィクションに近いものであることは知っていたから、世の中に、多重人格者なるものが存在するらしいということは承認できても、その多重人格者が自分のすぐ身近にいたということが、春海にはどうしても承認できなかった。

「俺は、西村麗子の話を聞いているうちに、多重人格のことがふいに頭にひらめいた。四十二歳の女が十八の、それも自分の娘に化けるなんて、ちょっとふつうの神経の持ち主のやることではないと思ったんだ。いくら若く見えるからって、二十歳以上もサバを読むなんて、大胆を通り越して異常だよ。それで、もしかしたら、青柳麻美は、自分でもそうとは自覚しないで、麗子になりすましていたのではないか、と思いついたんだ。つまり、青柳麻美は、娘の振りをして、きみに近づいたのではなくて、きみと会ったとき、自分は西村麗子という十八歳になる学生だと本気で思い込んでいたのではないかってね……」

「……」

「彼女は、何らかの目的があって、意識的に演技をしていたんじゃなく、本当に自分が西村麗子という女だと信じ込んでいたんだ。そう考えれば、彼女が学生の振りをして、きみに近づいた理由も分かる。もし、彼女が多重人格者だとしたら、平田由紀という女になりすまして、二重生活を送っていたことも、それなりに納得が行く。松下という男といるときは、彼女は、本気で自分が平田由紀という人妻だと思い込んでいたんだろう。

ひと口に多重人格と言っても、さまざまなケースがあるらしいが、その中の一つに、自分が何らかの影響を受けた肉親や友人のコピーをするというタイプがある。たとえば、自分を育てた祖母の人格を持ってしまった若い女性のケースもあるし、子供の頃から親しくしていた従姉の人格を持ってしまった女性の例もある。この女性というのは、『私の中の他人』という、精神科医の手によって書かれた本のモデルでもある人なんだが、彼女の場合は、従姉から身のうえに起こった話を聞かされているうちに、それらをすべて、自分の身のうえに起こったものと思い込んでしまったというんだ。しかも、それだけでなく、その従姉の話しぶりから仕草まで、無意識のうちにコピーしてしまったという。

青柳麻美が、娘の麗子の振りをしたのは、このケースによく似ていると思う。おそらく、麻美は、時々上京してくる麗子と会っているうちに、何らかの心理作用で、麗子との同一化を図るようになっていたんだ。そういえば、きみ、言ってたね。西村麗子が、同居して一カ月もしないうちに、別人のように変わってしまったって」

「それじゃ、あれも――」

春海ははっとして言った。あの突然の変化は、彼女の中の西村麗子の人格が消えて、別の人格が出てきたということなのだろうか。

「ひょっとすると、その変わった方の人格が、本来の麻美の人格——専門的には、ホスト人格などというらしいが——だったのかもしれない。おそらく、麗子の人格を持っていた麻美は、すぐに、自分がJ大学の学生でないことに気が付いたんだろう。現実に直面したんだよ。そこで、混乱が起きて、現実に対応できなくなった麗子の人格は消えたのかもしれない。あるいは、その混乱を乗り切るために、もっと強い別の人格が麗子の人格を押しのけて出てきたのだろう。ただ、その人格はけっこう抜け目がなくて、きみの手前、西村麗子の振りをし続けていたのだろうね」

「そうすると、平田由紀の場合はどうなるんですか」

「そっちは、またちょっとケースが違うみたいだ。でも、説明がつかないことはない。たぶん、麻美が祖父から買って貰った、ユキという名前の人形がキーポイントになっている。平田由紀というのは、写真で見る限り、まさに市松人形のような人だったみたいじゃないか。由紀が和服を愛用していたことも、料理好きで女らしい性格も、すべて、この人形のイメージからきているのかもしれない。やはり、一種の同一化だよ。ただ、その対象が、麗子のときのような、生きた人間ではなくて、人形だったというだけだ。麻美はユキという人形を可愛がり、この人形のように、愛らしくしとやかで誰からも愛される女性になりたいと望んだのかもしれない。あるいは、そう祖父母から言い聞かされていたのかもしれない。しかも、麻美には、帰国子女というハンディがあった。学校へ行けば、『ガイジン』と言われて苛められる。早く、日本の女性として、周囲から認められたい、受け入れられたいという願望が彼女の幼い心の中には強くあっただろうね。それが、市松人形のような由紀の人格を生み出したのではないかと思うんだ。そして、たぶん、平田という男と出会って恋をしたのは、この由紀の人格だったに違いない。ところが、最初の結婚はうまくいかなかった。またもや、現実の困難さに直面して、由紀の人格は麻美の中で力を失った」

多重人格者が、自分の中で次々と新しい人格を作り出していく過程には、それなりの合理的な目的があるのだと、工藤は言った。

「ようするに、何か困った状況になると多重人格者は、まるで一つの細胞が細胞分裂を繰り返すように、自分の分身を作り出してゆく。しかも、その分身には、今までになかった能力、困難な状況を乗り越えるだけの能力が備わっている場合が多い。例えば、非常に話し下手で内気な女性が、セールスとかサービス業などの仕事についたとき、本来の性格では、これらの仕事を成功させるのは難しい。だから、当然、彼女は厳しい現実に突き当たって思い悩むことになる。ふつうだったら、自分に合わない仕事はさっさとやめるということで、現実からの逃避をはかって、心の平安を得ようとするわけだが、多重人格者は違った方法を取る。自分の中に、この仕事をやりこなせるような別の人格を作り出してしまうのだ。こうして、話し下手で内気な女性の中に、話し上手で外向的なもう一人の自分が生まれる結果になる。そのシステムは、まるで生物の進化に酷似しているんだ。だから、多重人格者というのは、見方を変えれば、正常と言われている人間よりは、進化の進んだ未来的な人間だという見方さえできるくらいだ。〝ミリガン〟の作者でもあるダニエル・キースもそんなことを書いている。ただ、やっかいなのは、自分の中に作りあげた人格たちがそれぞれお互いのことを知らないことが多く、連絡を取り合うことがないということなんだ。つまり、一軒の家に、さまざまな能力を持つエキスパートたちが同居していながら、かれらを結び付け、統制する家長のような存在が欠落しているために、かれらはてんでに好き勝手なことをしているというわけなんだ。

さらに、困ったことに、中には、犯罪に関してエキスパートという反社会的な人格があったりする。時にこれが暴走したりする。制御能力を持たない攻撃的な人格が凶悪犯罪に走るというケースも当然出てくる。そこまでいかなくても、ホスト人格の日常生活を常に混乱させ、あげくの果てに、この世に生きる希望を失わせるようなマイナスの結果をもたらしてしまうこともある」

あれ、ちょっと話が脱線してしまったかな、と言いながら、工藤は、話を元に戻した。

「つまりさ、由紀という人格は、帰国子女としての悩みを抱えていた麻美が、日本という国の生活習慣に適応するために、生み出した別人格だったのかもしれないってことさ。ところが、この由紀の人格が選んだ最初の結婚は惨憺たるものに終わった。もはや、由紀の人格は必要なくなってしまった。それで、新たな現実に対応するように、別の人格が由紀を押しのけて出てきたに違いない。それでは、押しのけられた由紀はどうしたか。こういう場合、消えてしまうこともあるが、眠らされる場合もあるみたいだ。例えば、ビリー・ミリガンの例でいうならば、ホスト人格のビリーは、自殺願望が強すぎて危険だということで、他の人格たちによって、七年も眠らされていたというんだ。由紀の場合も同じことが起きたのかもしれない。松下という男が旅先で会った麻美は、この長い間眠らされていた由紀の人格だったとも考えられる。たぶん、この由紀という人格は、男に柔順で、惚れっぽい性格だったのかもしれないね。それで、旅先で松下と出会ったとき、それまで眠っていた由紀の人格がめざめてしまったんだ。麻美は歳を偽っていたわけでも、子供を産んだことがあることを隠していたわけでもない。由紀の人格が持つ記憶は、平田という男と結婚した頃のまま、二十一、二歳でストップしていたわけだからね。それに、由紀がアメリカにいた頃のことを全くおぼえていないのも当然だ。なぜなら、由紀という人格は、麻美が祖父母のもとに引き取られてから生まれた人格だろうから、その前の記憶などあるわけがない……」

雄弁にしゃべっていた工藤の口がようやくとざされた。京都行きの特急がホームに入ってきたからだった。二人は列車に乗り込んだ。

「……もし、麻美が多重人格者だとしたら、彼女がそうなった原因は子供の頃にあるに違いないと思ったんだ。だから、彼女の祖母に会えば、何か分かるかもしれないと思ったわけさ」

特急が綾部駅を出ると、工藤はまた口を開いた。

「それで、やすえさんに会って、確信したというわけですか」

春海は戸惑いながら言った。工藤の推測は、それなりに論理的で、納得の行かないこともないではなかったが、理屈の上では理解できても、やはり、感情が工藤の話についていけなかった。

「ああ。多重人格に限らず、何らかの精神的障害を持つ人は、たいていは、子供の頃にさかのぼって、発病する要因を抱えているということが、臨床医の報告で分かっている。いわゆるトラウマというやつさ。例えば、耐え難いショッキングな経験が子供の頃にあって、本人がそれを忘れてしまっている、というケースが少なくないらしい。その要因はさまざまで、自動車事故や航空機事故、地震や火事などの災害、戦争体験やカルト宗教による洗脳、それに加えて、よく報告されるのが、近親者による虐待、それも性的虐待が、発病の大きな要因になっているらしい――」

「もし、彼女が多重人格だとしたら、やはり、両親の自動車事故死というのが原因でしょうか。あと、帰国子女としてのストレスとか」

「むろん、それもあるだろうが」

そこまで言って、工藤はふっと考えこむような顔になった。

「ただ、どうも、それだけじゃないって気がしてならない」

「え？」

「麻美が事故に遭った車に同乗していたというならば、それだけでも十分だ。ガードレールを突き破って崖から転落するというのは、まさに地獄に向かって真っ逆さまに落ちるような感覚だっただろうからね。幼い子供がそんな恐ろしい体験をすれば、精神的な後遺症が残らない方がおかしいくらいだ。でも、彼女は、車には乗っていなかったというんだ。物理的な恐怖は経験していないわけだよな」

「だけど、両親がそんな事故に遭って亡くなったと聞かされただけでも、子供にとっては凄いショックだと思いますけど」

春海はそう言い返した。ふと亡くなった兄のことを思い出していた。兄の事故死を知らされたとき、春海はショックのあまり、全身がマヒしてしまったような感覚を、今でも生々しくおぼえていた。

「精神的にはね。でも、それは肉体的な恐怖ではない。俺は、麻美は何かもっとフィジカルな恐ろしい体験をしていたような気がしてならないんだ。アメリカにいた頃にね。それも、たぶん、両親の事故死以前にだ。というのは、麻美の人格分裂は、両親の事故死以前に既に起こっていたふしがあるからだ。青柳やすえが言っていただろう。ボブという隣の青年がガレージから出てきたという証言をしたとき、麻美はあとですぐにそんなことを言ってない、と否定したって。これは錯乱からきた記憶の混同ではなくて、このとき、既に、麻美の中には別の人格が生まれていたとしたらどうだろう。ボブという青年がガレージから出てくるのを見たのは、麻美の中の別の人格の方だったのかもしれない——」

「もしかしたら、それはマリという、ぬいぐるみの」

春海は思わず言った。青柳やすえが何げなく口にした、マリという名前のテディベアのことが、妙に頭に残っていた。

「そうだ。たぶん、そのマリだよ。父親から買って貰ったテディベアが擬人化された、マリという別人格が既に麻美の中にいたんだ。それが、もしかしたら、三十年以上たっても、夜中に突然飛び起きて、脅えて英語で泣き叫ぶ小さな子供の人格かもしれない。このかわいそうな子供はなぜ生まれてきたのだろう……」

そう言ったきり、工藤は自分の世界に浸るような目をして黙りこんでしまった。

16

「きみ、これからどうするんだ？」

しばらく黙りこんで、腕組みをして車窓の風景を眺めていた工藤が、夢から覚めたような顔で、春海の方を見た。

「これからって、東京に帰りますけど」

「そういうことじゃなくて。東京へ戻ったあとのことだよ」

工藤はややじれったそうに言った。春海は時々、こういう、ボケをかますというか、ピントのはずれた答え方をすることがある。

「もちろん、青柳麻美に会います」

「もし、会えなかったら？」

「会えなかったら……」

春海は困ったように呟いた。

「今のところ、連絡が取れないんだろう？」

「ええ、でも――」

「もし、彼女がどこかで事故か事件に巻き込まれていたとしたら、このまま、帰ってこないってことだってありうる。そうしたら、これからどうするつもりだ。今のマンションに一人で住むつもりか」

「いえ」

春海は首を振った。

「あのマンションは出ます。たとえ、彼女が帰ってきたとしても、もう一緒に暮らすことはできません。だって、あたしがルームメイトになったのは、あくまでも、西村麗子って人だったんですから。先輩の言う通り、彼女が故意にウソをついたわけではないとしても、あたし、やっぱり――」

「その方がいいだろうな」

工藤は頷いた。

「なるべく早く、大家さんに事情を話して、次の下宿先を探すつもりです。払えない家賃は、敷金の中からでも引いて貰えばいいし」

そう言いながら、春海は、これから忙しくなるな、と思った。引っ越しにはそれなりの費用がかかるし、その費用まで母に出させるわけにはいかない。アルバイトか何かして稼ぎ出さないことには……。そう考えると、ふと春海の頭にあることがよぎった。

「あの、先輩」

春海は言った。

「このまま東京へ戻りますか」

「そのつもりだけど……」

工藤は怪訝そうな表情になった。

「あたし、名古屋で降りて、実家に寄って行こうかなって思いついたんです。東京へ戻ったら、色々忙しくなると思うし、そうなれば、いつ実家に帰れるか分からないから、このさい、ついでだから、母に会って行こうかなって」

「もうおふくろのオッパイが恋しくなったってわけか」

工藤はそう言って笑った。

「そんなんじゃありません」

子供扱いされて、春海はふくれた。

「それで、もしよかったら、先輩もどうかなって思って」

「どうかなって？」

「一緒に……」

春海は蚊の泣くような声で言った。

「え。でも、それじゃ、迷惑だろう」

「迷惑なんてことは絶対にありません。母も喜ぶと思います」

これはお世辞でもなんでもなかった。母の喜恵が、工藤に会えば喜ぶだろうということは、春海には、直感的に分かっていた。春海が、工藤に兄の面影を見いだしたように、母の喜恵も、きっと彼の中に夭折した息子の面影を見るだろう。春海には、そういう強い確信があった。それに、なぜか、工藤を母に会わせたいという気持ちが、春海の中で押さえ切れないほどに高まっていた。こんな気持ちになったのははじめてだった。

「迷惑でないなら、行ってもいいけど……」

不承不承とでも言うような口ぶりのわりには、工藤の目は嬉しそうに輝いていた。工藤も少し戸惑っていた。萩尾春海は、今のところ、工藤にとって、ちょっと可愛いクラブの後輩とでもいうべき存在にすぎない。ガールフレンドでもなければ、彼女でもない。それなのに、そんな女の実家へ行くことを、自分が嫌がっているどころか、けっこう喜んでいることに気づいて、内心、おやという気分になっていた。自分で自分の気持ちがつかめきれないという感じだった。工藤にとっても、こんな変に甘酸っぱい感覚は、はじめてと言ってもよい感覚だった。というより、小学生のとき、ひそかに好きだった女の子から誕生会に呼ばれたとき以来と言った方が正確だったかもしれないが。

「あ、先輩。それで、今度のことは母には内緒にしておきたいんです。心配させるといけないから。引っ越すときも、ルームメイトと喧嘩したからとでも言っておきます」

春海がそう言うと、工藤は分かったというように頷いた。

特急が京都駅に着いたときには、午後八時になろうしていた。新幹線の切符売り場のそばの公衆電話を使って、母に電話を入れると、午後八時十分発の「のぞみ」に春海は工藤と一緒に乗り込んだ。

17

春海の背後にのっそりと立っている工藤の姿を一目見るなり、春海の母親は、「あらっ」と言ったきり、目を丸くしていた。

工藤は嫌な予感がした。春海は京都駅から母親に電話したはずである。工藤は新幹線の切符を買っていたので、そばにはいなかったが、当然、連れがいることを母親に告げたものだとばかり思っていた。ところが、母親は、工藤の姿を見て少なからず驚いたように見える。ということは、春海は工藤のことを何も知らせていなかったのだろうか。

「何、驚いてるのよ、母さん」

春海も母親の姿を怪訝そうに見ながら言った。

「大学の先輩と一緒だって言ったでしょ、電話で」

靴を脱ぎながら言う。

「だって、あんた、男の人だなんて一言も言わなかったじゃない。だから、母さん、てっきり、女の先輩だとばかり――」

「女子大じゃないのよ、あたしが行ってるのは」

春海は脹れた顔をした。

「まさか、男の先輩だなんて――」

母親はそう言いながら、それでも、気を取り直したように、工藤の方に愛想笑いを投げかけ、客用のスリッパを出してくれた。

「小学校のときから共学に通っていたのに、ただのいっぺんも男の友達をうちに連れてきたことなんてないんですよ。よっぽど男の子にもてなかったらしくて」

笑いながらそんなことを言う。工藤は困惑しながら愛想笑いを返した。

「失礼ね。もてなかったんじゃなくて、こっちから無視してたの」

さっさと先に茶の間らしき部屋に入って行った春海の声だけがした。

「中学の卒業式のとき、別の高校へ行くことになった男子から、付き合ってくれって言われたことだってあるんだから」

「あんた、そんなこと一度も言わなかったじゃない」

母親が声をはりあげた。

「どうせ母さんに言ったって、おまえの自惚れだ、勘違いだって笑われるに決まってるから黙ってたんです。あたし、こう見えても、男子にけっこうもてたんだから」

春海のぶつぶつ言う声が聞こえてきた。

「へえ、その割りには、男の子から手紙一つ来たことがないじゃないの」

母親もむきになったようにやり返す。微笑ましい親子喧嘩だった。

工藤は、春海の母親の方をちらと見ながら、似た者親子とはこういう親子を言うのだろうかと思っていた。

春海の母親は春海によく似ていた。あと三十年もすれば、春海もこんな感じになるのかもしれない。ふと、そんなことを考え、春海の三十年後の姿など想像した自分に少しうろたえた。

茶の間に入ると、眼鏡をかけた三十年配の女性がいた。新幹線の中で春海から聞いた話では、未婚の叔母が同居しているということだったから、この女性がその叔母なのだろうと思った。

あらためて、「工藤謙介です」と自己紹介すると、母親の顔に一瞬「え」という表情が浮かんだ。

「ああ、あなたが——」

と、母親は言った。その声にも、表情にも、さきほどまではなかった、ある種の情感のようなものが滲み出ていた。

「いえね。春海がよく電話であなたのことを話すものですから——」

「母さん。お鮨はどこよ」

春海が慌ててさえぎるように言った。心なしか顔が薄赤くなっている。

「台所ですよ」

そう言うと、「あたし、取ってくる」と、逃げ出すように茶の間を出て行った。

「お兄ちゃんと同じ名前の先輩がいるのよ、名前だけじゃなくて、なんとなく雰囲気も似てるのよ、って。そう。あなただったのね」

母親は息子でも見るような目で、工藤の全身を眺め回した。

工藤はおおいに照れた。

母親が二人のために取ってくれた鮨をつまみながら、四人で話をするうちに、工藤は久しぶりに、家庭的な雰囲気にふれたような気がして、次第にくつろいでいく自分を感じた。

母親の喜恵の話では、春海の父親は、春海が高校一年のときに、肺ガンを患って亡くなり、それ以来、義妹の達子と二人で、小さな洋裁店を切り盛りしながら、女三人のつましい生活を送ってきたらしい。

「春海の上にもう一人いたんですけれどね……」

ふと喜恵が言った。

「ああ、俺と同じ名前の」

工藤がそう言うと、喜恵は大きく頷いた。

「健康の健に、介と書いて、ケンスケ……」

十四歳のときに交通事故に遭って亡くなったのだという。ただ、そのときの思い出は、喜恵にはつらすぎるらしく、それだけしか言わなかった。

「ねえ、先輩、二階の兄の部屋、そのままになってるんですよ。ちょっと見てみません？」

春海が立ち上がってそんなことを言い出した。

「母さん、いいでしょ。工藤先輩なら、あの部屋に入れても」

春海は甘えるように母親を見た。母親は黙って頷いただけだった。

人の体重がかかるとギシギシと鳴る、古い木製の階段を上ると、春海は、廊下の突き当たりの部屋に工藤を案内した。ドアを開けると、四畳ほどの狭い洋室だった。壁には、詰め襟の学生服が掛かっていた。棚には、部屋の主が作ったらしい、さまざまなプラモデルが所せましと並べられ、大きな地球儀、黒ずんだ木製のバットにグローブもあった。それらがうっすらと埃をかぶって、帰らぬ若い主人を今も待ち続けているように見えた。

「ここ、開かずの部屋だったんですよ」

春海が言った。

「母さん、お兄ちゃんが死んだとき、この部屋を封印したんです。長い間、誰も入れなかった。母さんが掃除するときだけ入る部屋だったんです。お兄ちゃん、母さんの秘蔵っ子だったから」

春海は妙に遠く聞こえる声でそう言いながら、机の上の写真立てを手に取った。

「これがお兄ちゃん」

工藤がのぞき込むと、写真立ての中で、野球帽をはすにかぶり、右手の指をVマークに突き出して笑っている、見るからに腕白そうな少年の顔があった。どことなく春海に似ていた。

「お兄ちゃんはあたしのヒーローだったんです。スポーツでも勉強でもできないことはなかったんです。優等生だったけど、青白いガリ勉じゃなかった。あたし、お兄ちゃんが机に向かってるところなんて見たことなかった。うちにいるときは、いつもプラモデル作ってたし、たいていは、外で真っ黒になって遊んでた。それでも、ずっと学校で一番だった。生まれつき頭が良かったんです。あたしは未熟児だったけれど、お兄ちゃんは健康優良児で表彰されたこともあったそうです。きっと健介は、お母さんのおなかにいたとき、良いところばかり持って生まれてきちゃったのね。だから、春海にはカスしか残らなかったんだわ、なんて言われたこともあります」

「ひどいこと言うなあ。誰だ、そんなことを言ったのは」

工藤は思わず言った。

「親戚のおばさん……」

春海は小さな声で言った。

「でも、あたし、そう言われてもちっとも腹なんかたたなかったんですよ。だって、その通りだったし、あたし、お兄ちゃんのこと、大好きだったから、お兄ちゃんが褒められるの聞くの好きだったんです」

兄妹というのは、そんなものかな、と工藤は思った。一人っ子の工藤にはきょうだいの心理はよく分からなかった。

「さっき、おふくろさんの話では、交通事故って言ったけど——」

そう聞くと、春海の表情が暗くなった。

「あたしが殺したんです」

春海はポツンと言った。

「え？」

「あたしが桃の缶詰なんか欲しいって言ったから」

「………」

「お兄ちゃんが死んだのは、あたしが七歳のときだったんです。あたし、その日、風邪ぎみで少し熱があったんです。それで学校を休んでうちで寝てたんです。いつもより早く、兄は学校から帰ってきて、『はあちゃん、何か食べたい』って聞いたんです。あたしは口が渇いていたんで、『桃の缶詰が食べたいものない』って言ったんです。桃の缶詰はうちに置いてなかったんで、兄は、『買ってきてやる』って言って、自転車でうちを出たんです。近くのスーパーで桃の缶詰だけ買って帰る途中——」

春海の声が掠《かす》れた。

「兄が信号無視したんです。ちょっとそういう無鉄砲なところがあったんだけど、そのときは、きっと、あたしに早く桃の缶詰を食べさせたくて、気がせいていたんだと思う。信号がまだ赤だったのに、横断歩道を無理に突っ切ろうとして……」

車に自転車ごと撥ねられ、道路にたたきつけられて、全身を強打した健介は、運ばれた病院で数時間後に息を引き取ったのだという。

「自転車のカゴから落ちた桃の缶詰が大きくへこんだまま現場に転がっていたそうです。あたしが殺したんです。あたしがあんなことを言わなければ、兄は事故に遭うことはなかった……」

「優しいお兄さんだったんだね」

かける言葉も見つからず、工藤には珍しく、そんな月並みなセリフを言うと、春海はこくんと頷いた。

「だから、あたし」

と春海は呟いた。

「あれから桃の缶詰が食べられないんです」

18

翌日、七月二十九日。昼食を済ませてから、春海と工藤は春海の実家をあとにすると、名鉄津島線で名古屋まで出た。ちょうど発車間際だった東京行きの「ひかり」に乗り込むと、春海はすぐに言った。

「あたし、東京に着いたら、このまま青柳麻美のマンションを訪ねてみようと思うんですけど」

「しかし、昼間だと、麻美は留守かもしれないぜ。青柳やすえの話だと、会社勤めをしてるってことだったから」

工藤は腕時計を見ながら言った。

「それは分かってますけど、夜、電話をしてもつかまらないから……。マンションの管理会社の人に聞けば、彼女の勤め先が分かると思うんです。留守だったら、そちらの方に直接訪ねてみようかと」

「ああ、そうか。それがいいかもな」

工藤は合点したように軽く頷いた。西村麗子も青柳やすえも、麻美の勤め先の住所や電話番号までは知らないようだった。それをつきとめるには、春海の言う通り、麻美のマンションの管理会社にあたるのがいいかもしれない。

「あたしの言った通りだったでしょ」

「ひかり」が名古屋駅を滑り出すと、春海がふいに悪戯っぽい表情で言った。

「何が？」

「先輩がうちに来れば、母は絶対喜ぶって」

「ああ……」

工藤はシートを倒しながら口の中で呟いた。確かに、春海の母親からはかなり歓迎されたという実感があった。喜恵は、洋裁店の方は義妹の達子にまかせ、昼までうちにいて昼食の面倒まで見てくれた。久しぶりにおふくろの味を堪能したと思っていた。

「ただ」

工藤はやや苦い表情で言った。

「俺が歓迎されたのは、きみの兄さんに似ていたからだろう?」

そう言うと、春海は、工藤の方を上目使いで見ながら、「ええ、まあ」と答えた。

「贅沢を言わせて貰えば、きみの兄さんに似ているからじゃなくて、俺個人として歓迎して欲しかったな」

工藤はこの言葉を、春海の母親にというよりも、春海本人に言いたかった。そんな兄貴を見るような目で見るのはやめてくれないか。俺はきみの兄貴の代わりじゃないんだ。そんな言葉が喉まで出かかったが、口に出すことはなかった。

「すみません……」

春海はしおれてしまった。

「別に謝ることはないよ」

工藤は慌てて言った。やたらと鼻っ柱の強い女も厄介だが、こう素直すぎるのも困りものだ。拍子抜けしてしまう。

「ただ、俺は誰かに似てるって言われるの、あんまり好きじゃないんだ。俺は俺だから。誰にも似ていたくない」

「好きな人にも？」

春海は呟くように言って、工藤の方を見た。工藤は、その薄茶色の大きな目を、まるで乳離れしていない子犬みたいな目だな、ふと思った。

「たとえ、どんなに尊敬している人でも好きな人でも、似ていると言われて嬉しいと思ったことはないね」

「ふうん。そうですか。あたしなら、好きな人に似ていると言われたら嬉しいけどな」

春海は独り言のように言った。

「俺はきみほど性格が素直じゃないんだよ、きっと」

工藤はそう言って苦笑した。

「ひかり」が東京駅に着いたのは、午後三時を少し過ぎた頃だった。新幹線ホームに降り立つと、工藤が言った。

「麻美のマンションまで付き合うよ」

すると、春海の顔がぱっと明るくなった。

「本当ですか」

「毒を食わば皿までって言うからね。こうなったら、どこまでも姫のお供をいたします る」

「さようか」

19

「ここだと思うんですけど……」

目の前の建物と、手帳に記された住所を見比べながら、春海は言った。

青柳麻美のマンションは、西武新宿線の上石神井駅から徒歩十分ほど行ったところにある、七階建ての中級マンションだった。

「ブルースカイ・マンション」とある。

「ここの五二五号室です」

春海は先に立って、玄関のガラス扉を身体で押すようにして中に入った。やや薄暗いロビーに並ぶ銀色の郵便受けを見ていたが、そこに、青柳麻美の名前を見つけた。幸い、オートロック式の玄関ではなかったので、二人は、エレベーターで五階に向かった。エレベーターを降りて、五二五号室の前まで行ってみると、インターホンを押すまでもなく、留守だと分かった。新聞受けに、一週間分はあると思われる新聞が突っ込まれていたからだ。受け口に入りきれなかった分は下に落ちていた。

「旅行にでも出たのかな……」

工藤はそう呟いて、ドアのノブをつかんで回してみた。鍵がかかっていた。念のため、インターホンを鳴らしてみたが、むろん、応答はない。

「新聞、止めていかなかったんでしょうか」

春海が不審そうな顔で言った。

「忘れたんだろう。仕方がないな……」

工藤が五二五号室の前から離れようとすると、「あ、先輩。ちょっと待って。隣の人に聞いてみます。何か知ってるかもしれない」

春海はそう言って、隣の五二四号室のインターホンを鳴らした。表札は、〝中島〟と出ていた。すぐに、ドアの向こうから声がして、三十代の主婦風の女性が現れた。

「隣の青柳さん、留守みたいなんですけれど、どこへ行かれたかご存じありませんか」

そう尋ねてみると、その女性は、「さあ」と首をかしげ、「あまり隣とは付き合いないものだから……」と答えた。

春海が主婦に礼を言って、ドアを閉めようとすると、主婦は、「でも、変なのよね」と呟くように言った。

「変って？」

すかさず尋ねると、

「エアコンの室外機の音がするのよ……」

主婦はそんなことを言った。

「え」

「エアコンつけてるみたいなのよ、お隣。だって、夜中に、室外機の音がするもの。ほら、エアコンの室外機って、昼はあまり気にならないけど、深夜って、けっこう音が響くじゃない」

「でも、新聞がたまってるところをみると、留守みたいですが」

工藤が言った。

「そうなのよね。だから、きっと、お隣さん、エアコン止めるの忘れて、旅行にでも出ちゃったんじゃないかしら。一人で住んでるみたいだから。あなたたち、お知り合い？」

主婦は春海たちをじろりと見た。

「ええまあ」

春海がそう答えると、

「だったら、下に降りたついでに、管理人に言っておいてくれない？」

主婦はそれだけ言うと、引っ込んでしまった。

「エアコンがつけっ放しか」

エレベーターに乗り込みながら、工藤が思案するように呟いた。

「新聞もエアコンも止めずに出掛けるなんて、よっぽど急いでいたんでしょうか」

春海も不審そうな顔で言う。

「それとも……」

工藤は何か言いかけたが、皆までは言わず、エレベーターのボタンを押した。

二人は一階に戻ると、廊下の突き当たりの管理人室のドアをノックした。すぐに、七十年配の男性が出てきた。さっきの主婦から聞いたことを伝えると、管理人は軽く舌打ちし、「時々いるんだよ。そういう人が」などとぶつぶつ言いながら、マスターキーを持って出てきた。

工藤が管理人のあとについて行こうとするので、春海は、「先輩」と呼び止めた。すると、工藤は、「きみはここで待っててくれ」とだけ言い残し、管理人と一緒にエレベーターに乗り込んでいってしまった。

仕方なく、春海はロビーで工藤たちが戻ってくるのを待つことにした。

エレベーターの音がして、工藤が戻ってきたのは、十分くらいしてからだった。工藤の様子が変だった。顔色が変わっている。春海に近づくなり、工藤は、振り絞るような声で言った。

「部屋で人が殺されている……」

モノローグ2

「犯人は女かもしれないって書いてあるわ」

ベッドの上に腹ばいになっていたマリは、夕刊を読みながら、ふんと鼻で笑った。

「まあ、無理もないさ。池袋に自宅のあるあいつが新宿のホテルにツインの部屋を取ったとなれば、女といちゃつくため以外に考えようがないからな。とすれば、その女がってことになる」

俺はベッドの上に飛び乗って、マリの隣に寝そべった。片手でマリの柔らかな髪をもてあそんでいると、マリは、うるさそうに首を振って、俺の手を払いのけた。

「あのあとすぐ、うちの店にも刑事が聞き込みにきたわ。あたしのアリバイを調べにね。さすがに日本の警察は優秀だわ。あの豚が、あたしにご執心だったことを、さっそく、どっかから嗅ぎ付けたらしくて」

くっくとマリは忍び笑いを漏らした。

「でも、おまえにはアリバイがある」

俺も笑った。

「そうよ。あたしには、あの豚が殺されたとき、店にいたという立派なアリバイがあったんだからね。犬ども、あてがはずれたような顔してスゴスゴ帰っていったわ。傑作だった。あたし、トイレの中で大笑いしてやった――触らないで」

俺がもう一度、マリの髪に触ろうとすると、マリは凄い目付きで俺を睨んだ。

「なんだよ。どうしたんだよ……」

俺はマリの剣幕にびっくりした。

「人のベッドに勝手に乗らないでよ。おりてよ。暑苦しい」

冷ややかな目で俺を見ながら、マリはそう言った。

「どうしたんだよ。急に」

俺は唖然としてマリを見つめた。いつもなら、髪に触れるのが合図になって、マリの方から身体を擦り寄せてくるのに。今夜はやけに冷たかった。

俺はもう一度マリの方に手を伸ばしかけた。すると、マリは、いきなり、足で俺の胸を嫌というほど蹴飛ばした。ふいをつかれて、俺は、ベッドの上から、ぶざまに転げ落ちた。何が起きたのか分からなかった。床に転がって、見上げると、マリが生ゴミでも見るような目付きで俺の方を見下ろしていた。

「何するんだよ……」

俺はおろおろして言った。マリはどうしちゃったんだ。もしかしたら、誰か別のやつが出てきたのか、と俺は一瞬思いかけた。

「この際だから言っておくけど」

マリは言った。

「あんたとはもうおしまいよ」

「な、何、言ってるんだ」

俺は自分の耳を疑った。

「バイバイだって言ったのよ。用ずみ。用なし。消えろ。そういうことなの。分かった？」

マリは奇麗な歯を憎々しげに剝き出した。

「いまさら、何、言ってるんだ。俺を好きだって言ったじゃないか。愛してるって」

「おめでたいわねえ」

マリは天井を向いて笑った。

「あたしが愛しているのは、あのちっちゃなサミーだけ。男なんて、あたしにとって、利用するだけのモノにすぎない。前にそう言ったでしょ」

「でも、おまえは言った。俺は特別だって。はじめて好きになった男だって——」

「あらま、あんな戯言《ざれごと》、本気にしてたの？」

マリはせせら笑った。

「これだからコドモは嫌なのよ。大甘のぼうやはね」

「おまえ、まさか……」

あの豚野郎をやるために、俺を利用していただけなのか。俺をその気にさせるために、愛している振りをし続けていただけなのか。そういうことだったのか……。

「おい……」

俺は立ち上がった。怒りと屈辱に身体が震えそうになっていた。

「あんまり俺をなめるなよ」

「おやおや、今度は凄んでみせるわけ？」

マリはおどけたように首をすくめた。

「用ずみだと？　俺がそう言われて引き下がると思ったのか。俺はおまえのために殺人までしたんだ。他の男みたいに、簡単にあしらえると思ったら大間違いだからな」

「黙って引き下がった方があんたのためよ」

マリは哀れむように俺を見た。

「これ以上、あたしにつきまとうつもりなら、これを使うわよ」

マリはにやにやしながらそう言うと、何を思ったのか、ベッドから飛び降り、机の引き出しを開けた。中からカセットテープのようなものを取り出すと、それをラジカセに入れて、ボタンを押した。

『あれ、本気で言ったの?』

『あれって?』

『こいつが目の前にいたら、殺してやるって、あんた、そう言ったじゃない』

『本気だよ』

俺とマリの声だった。いつかの会話をこっそり録音しておいたらしい。

「これを警察に渡すというのか」

俺は鼻で笑ってやった。

「そんなことをしたら、おまえが共犯だったってことがバレてしまうじゃないか」

「馬鹿ね。聞かせるのはサツじゃないわ。あの娘《こ》よ」

マリはぞっとするような冷たい目をして、囁くように言った。

「あの娘《こ》……」

俺は心臓を素手でつかまれたようなショックを受けた。マリの言っている意味がようやく分かったからだ。

「これを聞いたら、あの娘《こ》、どうするかしらね。凄いショックを受けると思うわ。

あの娘《こ》、きっと自殺するわよ……」

「や、やめてくれ」

俺は思わず悲鳴のような声を出した。まさか、マリがこんな汚い手を使うとは思ってもいなかった。

「それだけはやめてくれ……」

「だったら、二度とあたしにつきまとわないことね。分かった？」

俺は返事をしなかった。

「なに黙ってるのよ」

「……………」

「あたしを愛してるだって？　笑わせないでよ。あんたが愛してるのはあの娘《こ》なんだよ」

「違う。おまえのことだって本当に好きだった。だから、俺は」

「だったら、あの娘《こ》にこのテープを聴かせてみる？　それができるというなら、今まで通り、付き合ってやってもいいわ。好きなだけ、あたしのこと、抱かせてあげる。どう。どっちにするの。あの娘《こ》を選ぶ？　それとも、あたしを取る？」

マリは残酷な選択を迫った。俺は答えられなかった。こんなテープを彼女に聴かせることは絶対にできない。でも、マリをあきらめることも絶対にできない。俺にはどちらもできない……。

頭を抱える俺を見て、マリは声をあげて笑った。

この女は悪魔だ……。俺の中で声がした。殺せ。この女を殺してしまえ。それ以外におまえが助かる道はない。殺せ。この女を殺せ。そして、あのテープを取り戻すんだ。声はそう囁き続けた。

マリを殺す？　俺にはそんなことはできない。本当に愛しているんだ。愛？　声はせせら笑った。違うね。いいかげんに目を覚ませよ。おまえはこの女を愛してなんかいない。ただ、この女の身体に溺れているだけだ。おまえが愛しているのは、彼女だけだ。おまえが守らなければならないのは、彼女なんだ。その女は、彼女を苦しめる。その女はおまえを裏切った。おまえの純粋な気持ちを弄んで、おまえを利用した。それに、考えてみろ。もし、ここでその女を殺せば、その女は永遠におまえのものになる。おまえだけのものに……。

執拗な声の誘いに俺はとうとう屈服した。そうだ。マリを殺すしかない。そうすれば、マリは永遠に俺のものになる。俺だけのものに……。

俺はタバコ屋のそばの公衆電話の受話器を取った。コインを入れ、マリのマンションの番号を押した。呼び出し音が鳴りはじめた。腕時計を見ると、時刻は午後四時五分だった。この時間帯なら、マリはまだ寝ているはずだ。出るのは麻美に違いない。でも、少し不安だった。気まぐれなマリのことだ。いつ出てくるか分からない。

　呼び出し音が五回鳴って、受話器が取られる音がした。

「はい、青柳でございますが」

　女の声がした。

「……ですが」

　俺は自分の名前を言った。女の反応をじっと窺う。

「……さん？」

　女は俺の名前を知らないようだった。とまどっている。しめた。出たのはマリじゃない。麻美だった。麻美は俺のことを知らないはずだ。

「マリさんのことでお話があるんですが、そちらに伺ってもいいですか」

　そう言うと、女はさらにとまどったように、「マリのことで……？」と言った。

　麻美はむろんマリの存在を知っていたが、マリが麻美を知っているようには知ってはいないはずだった。彼女は、ボンヤリとマリの存在を感知しているにすぎない。それも、いつも自分を困らせる厄介な存在として。

「大事な話なんです。今、おたくの近くまで来てるんです。五分でそちらに行けます」

畳み込むようにそう言うと、麻美はうろたえながらも、「それじゃ……」と言った。マリがまた何かしでかしたと思ったに違いない。不安そうな声だった。

俺は受話器を置くと、すぐにマリのマンションに向かった。マンションのガラス扉を開けて入り、エレベーターに乗り、五二五号室のマリの部屋に着くまで、幸い、誰にも会わなかった。インターホンを鳴らすと、すぐにドアが開けられた。ドアの隙間から、麻美の顔が覗いた。俺は麻美を見るのははじめてだった。マリと同じ顔なのに印象がまるで違う。どこかおどおどしていた。俺を見ても何の反応もなかった。でも、俺の風体を見て、怪しい人間ではないと思ったのか、少し安心したように見えた。

俺は中にはいると、ドアを後ろ手に閉め、そっとドアの中のツマミを回して、ロックした。

「マリのことでお話って――」

俺より一足先にリビングに入った麻美がそう言って、振り向こうとした。俺は紙袋の中からスパナを取り出した。それで、麻美の頭を一撃した。

崩れ落ちた麻美の上に馬乗りになると、持ってきたビニール紐を彼女の首に巻いた。後ろから、一気に絞め上げた。ビニール紐が手に食い込んだ。それでも構わず絞め続けた。やがて、麻美の身体がぐったりと動かなくなった。首筋に手をやると、もう脈は感じられなかった。

なんだかひどくあっけなかった。土壇場で、マリが出てくるのではないかと恐れていたが、マリは出てこなかった。マリは眠ったまま、自分に何が起きたか知らないままに、死んでしまったのだ。

自分の手でマリを殺してしまったということがまだ信じられなかった。本気で愛していたのに。なんでこんなことになってしまったんだ。

俺は、マリを仰向けに寝かせると、顔に乱れかかった髪の毛を手で奇麗にとかしつけてやった。まくれ上がったスカートの裾を直し、変な具合に曲がっていた脚を揃えてやった。死体が見つかったとき、見苦しくないようにしてやりたかったからだ。マリは苦悶の表情は浮かべていなかった。まるで眠っているみたいだった。俺はそんなマリの顔をボンヤリと見下ろしていた。どのくらい、そうしていただろう。

馬鹿野郎。何をしてるんだ。テープだ。そんな声が頭の中でした。俺ははっと我にかえった。テープ。そうだ。俺とマリの会話を録音したあのテープを探さなければ。そのことを思い出した。

紙袋の中から手袋を出してはめると、部屋中を引っ掻き回した。預金通帳と財布と少しの宝石類を紙袋に入れた。強盗の仕業に見せかけるつもりだった。しかし、ありとあらゆる所を探したのに、肝心のテープは出てこなかった。俺はだんだん焦りはじめた。

あのテープをどこに隠したんだ。この部屋じゃなかったのか。俺は、マリの遺体を揺り起こしてそう聞きたい衝動に駆られた。

結局、あのテープはどこからも出てこなかった。これ以上、ここに長居はできない。棚の上のハンドバッグの中からキーホルダーを見つけた。俺はそれを取り上げた。キーが三つついていた。この中の一つがここの鍵に違いない。それを持って、俺は表に出た。あたりに人影はなかった。

三つのキーのうち、一つをドアの鍵穴に差し込んだ。合わなかった。これじゃない。

「ママ、早く、早く」

階段の方から甲高い子供の声がした。人が来る。俺は、少し焦った。二つめの鍵を差し込むとき、手が震えた。合った。これだった。ドアを外からロックすると、俺は、素早く、その場を離れた。

第二部

1

「驚いたぜ。青柳麻美の死体を最初に発見したのがおまえだって聞いたときにはさ」

武原英治は席に着くなりそう言った。

ウエイトレスが持ってきたおしぼりで、眼鏡をはずして、鬼瓦のような顔や首筋を丹念にぬぐい、ワイシャツのボタンをはずして、両方の腋の下まで拭いたあとで、その臭いを嗅いでから、テーブルに戻した。

高校生風のウエイトレスは、そんな武原を、道に転がった犬の糞でも見るような目つきで見ていた。

「正確には、最初に発見したのは、マンションの管理人です。あの爺さんが中に入って、死体を見つけたんです。俺が入ったのはそのあとですよ」

工藤謙介はそう答えた。

工藤も本当のところ、武原のように、冷たいおしぼりで、顔を拭きたかったが、ウエイトレスに犬の糞を見るような目で見られたくなかったので、手を拭くだけにとどめておいた。

それほど気を遣ってやったのに、若いウエイトレスは、注文を聞くと、逃げるように去って行った。

「で、何です、用件は」

「決まってるだろう。青柳麻美の死体を発見したときのことを聞きたいんだよ。詳しくな」

　武原は当然のように言いながら、商売道具の小型テープレコーダーをショルダーの中から取り出した。

　武原は工藤の母方の従兄にあたる。工藤よりも十歳年上の三十二歳で、二年前まである大手週刊誌の記者をしていた。今は出版社をやめて、フリーになっている。朝方、この武原に電話でたたき起こされ、「話がある。顔を貸せ」と言われて、近くの喫茶店まで呼び出されたというわけだった。

「別にこれといって話すことはありませんよ。新聞やテレビで報道された通りです」

　工藤は澄まして答えた。

「つべこべ言わずに、ありのまま話せ」

　武原は苛立ったように先を促す。無骨な指がテープレコーダーのボタンを押した。

　青柳麻美のマンションのリビングルームで、仰向けに倒れている麻美を発見してから、二日がたっていた。

　管理人の悲鳴で、中に入った工藤は、あたりに充満する臭気に耐えながら、麻美の遺体に近づいて、彼女の首筋に、紐状のもので絞められた跡があることを確認していた。髪の毛に血がついていた。おそらく、被害者は、鈍器で頭を殴られて気絶させられてから、絞殺されたものと思われた。被害者の頭を殴った鈍器も、紐状の凶器もあたりには見当たらなかった。

隣の主婦が言った通り、エアコンが作動していたが、設定温度がやや高めだったせいか、遺体の腐敗はかなり進んでいた。

その後の報道によれば、青柳麻美が殺されたのは、七月二十二日ということらしかった。検視結果から死後一週間ほど経過していたことが分かっていたし、二十二日の夕刊まで読まれた痕跡があり、外の新聞受けにたまっていたのは、二十三日の朝刊からだったということは、犯行は、夕刊が配達される午後四時以降と考えられた。

後頭部には鈍器で殴られたような跡があったが、直接の死因は、絞殺による窒息死だった。

「物取りの犯行じゃないんですか。部屋中が荒らされていたし、当然あるべき預金通帳とか財布が見つからなかったといいますからね」

「とは限らんさ」

武原がすぐに言い返した。

「物取りを装った顔見知りの犯行とも考えられる。だって、おかしいじゃないか。被害者はリビングで後ろから殴られていたんだろう。ということは、犯人をリビングまで通したってことになる。窓やドアの鍵は壊れていなかったっていうんだからな。犯人が無理やり押し入ったわけじゃない。被害者が自分で犯人を中に入れてやったということだ。強盗をさあどうぞって中に入れるか。顔見知りだよ、犯人は」

「とは限りませんよ」

工藤は武原の口調を真似て、即座に言った。

「たとえば、チャイムが鳴って出てみたら、いきなり犯人が押し入ってきたとも考えられます。とっさに被害者は部屋の中に逃げこんだ。しかし、リビングで犯人につかまって、後ろから殴られた――」

「それなら、大声をあげるだろう」

「でも、ひどく驚いたり、恐怖を感じたりしたときには、咄嗟に声が出ないということもあるそうです」

「まあいいや。百歩譲っておまえの言う状況だったとしよう。それならば、当然、犯人は、土足のまま中に入るだろう。一秒でも早く、被害者の口をふさぎたいはずだからな。わざわざ履物を脱いでなんかいないはずだ。犯人が土足であがったような跡は残っていたのか」

「いや、俺が見た限りではなかったですね」

「だったら、その線はありえない。それに、犯人は凶器を持参していたらしいじゃないか。現場に凶器らしきものは何も残っていなかったというんだからな。強盗目的だったら、ふつう、包丁とか拳銃とか、もっとそれらしきものを使うだろう。絞殺というのはおかしいよ。犯人は、最初から青柳麻美を殺すつもりだったんだ。だから、気絶させるための鈍器と、首を絞めるための凶器を用意していたんだよ」

「でも、強盗がセールスマンか何かの振りをしていたらどうです。ガス漏れとか漏電なんかの検査員でもいい。これならば、相手が顔見知りでなくても、中に通すでしょう? 凶器を紐状のものにしたのも、血や音が出ることを嫌っただけかもしれない」

「ああ言えばこう言うやつだな」

「可能性を言ったまでですよ。今のところ、どちらの線も考えられるんじゃないですか。行きずりの物取りか、あるいは、顔見知りの犯行か」

「俺は顔見知りだと思う」

　武原は断固たる口調で言い切った。

「記者としてのカンですか」

　工藤は冷やかすように言った。

「それもあるが、それだけじゃない。知り合いの刑事から聞いたんだが、麻美の死体は、ふいを襲われたにしては、やけにきちんとしていたというんだ。両脚を揃えて、衣服にも乱れはなかったらしい。まるで、犯人があとで整えてやったみたいだ、とその刑事は言っていた——」

「そういえば」

工藤の顔にはっとした色が浮かんだ。

「それは俺もちょっと気になってたんです。死体の様子が妙に行儀よかったんで」

「そら見ろ」

武原は勝ち誇ったように言った。

「行きずりの強盗が死体を整えたりするか。顔見知りだよ。それも、単なる知人じゃない。おそらく、犯人は、麻美にたいして、愛情のようなものを抱いていたに違いない。だから、殺してしまってからも、死体を整えるなどという、変な優しさを示したんだ。それだけじゃない。俺には、青柳麻美が顔見知りに殺されたと確信するだけの根拠がある」

「へえ、どんな根拠です？」

「それは職業上の秘密だ」

「話せないというわけですか」

「まあな」

「だったら、俺も話しません。俺がなぜ青柳麻美のマンションに行ったのか。聞きたくはないんですね」

「き、聞きたい」

「だったら、その根拠とやらを先に話してくださいよ。話してくれたら、俺も話します」

「お、おまえ、いつから、そういう駆け引きをする人間になったんだ」

「たった今からです」

「……………」

「それに、武原さん、なんでこんな地味な事件に関心持ってるんです？　池袋の英会話スクールの校長殺しを追ってるんじゃなかったんですか。あっちの方が派手で猟奇的だから読者受けするでしょうに」

「実はな」

武原はとうとう観念したように、声を低めた。

「あの事件を探っていたら、青柳麻美という女が浮かんできたんだよ……」

「え……。それじゃ、あの事件に青柳麻美がからんでいたっていうんですか」

工藤は驚いたように、やや声を高めた。

「しっ」

武原は人差し指を口にあて、工藤を睨むと、あたりを見回し、

「俺はな、あの校長殺しは、青柳麻美の仕業じゃないかと思ってるんだ」

声を潜めて、そんなことを言い出した。

2

「おまえもあの事件のことは多少は知ってるだろう?」

武原は声をひそめたまま続けた。

「多少は……」

工藤はそう答えた。

英会話スクールの校長兼経営者の、ロバート・パーカーという五十六歳になる白人男性が、新宿のシティホテルの一室から、見るも無残な死体となって、発見されたのは、七月十六日の昼頃のことだった。

パーカーがチェックインしたのは、十五日の午後八時頃で、ジョン・スミス夫妻の名前でデラックスツインを希望した。翌日、午前十一時のチェックアウトの時間が過ぎても起きてこない客の様子を見に行ったホテルの従業員が、部屋の中で、手足を粘着テープで縛り上げられたうえ、全身を刃物で切り刻まれ、生殖器を切り取られて、血の海の中に横たわる白人男性の死体を発見したというわけだった。

凶器は見つからなかった。犯人は相当の返り血を浴びたはずだが、その後の警察の調べでは、衣類に血をつけた不審な人物を見たという目撃証言は出てこなかった。また、パーカーの部屋周辺に泊まっていた客からも、今のところ、有力な目撃証言は得られていないようだった。

「フロントの話では、チェックインしたとき、パーカーは一人だったというのだ。スミス夫妻なんて偽名を使ったところを見ると、おそらく、あとで、女が直接部屋に訪ねてくる手筈にでもなっていたんだろう。犯人はこの女かもしれない。それで、パーカーの女性関係を洗っているうちに、やつが、銀座のアリアドネというクラブに勤めているマリというホステスに最近入れあげていたことが分かった――」

「マリ？」

工藤は思わず口をはさんだ。

「なんだ」

「あ、いや。それで？」

「だが、調べてみると、マリには完璧なアリバイがあった。パーカーが殺された頃、マリは店にいたことが、仲間のホステスや客の証言で明らかになったんだ」

「まさか、そのマリというホステスが――」

「そうだ。青柳麻美だったんだよ。麻美は、マリという源氏名で、五年ほど前から、その店で働いていたんだ。ママの話だと、どこかの場末のバーにいたのを、評判を聞いて、引き抜いたらしい。どうやら、青柳麻美は十数年も前から水商売に入っていたようだ」

「十数年前？」

工藤は目を剝いた。

「なんだ、驚いたような顔をして」

「いや、麻美は上京してから商社のＯＬをしていたと聞いたものだから」

「最初はな。確かに、青果だかを扱う総合商社の事務職についたんだがな、仕事振りに問題があって、クビになったんだよ。勤めて一年もしないうちにな。そこをクビになったあとも、事務職ばかり転々としていたらしいが、どこも長続きせず、結局、生活費稼ぎのつもりではじめた夜のバイトが本業になったということだろうな」

「彼女には、パーカーという男を殺す動機があったんですか」

工藤は尋ねた。

「いや、それがまだハッキリとは……」

意気揚々としゃべっていた武原の口調が急に曖昧模糊としたものになった。

「なんだ、動機もないのに疑ってたんですか」

工藤は呆れたように言った。子供のころから、この従兄には、せっかちというか、自分のカンだけに頼って、結論を急ぎすぎるようなところがあったことを思い出していた。

「だがな、マリという女、調べてみると、どうも怪しいんだよ。臭いんだよ。同僚のホステスが警察にはしゃべらなかったことだがと言って、俺に話してくれたことがある。そのホステスの話だと、パーカーが殺された夜、午後八時すぎに、マリがトイレに行く振りをして、店のピンク電話でどこかに電話をしているのを、偶然、通りかかって聞いてしまったというのだ。そのとき、マリは、数字を確認するように口にして、『分かった。すぐに行くわ』と言ったというんだ。あとになって、この同僚ホステスは、あれはもしかしたら、ホテルにチェックインしたパーカーに電話していたんじゃないかと気が付いたというんだ。マリが口にした数字というのは、ホテルの部屋番号だったんじゃないか。それを、パーカーの携帯にかけて、聞き出したんじゃないか。実際、パーカーが殺されていたホテルの部屋には、やつの携帯があった。つまり、パーカーとあのホテルに泊まることになっていたのは、やっぱりマリだったんじゃないかと」

「でも、結局、マリは店から出なかったんでしょう?」

「マリはな。だが、部屋番号さえ分かれば、自分の代わりに、誰かを行かせることだってできるじゃないか」

「ということは、共犯がいたというわけですか」

「俺はそう睨んだ。マリは、自分にぞっこんのパーカーに、陥落した振りをして、ホテルの一室を取らせ、そこに共犯者を送りこんで、殺《や》らせたんじゃないかってな。あの事件の実行犯は男だよ。だいたい、女がだよ、大の男をガムテープで縛り上げて、全身をめった切りにしたあげくに、一物を切り取るなんて真似をすると思うか」

「しないとは言い切れないです。被害者には、頭に殴られたような跡があったというから、頭を殴って気絶させてから、縛り上げれば、女にだって可能でしょう。それに、我が国には悪名高き阿部定の前例もあるし、欧米では、浮気したご主人の一物を、寝ている間にチョン切った奥さんがいたという話も聞いたことがあります」

「しかしさ、それはどれも、いわば痴情のもつれってやつだろう。可愛さあまって憎さ百倍ってやつだよ。だが、この事件は違う。痴情のもつれという感じは全くしないね。全身を切り刻むということから見ても、何か凄まじい怨恨を感じる」

「マリには、そんな怨恨を被害者に抱くようなことが何かあったんですか」

「いや、だから、それはまだ分からないんだ。それをこれから調べようとしていた矢先にマリが殺されてしまったんだから」

「マリとパーカーはホステスと客というだけの関係だったんですか」

「まあな。マリとパーカーが出会ったのは、半年ほど前で、パーカーが客としてやってきたのがきっかけだったらしいんだが、このときは、お互い、全くの初対面だったらしい。ただ、俺は、二人の出身がミネソタのセント・ポールという街だということが引っ掛かるんだよ――」

「二人のって、パーカーという男もセント・ポールの出身だったんですか」

工藤が驚いたように口をはさんだ。

「ああそうだ。パーカーが日本へ来たのは、三十一、二のときで、そのとき勤めたのが、彼が経営していた英会話スクールだったんだ。そこの講師をしているうちに、やはりそこで講師をしていた、スクールの経営者の娘と親しくなって結婚した。それで、義父でもあった先代の校長が亡くなったあと、彼がスクールを引き継いだということらしい。マリの方も、父親の仕事の関係で、セント・ポールで生まれ、子供の頃はそこで育ったと言っていたらしい。パーカーがマリに入れあげるようになったのは、いわば、同郷のよしみとでもいうものもあったんだろうな。だが、裏を返せば、このセント・ポール時代に、二人には何かあったとも考えられる――」

「そうか」

工藤が突然大声を出した。

「な、何だ」

「ロ、ロ、ロバートがボブだったんだ……」

工藤はうわごとのように呟いた。

「おい、どうしたんだ」

「ボブというのは、ロバートの愛称だったんですよ」

「それがどうした」

武原はきょとんとした。

「ロバート・パーカーは、セント・ポール時代、青柳麻美の隣の家に住んでいたんです」

「何だって。それは本当かっ」

武原の形相が変わった。

「本当です。青柳麻美の祖母から聞いた話ですから、まず間違いありません。あのボブが、おそらく、ロバート・パーカーだったんだ。偶然の一致とは思えない」

「麻美の祖母って、おまえ、どうして——」

「実は」

工藤はそう言って、なぜ青柳麻美のマンションを訪ねて死体を発見するはめになったのか、そのいきさつをはじめから話した。

大学の後輩である萩尾春海から、ルームメイトのことで相談を受け、彼女と一緒に京都まで行ったこと。そこで、ルームメイトの正体が青柳麻美であることを知り、綾部にいる彼女の祖母のもとを訪ねたこと。その祖母の口から麻美の子供時代のことを聞かされたこと。

聞いているうちに、武原の目がらんらんと輝き出した。

「そうか。これで読めたぞ」

だいたいの話を聞き終わると、武原は腕組みして、唸るように言った。

「裏を取ってみないと確かなことは言えないが、十中八九、その隣の大学生が、ロバート・パーカーだったんだ。三十数年たって、麻美は、偶然にも、日本で『隣のボブ』に再会したんだ。日本人と結婚して、英会話スクールの経営者になっていたボブにな。やっぱり、マリ、いや、麻美がパーカーを殺そうとした動機はセント・ポール時代にあったんだ。だが、問題は、二人の間で何があったのかということだな。ボブが両親の事故死の原因を作ったのではないかという疑惑だけで、三十数年もたって、殺そうと思うものだろうか。それに、ボブという大学生が麻美の両親を殺そうとして車に細工をしたとしたら、その動機だが……」

武原は腕組みしたまま、首をかしげた。

「もしかすると、麻美にはボブが両親を殺そうとした動機が分かっていたのかもしれません。いや、麻美には、というより、マリには、と言うべきかもしれないが」

工藤が言った。

「同じことだろう。麻美でもマリでも」

「それが違うんです」

「どこが違うんだ。マリというのは、麻美の源氏名にすぎない」

「それがそうじゃないんです。マリというのは、セント・ポール時代からいたんですよ」

「なに。どういう意味だ、それは」

「つまり、マリというのは、青柳麻美の別人格だったということです」

「別人格?」

武原は目を剝いた。

「青柳麻美は多重人格者だったんです」

3

「多重人格者だと?」

武原はポカンと口を開けた。

「といっても、確かな証拠があって言うわけじゃないんですが、彼女の奇怪きわまる行動も多重人格者だったと考えれば、ある程度説明がつくんですよ。麻美には、たぶん、マリという別人格がいたはずだと思っていたんですが、やっぱり、マリは存在していた——」

「待てよ。そういえば」

武原がようやく気を取り直したように言った。

「麻美の過去を洗っているとき、妙な話を聞いたことがある。麻美が職場を転々とした理由なんだが、どうも、時々、おかしくなるらしいんだな。ある会社で聞き込んだ話なんだが、麻美を雇って一カ月くらいは問題はなかったんだそうだ。仕事ぶりも真面目だし、欠勤もない。有能といってもいい。ところが、しばらくして、麻美の様子がおかしくなったというんだ。ワープロの前で何やら考えこんでいるというんだよ。聞いてみると、『ワープロの使い方が分からない』といったそうだ。これには上司も唖然とした。麻美は、ワープロの腕はかなりのものだったはずだ。ところが、その得意なはずのワープロが突然できなくなってしまったという。それだけじゃない。無断欠勤が何日も続く。電話番をさせてもまともにできないし、接客をさせても、ほんの一時間前に会った顧客の顔を忘れていたりする。勤務ぶりだけじゃない。服装や髪形も、日によって別人みたいになるというのだ。地味でつつましい格好をしているかと思えば、翌日には、水商売の女みたいな格好をしてくる。勤務中に、マニキュアを塗り始めたり、男の同僚をからかったりして、まるで仕事をしない。つまり、地味で有能な麻美と、派手で無能な麻美が二人いるみたいだったというんだ。まあ、そんなこんなで、どこへ行っても、長くは勤まらなかったらしいんだな」

「それも、すべて、彼女が多重人格者だったからですよ。おそらく、麻美以外の別人格が出てきては、彼女の生活をかきまわしていたんです。俺は、それがマリだったんじゃないかと思いますね」

「結局、麻美は昼の仕事では食べていけなくなって、夜の仕事に専念するようになったらしいんだが」

「それも、マリの人格が力をもちはじめて、麻美を押しのけて、麻美の身体をのっとってしまったのかもしれません。マリは、単なる源氏名ではなくて、麻美の中に子供の頃から存在していた別人格だったんです。だとすると、この別人格は何が原因で生まれてきたのか。ひょっとすると、この人格分裂には、隣のボブが関係しているのではないか……」

「まさか」

　武原が言った。何か思い出したようだった。

「そういえば、パーカーの身辺を洗っていたとき、前にやつの英会話スクールで受付をやっていたという女の子から変な話を聞いたな」

「どんな話です？」

「パーカーは、校長兼経営者というだけでなくて、実際に、幼児クラスを教えていたというんだが、そのことで、以前、生徒の父母とトラブったことがあったらしい。なんでも、パーカーが、生徒にいかがわしい行為をしたとかで、それで、親が乗り込んできたことがあったそうだ。パーカーは、日米のスキンシップの仕方の違いから生じた誤解だと言って、相手をまるめこみ、なんとか表ざたにならないようにしてしまったらしいが、似たようなことが何度もあったらしい。もしかしたら、やつは――」

「幼児性愛者だったのかもしれませんね。小さな子供に性的な興味をおぼえるタイプだったんですよ。そう考えると、三十数年前、ボブが隣の家に住む、幼い日本人の少女を可愛がっていたというのも、全く別の意味合いをもってきます。たぶん、ボブは」

　工藤は、その忌まわしい想像に眉をしかめた。

「麻美をレイプするか悪戯《いたずら》していたんだ」

　武原が言った。

「おそらくね。麻美は隣の大学生から性的虐待を受けていたんです。そのときのショッキングな経験が、彼女の中に、別人格を作り出すきっかけになったのかもしれない。多重人格者のトラウマには、子供の頃の、近親者による性的虐待というのが少なくないそうです。麻美もこれの犠牲者だったんです。ただ、彼女の場合、相手は、近親者ではなく、家族のように付き合っていた隣家の青年だった……」

「そうか。これで、ボブが麻美の両親を殺そうとした動機も分かるじゃないか。麻美が両親に話してしまったんだ。むろん、そんなことを聞けば、麻美の両親だって黙ってはいないだろう。何らかの手段に訴えようとした。ボブはそれを恐れた。そこで、麻美の両親の口をふさぐために、車に細工をして事故に見せかけて殺してしまおうと思いたった。そして、それはまんまと成功した。麻美の両親は亡くなり、当の少女は日本にいる祖父母のもとに引き取られて行った。彼を脅かす者は何もなくなった。ところが、天網恢々疎にして漏らさず。三十数年後、天は二人を引き合わせたのだ。客とホステスという形で。こう考えてくれれば、麻美が、パーカーを殺そうとした動機も分かるじゃないか。パーカーは、幼いときに、自分をレイプした相手であり、おまけに、両親を殺した真犯人でもあったんだからな。そりゃ、まさに、ここで会ったが百年目って心境だっただろうさ」

「何度も言うようですが、麻美が、というより、マリが、でしょうね。麻美はたぶん、何も覚えていなかったと思います。幼い麻美は、その耐えがたい経験の記憶をなくしていたと思います。ボブとのことをおぼえていたのは、マリの方ですよ」

「うん、まあ、そういうことになるかな。どうも話がややこしいが」

武原はごりごりと頭を掻いた。

「しかし、パーカーの方はマリのことをあのときの隣の少女だとは気が付かなかったのかな」

「たぶん、気づかなかったんでしょう。名前も違うし、三十数年もたてば、顔かたちもずいぶん変わりますからね。まして、女は化粧で化けるし、気が付く方がおかしいくらいですよ」

「うむ」

武原は大きく頷いた。

「ただ、マリにパーカーを殺す動機があったとしても、彼女が手を下したわけじゃない。誰かにやらせたわけです。問題は、この実行犯は誰かということですが――」

工藤がそう言いかけると、

「その点に関しては、俺は目をつけているやつがいる」

武原が自信ありげに言った。

「誰です？」

「マリが勤めていたクラブの元バーテンさ。安岡という男だ。これが、マリに相当いかれていたそうだ。マリの客を殴って前歯を折るケガを負わせたとかで、一年前に店をクビになった。クビになったあとも、マリとは付き合っていたらしい」

「もし、その男が実行犯だとすると、麻美を殺したのも――」

「そいつということになるかもしれんな。死体を整えたというのも、マリに惚れていた男の仕業だと考えると納得がいくじゃないか」

「でも、なぜです。もし、そいつがマリに頼まれてパーカーを襲ったのだとしたら、なぜ、今度はマリを」

「それはわからん。何か二人の間でトラブルでもあったのかもしれないな。どうも聞くところによると、マリという女、かなりえげつないところがあったらしいから――」

「えげつないって？」

「男を利用するだけ利用するとポイってタイプだったらしいな。マリに貢ぐために会社の金に手をつけてしまった客から無理心中を迫られたこともあったそうだ。それがこたえたのか、マリは一年半ほど行方をくらましてしまったことがあったらしい。ふつうなら、一年半も店に出なければ、それでクビだが、マリは人気ナンバーワンの店のドル箱だったから、一年半たって、けろりとした顔で戻ってきた彼女を、店はまた雇ったというわけだ。

しかも、マリは悪びれもせず、今までどおり勤めてもいいが、自分は忙しい身体なので、週末は休むという条件までつけたそうだ」

「それはいつ頃のことです」

「確か、三、四年前のことだと聞いたが」

「そうか。それは、きっと、麻美が由紀の人格で、松下という横浜のサラリーマンと旅先で出会った頃ですよ。松下が盛岡に単身赴任するまで、二人は一緒に暮らしていたわけだから、麻美は由紀として夜はうちにいなければならなかったんです。つまり、その間、マリの人格は眠らされていたんです。それが、松下が単身赴任になったことで、それまで眠っていたマリが目を覚ました。ただ、週末は松下が単身赴任先から帰ってくるので、店には出られなかったというわけです」

「それじゃ、青柳麻美は、ここ数年、三重生活をしていたというわけか。麻美、由紀、マリとして」

　さすがに驚いたように武原は言った。

「いや、正確には四重生活ですよ。女子大生の西村麗子という人格を加えれば」

「いやはや、恐れ入ったね。四重生活とはね。それで、おまえ、この話、警察にはしたのか」

「この話って？」

「麻美が多重人格者だったんじゃないかってことだよ」

「いや、してません。警察には、麻美のマンションを訪ねた理由を話しただけです」

「そうか。ということは、今のところ、これは俺たちしか知らない事実ってことになるんだな」

「事実かどうかはまだ何とも言えませんけどね」

「これはおもしろいことになってきたぞ」

武原はにんまり笑って両手をこすりあわせた。

「まあ、麻美の過去を洗っていけば、パーカーとの接点に辿りつくのは時間の問題だから、警察もそのうち二つの事件を結び付けて考えるようになるだろうが、今のところ、俺たちの方が数歩リードしている。おまけに、おまえのお蔭で、青柳麻美が多重人格者だったかもしれないなんて凄いことまで分かった。これの裏が取れたら、大スクープものだ。感謝するぞ、謙介。いずれ、焼き肉でもおごるからな」

そう言いながら、武原は立ち上がりかけた。

「いずれと言わずに、今夜でもいいですよ」

「いや、今夜はチト忙しい」

「……」

「あ、そうだ。感謝ついでにもう一つおまえに頼みたいことがある」

武原は中腰のまま言った。

「何です」

「麻美とルームメイトになったという女の子な、ええと、名前はなんていったっけ」

「萩尾春海ですか」

「お、そうだ。その子の電話番号を教えてくれ」

「そんなもの知ってどうするんです」

工藤の顔に警戒する色が浮かんだ。

「どうするって、デートに誘うわけねえだろうが。取材だよ、取材。その子からも、麻美のことを聞きたいんだよ」

「だめです」

「な、なんだ。そのにべもない言い方は」

「萩尾はナイーヴな子なんです。今回の件ではだいぶショックを受けています。それに、青柳麻美とのいきさつについては、すべて警察に話しているはずです。必要なら、警察から聞けばいいでしょう」

「おまえ、まさか」

武原は工藤の顔をのぞきこむように見た。

「その子に惚れてんのか」

「な、なにを」

「お。うろたえたところを見ると、図星だな。そうだよなあ。おまえの話だと、おまえたちが麻美のマンションに寄ったのは、京都へ行った帰りだってことだったよな。ということは、どこかに一泊したってことだよな」

「へ、変な想像しないでくださいよ」

「何が変な想像だ。まさか野宿したわけじゃあるまい」

「彼女の実家に泊まったんですよ」

「なに。もうそこまでいってるのか」

「そ、そういう意味じゃなくて」

「まあいい。じゃな、こうしよう。その春海って子に取材の件、話すだけ話してみてくれよ。本人が承諾してくれたら、べつに文句はないだろう?」

「そりゃ、まあ」

工藤は渋々頷いた。

そのとき、武原のショルダーの中でピロピロという電子音がした。武原はショルダーの中から携帯電話を取り出すと、それを耳にあてて、何やら話していたが、電話を切り、「今言ったこと、頼んだぞ」と言い置くなり、疾風のごとく出て行った。

しばらくして、工藤は、あることに気が付いて、「くそっ」と呟いた。テーブルの上には、コーヒー二杯分の伝票がそのまま残っていた。

4

「……それじゃ、マリはやっぱりいたんですか」

萩尾春海は受話器の向こうの工藤謙介に言った。

青柳やすえの話の中で、麻美が子供の頃に持っていたという、テディベアのマリのことが、妙に頭に残っていた。そのマリが、やはり、麻美の中の別人格として存在していたと、工藤に聞かされて、春海は、驚くよりも、やっぱりと思う気持ちの方が強かった。

「武原さんの話だと、青柳麻美はマリという源氏名で銀座のクラブでホステスをしていたというんだ」

「あ……」

春海は思わず小さく叫んだ。

「どうした？」

「マッチ」

「マッチ？」

「そういえば、前に、銀座のクラブのマッチがリビングのテーブルにあったのを見たことがあるんです。そのときは、麗子さんがそこでアルバイトでもしてるのかと思っていたけれど」

そう言いながら、春海ははっとした。

「先輩」

「なんだ」

「もしかしたら、あれはマリだったのかもしれません」

「あれって?」

「ほら、前に言ったでしょう。西村麗子が一カ月もしないうちに、ガラリと雰囲気が変わってしまったって。あれは、マリだったんです。マリが出てきて、麗子の振りをしていたんです、きっと」

「そうか。そうだったのかもしれないな。今までの情報を総合すると、麻美の中で、このマリの人格が一番最初に生まれて、しかも、ここ数年、一番力を持っていたようだからな。マリは、他の人格たちよりも、麻美の身の上に起こったことをよく知っていたとも考えられる」

「ビリー・ミリガンでいえば、ちょうど『アーサー』の人格のようなものだったんでしょうか」

春海は、工藤から電話がかかってくる直前まで読んでいた、『24人のビリー・ミリガン』

の方をちらと見た。午前中に、思い立って、図書館から借り出してきたものだった。

「でも、今度の事件と、あの英会話スクールの校長の事件と関係があるって、どういうことなんですか」

　春海が話題をかえるように言った。

「武原さんは、あの校長殺しの犯人は、このマリだというんだよ」

「えっ」

　さすがに春海は驚いて、思わず声をあげた。あの忌まわしい猟奇的な事件に、彼女がかかわっていたというのだろうか。

「もっとも犯人といっても、実行犯というわけじゃないけどね。実行犯は別にいる。ただ、これも、武原さんの推理であって、俺は、麻美の事件は、物取りという線も捨て切れないと思っているが」

「でも、もし、武原さんの推理通りだとしたら、マリの動機はなんですか、あのアメリカ人の校長を殺そうとした動機は」

「殺された校長の名前、おぼえているかい」

「確か……」

　春海は思い出そうとした。

「ロバート・パーカーだよ。ロバートの愛称はボブだ。そういえば、ピンとくるだろう？」

「まさか、あのボブ？　麻美の隣に住んでいたという大学生の」

　春海は受話器を持ちかえた。興奮して、手にうっすらと汗をかいていた。

「たぶん、あのボブがパーカーだったんだよ。どうやら、麻美は、アメリカにいた頃、パーカーに性的虐待を受けていたふしがあるんだ」

「性的虐待……」

「それが、ひょっとすると、麻美の人格分裂の原因になったのかもしれない」

「……」

　春海は事のなりゆきに唖然としてしまって、返事もできなかった。

「あくまでも、かもしれないって話にすぎないけれどね」

「でも、そういえば」

　春海は、七月十九日の朝のことをふいに思い出した。ルームメイトと最後に会った日のことだった。春海がリビングルームに行くと、麗子はすでに起きていて、トーストを齧りながら、テレビのモーニングショーを見ていた。モーニングショーでは、新宿のホテルで起こった猟奇殺人のことを取り上げていた。麗子はそれをまばたきもせずにじっと見入っていた。今から思えば、それは異様な熱心さだった。そのことを工藤に話すと、工藤は、「ふーん」とだけ言った。

「あ、それでね、この武原さんが、きみに取材したいって言ってるんだ」

工藤がようやく本題に入るというような口調で言った。

「取材？」

「俺が青柳麻美は多重人格者だったんじゃないかって言ったら、やっこさん、えらく乗ってきてね、きみに会って、彼女のことを詳しく聞きたいと言いだしたんだ」

「それを記事にするっていうんですか」

「もちろん、きみのことは仮名にするだろうし、いろいろ配慮はするだろうけどね」

「あたし……」

春海は口ごもった。

「嫌ならいいんだよ。俺から断るから。たぶん、きみは嫌がるだろうと思ったから、俺から一度断ったんだ。でも、話だけでもしてくれって頼まれたものだから。まあ、ああいう連中にはかかわらない方が無難かもしれないね。フリーライターとかルポライターなんて自称している連中の中にはゴロツキみたいなのもいるからな」

「でも、武原さんって、先輩の従兄なんでしょう？」

「イトコだろうがハトコだろうが関係ないよ。じゃ、この件は断るからな」

「待って」

春海は自分でもびっくりするくらいの大声をあげた。

「お、びっくりした。なんだよ」

「あたし、その取材、受けてもいいです」

「え」

「先輩の従兄なら、そんなに悪い人だとは思えないし――」

「あのな。俺は確かに自他ともに認める善人だが、俺が善人だからといって、俺の従兄まで善人だと考えるのは少々甘いぜ。善意は遺伝するわけじゃないからな」

「悪い人なんですか、その武原って人」

「あらためて、悪い人かって聞かれると、そんなことはないと思うとしか答えようがないが」

「先輩はどう思ってます、その人のこと、好き嫌いで言うなら」

「嫌いじゃないよ、あの人とはどういうわけか子供の頃から馬が合ったし」

「だったら、きっと大丈夫です、あたし、会います」

「でもな……」

「ただし、条件があります」

「なんだ」

「取材を受けるかわりに、武原さんが調べたこと、記事にする前に教えてほしいんです」

「そんなこと知ってどうするんだ」

「あたしね、昨日、夢を見たんです」

「夢？」

「長くて暗い廊下みたいなものがまっすぐ伸びていて、あたしはそこを独りで歩いているんです。そうしたら、突然、前に誰か現れたんです。背中を向けて、あたしの前を歩いてるんです。それが西村麗子だと、夢の中のあたしは思うんです。それで、『麗子さん』って声をかけたら、彼女、振り向きもせずに逃げ出したんです。あたしは追いかけるんです。どこまでもどこまでも追いかけていって、とうとう、彼女をつかまえた。そして、彼女の顔を見ようと思って、振り向かせたら、その顔が――」

「顔がどうしたんだ」

「ないんです」

「ない？」

「のっぺらぼうで、目も鼻も口もないんです。あたしは悲鳴をあげて――そこで目が覚めました、あとで思ったんです、これって、あたしが彼女のことを何も知らなかったってことの象徴じゃないかって」

「……」

「たった四カ月かそこらだったけれど、一緒に暮らしていたのに、あたし、あの人のこと、何も知らなかった。ていうか、知ろうとしなかった。それが、都会で暮らして行くやり方だと思っていたから。東京のような大都会では、あまり他人に興味をもちすぎたり、干渉したり詮索してはいけないって思ってたから。あたし、本当は、西村麗子という人に凄く興味があったのに、ないような振りをしていたんです。それが都会的だと思ってたから。でも、それでよかったのか、分からなくなったんです。今、あたし、凄く、彼女のことが知りたい。とにかく、西村麗子、ううん、青柳麻美という人のことなら、何でもいいんです。あたしが知らなかったこと、どんな小さなことでもいいから、知りたいんです」

工藤は黙って聞いていた。

「あたしは彼女の顔が知りたい……」

春海はそう呟いた。

5

リビングに通すと、武原英治は、さっそく名刺を取り出した。八月一日の午後のことだった。工藤から連絡を受けたらしい武原からすぐに春海のもとに電話があり、できれば、青柳麻美が麗子として暮らしていた部屋も見たいので、そちらに伺って取材をしたいと言ってきたのである。

渡された名刺を見ると、勤務先として、ある大手出版社の住所と電話番号が印刷されていた。工藤の話では、武原はフリーのライターだということだったので、春海は不思議に思って、「武原さんはフリーじゃないんですか」と聞いてみると、武原は頭を掻いて、「それは前に使っていた名刺なんですよ」と答えた。

「いやあ、フリーでやっていると取材がしにくいことがありましてね。大手出版社の看板掲げていた方が何かとやりやすいんで。それで、今でもこっそり使ってるんですよ。本当の連絡先は、その下にある自宅の方でして」

そう言われて見ると、確かに、勤務先の下に自宅の連絡先が印刷されていた。住所、電話番号と並んで、パソコン通信かインターネット用のメールアドレスらしき英数字も並んでいた。

ショルダーの中から小型テープレコーダーを取り出して、テープの頭出しをしている武原の方を、ちらと見ながら、春海は、ぜんぜん似ていないな、と思った。

武原は、中背のがっちりした体格の男で、黒縁の眼鏡をかけたいかつい顔は、なぜか一目見るなり、春海に秋田のナマハゲを連想させた。身なりさえこざっぱりしていればハンサムといえなくもない工藤とは、似ても似つかなかった。

工藤の話では、武原は三十すぎてもまだ独身だそうで、「女にはトント縁のない人」と言っていたが、会ってみて、その言葉が納得できた。

「では……」

武原は準備が整うと、青柳麻美と初めて会ったところから話して欲しいと言った。春海は、三月に不動産屋で会ったところから話しはじめた。

だいたいの話を聞き終わると、武原は、いったん、テープを止め、「ちょっと、部屋を見てきてもいいかな」と言った。春海が「どうぞ」と言うと、武原はカメラを取り出し、せかせかした足取りで、リビングを出て行った。

しばらくして、武原が戻ってきた。

「ところで、これからどうするの」

春海がいれたコーヒーに口をつけながら、世間話でもするような口調で尋ねてきた。

「え？」

「このまま、ここに住むつもりですか」

「いいえ、ここは出るつもりです。あたし一人ではここの家賃は払いきれないし——」

春海はそう答えた。新しい下宿先はまだ見つかってはいなかったが、今月一杯でここを出ることは、すでに大家に伝えてある。未納の家賃は、敷金からひいてもらうことで話はついていた。

「そうですか。その方がいいですよ。ここは一日も早く出た方がいいです。いやね、脅かすわけじゃないが、青柳麻美の部屋から、鍵が見つかってないらしいんですよ」

武原はそんなことを言い出した。

「あの、鍵って——」

春海はドキリとしながら尋ねた。

「青柳麻美の死体が発見されたとき、マンションのドアは施錠されていたんです」

「ええ、それは知っています」

工藤と訪ねたとき、五二五号室のドアが施錠されていたことは、春海も見て、確認していた。

「てことは、麻美を殺した犯人は、あの部屋の合鍵を持っていたか、麻美が使っていた鍵を持ち出したか、どちらかということになります」

武原は、まるで子供に話すように順序だてて話した。

「麻美が麗子だとしたら、このマンションの鍵も、彼女は持っていたことになりますね」

「………」

「それが見つかってないようなんです」

「ということは、犯人は、このマンションの鍵も一緒に持ち去ったってことですか」

春海は思わず言った。

「その可能性があります。もしかしたら、麻美は、ここのマンションの鍵と自分のマンションの鍵を一つのキーホルダーにつけて持っていたのかもしれない。それを、犯人はまとめて持ち去った、とも考えられます」

「………」

青柳麻美を殺した犯人は、この部屋の鍵を持っているかもしれない、という。春海は背筋の寒くなる思いがした。

「まさかとは思いますが、気をつけた方がいいです。ここにまだ住むつもりなら、錠前を替えた方がいいんだが」

「お、大家さんに相談してみます」

春海は掠れそうな声で言った。しかし、今月一杯で出ると決まった部屋の錠前を取り替えることを、大家が果たして承諾してくれるか、心もとなかった。

「あの、武原さんは、青柳麻美がロバート・パーカーの事件にかかわっていると思ってるんですか」

今度は春海の方が尋ねた。

「その疑いは持っています。あ、そうだ。そのことで、何か、彼女から聞いてませんか。たぶん、実行犯は、彼女と付き合いのあった男の中にいると思うんだが」

「いいえ、あたしは何も……」

春海は首を横に振った。

「さっきお話ししたように、彼女とは、お互いの生活のことを干渉し合わないようにしていたんです。だから、どんな人と付き合っていたのか、あたしには全く分かりません」

「そうですか。でも、こうなってみると、いっそ何も知らなかった方がいいかもしれませんね。なまじ、彼女のことで何か知っていたら――」

武原は何か言いかけたが、思い直したように口をつぐみ、すぐに話題を変えるように尋ねた。

「ところで、松下という人の連絡先を知ってますか」

「え、ええ……」

春海は我にかえったように頷いた。武原が言いかけてやめたことが妙に気にかかっていた。「なまじ、彼女のことで何か知っていたら――」のあと、なんと言おうとしていたのだろう。

「それを教えてくれませんか」

武原は手帳を取り出しながら言う。春海は立ち上がると、部屋に戻って、自分のアドレス帳を持ってきた。前に松下が訪ねてきたとき、横浜の住所と電話番号、それと単身赴任先の盛岡のアパートの電話番号を教えてくれたのだ。

七月三十日の夜、この松下から電話があって、由紀のことで何か分かったかと聞いてきたので、由紀の本名が青柳麻美で、この麻美が自宅のマンションで殺されたということを告げると、松下は電話の向こうで長いこと絶句していた。

ショックという点では、単なるルームメイト、しかも、四カ月しか一緒に住んでいなかった春海よりも、三年も夫婦のように暮らしていた松下の方がより衝撃は大きかっただろうと、内心、春海はこの男に同情していた。

「それと、西村麗子さんの連絡先も」

武原は手帳にペンを走らせながら言った。

「でも、西村麗子さんなら、今、上京しているはずです」

春海は麗子の京都の連絡先を教えたあとで、そう言った。

「え、そうですか」

武原が手帳から顔をあげた。

青柳麻美の遺体が発見された日、被害者の唯一の肉親である、青柳やすえのもとに警察からすぐに連絡が入ったらしい。ただ、やすえは高齢であることと、孫の死を知らされたショックで寝込んでしまい、とても上京できるような状態ではなかったために、麗子が父親の貞市と一緒に上京してきたという話を、春海は電話で麗子本人から聞いていた。

「確か、東京駅八重洲北口近くのＹホテルに宿泊していると聞きました。遺体をお骨にするまで、こちらに滞在するそうです」

「Ｙホテルですか」

武原は確認するように言い、手帳を閉じると、「や、どうも、おじゃましました」と言って、立ち上がりかけた。

「あの、武原さん」

春海は慌てて言った。

「工藤さんからお聞きになったと思いますけど——」

そう言うと、武原は頷いて、

「ああ、分かってます。青柳麻美のことで何か分かったら、真っ先に教えますよ」と言った。

春海に見送られて玄関まで来ると、靴を履きながら、武原は何げない口調で言った。

「謙介はなかなか良いやつですよ。今は彼女もいないみたいだしね……」

6

萩尾春海と別れた足で、武原はすぐに八重洲北口近くのYホテルに向かった。ホテルのフロントで、西村麗子に面会したい旨を伝えると、ルームキーを調べていたフロントマンは、「西村様はただ今おでかけになっております」と言った。「何時頃帰るか分からないか」と聞くと、フロントマンは、「さあ」と言う。仕方なく、武原は、自分の名前と携帯電話の番号を教え、もし、西村麗子が帰ってきたら、そこに連絡して欲しいとだけ伝えて、フロントを離れた。

時計を見ると、午後四時を過ぎようとしていた。武原はホテル内にある喫茶店に入ると、そこでしばらくコーヒーでも飲みながら、時間をつぶすことにした。

　武原の携帯電話が鳴ったのは、コーヒー一杯で一時間近くねばり、そろそろ、みこしをあげようかと思っていたときだった。慌てて、ショルダーから携帯を取り出して耳にあてると、案の定、かけてきたのは、西村麗子だった。

　武原は用件を手短に言い、ホテル内の喫茶店にいると告げると、数分後、喫茶店の入り口に、西村麗子らしき、黒縁の眼鏡をかけた若い女と、すらりとした美青年が肩を並べて入ってきた。

「西村さん」

　そう声をかけると、二人は武原の席まで近づいてきた。

　武原は立ち上がり、名刺を出して麗子に渡した。麗子はそれを一瞥すると、一緒にいる青年に渡した。青年は、武原の名刺を見ると、「マスコミの人ですか」と、やや不快げな顔をした。

「ちょっと、青柳麻美さんのことでお話を伺いたい」と言うと、二人の若者は、顔を見合わせていたが、麗子の方が、「少しなら」と言って、武原の前の席に腰をおろした。青年の方も渋々というように同じことをした。

「あの、失礼ですが、あなたは？」

　武原は、麗子の連れの青年の方に視線をむけた。

「篠沢といいます。友人です」

青年はそう答えた。テーブルの上に置かれた二人の手を何げなく見ると、お揃いのロレックスの時計をしていた。

しかも、篠沢と名乗った青年は、武原が麗子に渡した名刺を、まるで自分が貰ったような顔をしてポケットにしまいこんだ。こんな二人の様子から見て、友人というより、恋人と言った方がよさそうだなと、武原は踏んだ。

武原は例によって小型テープレコーダーの用意をしてから、さりげなく萩尾春海の名前を出した。すると、西村麗子は、萩尾春海から電話を貰ったときのことから話しはじめた。

麗子の話は、春海から聞いた話とほぼ一致していた。

「……すると、あなたがお母さんにはじめて会ったのは、中学一年のときだったんですね」

ひととおりの話を聞いてから、そう尋ねると、麗子は大きく頷いた。

「そのときのお母さんの印象はどうでした？」

「とても若く見えたのでびっくりしました。それに、お化粧もかなり濃くて、なんだか水商売の人みたいで、母親という実感は全くありませんでした」

麗子は思い出すような目でそんなことを言った。武原は、それを聞いて、麗子に会ったのは、麻美ではなくて、マリだったのではないかとふと思った。

麗子が会った頃のマリは、銀座のアリアドネにはまだ勤めていなかったはずだが、武原の調べたところによれば、この頃には、すでに夜の仕事に入っていたはずだった。

「母の方も、わたしが娘だという実感はあまりなかったみたい」

「へえ、そう？」

「だって、わたしが、『お母さん』って呼ぶと、凄く嫌がって、『あたしは、あなたの母親じゃないんだから、そんな呼び方はしないでちょうだい』なんて言われたんです」

「母親じゃない？」

「たぶん、わたしを産みっぱなしにして、母親らしいことは何ひとつしなかったからっていう意味だと思いますけど……」

麗子はそう言ったが、いや、それはちょっと違うんじゃないか、と武原は腹の中で思った。もし、麻美が多重人格者だとしたら、麻美の中にあるマリの人格が、母親としての記憶を持っていなかった可能性は十分考えられる。

実際、武原があたった限りでは、マリは、周囲の者に、自分のことを、「独身」と吹聴していたようだ。おそらく、マリは、西村麗子という少女が、青柳麻美の産んだ娘だという知識は持っていたかもしれないが、それが自分の娘だという実感は全くなかったに違いない。たぶん、麗子に会ったときも、知人の娘に会ったくらいの感情しかわかなかったのではないだろうか。

そう思ったが、もちろん、そんなことは麗子には言わなかった。

「それから、何度か、お母さんには会ったの？」

そう尋ねると、麗子はこくんと頷いた。

「ひょっとして、会うたびに、印象が違ってはいなかった？」

そう鎌をかけてみると、麗子はやや驚いたような顔になり、

「そうなんです。最初会ったときは、凄く派手な感じだったのに、次に会ったときには、感じが全然違っていました。もっと地味な感じになっていて、わたしのことを見て、『大きくなったわね』って言って涙を流すんです。まるで最初のときとは別人みたいでした。康彦さんのときもそうだったわよね」

麗子はそう言って、連れの青年の方を見た。

「きみも、麻美さんに会ったことがあるんですか」

武原が篠沢の方を見ると、それまで黙っていた篠沢は口を開いた。

「ええ、一度、麗子さんと一緒に。僕の場合はむしろ逆で、そのときは、地味な印象を受けたんですが、その次に会ったときには、別人のような派手な感じになっていました」

二度めは、銀座線の中で偶然会ったのだという。

「あちらから声をかけられたんですが、僕は、最初誰だか分からなかったくらいです。それほど感じが変わっていました」

「きみも京都にお住まいですか」

武原はそう尋ねてみた。青年の話し振りは標準語に近かったが、どことなく関西風のアクセントが感じられた。麗子と一緒に上京してきたのか、と思ったからだ。

「今は東京に下宿してます。大学がこちらなもので」

麗子の話では、篠沢康彦は、麗子の高校の先輩で、高校のときから付き合っているのだという。どうやら、麗子は、篠沢をボーイフレンドとして麻美に紹介したことがあったらしい。

推察するところ、麻美の件で、上京してきた麗子は、さっそく、東京に下宿しているボーイフレンドを訪ねたらしい。

「麻美さんは、あなたのお父さんと別れてからは、ずっと独身だったようですが、誰かと付き合っているなんて話は聞いたことなかったかな。例えば再婚する予定の男性がいるとか」

そう聞くと、麗子は首をかしげた。

「いいえ、わたしは何も聞いてません……。ただ、母は再婚する気はなかったみたいです」

「なぜ？」

「結婚なんてアホらしいって鼻で笑っていたことがあったからです」

どうも、これも、麻美ではなく、マリが言いそうな言葉のように武原には思われた。

「ところで、お母さんが病院に通っていたという話は聞いたことありませんか」

武原がそう聞くと、麗子はきょとんとした顔をした。

「病院？」

「精神科のクリニックか何かに」

「精神科……」

麗子は穴があくほど武原の顔を見つめた。

できれば、青柳麻美が多重人格者だったということを、工藤のような素人の推理ではなく、精神科医などの専門家の証言として得ることができたらと思って尋ねてみたのだが、返事を待つまでもなく、麗子の表情からは、少なくともこの娘は何も知らないらしいということが分かったので、武原は、この話はこれくらいで切り上げることにした。

「麗ちゃん。そろそろ――」

篠沢が腕時計を見ながら促した。西村麗子は頷くと、立ち上がった。武原はテープをとめた。

7

翌日の八月二日。武原は、午前十一時新宿発の「あずさ五七号」に乗り込んでいた。行き先は終点の松本である。

昨夜、八重洲北口のYホテルを出たあと、新宿に住む、アリアドネの元バーテン、安岡博のアパートを訪ねると、安岡が住んでいたはずの一〇三号室は空き室になっており、大家に聞くと、安岡は、七月末に引っ越したというのである。引っ越し先は、実家のある松本だという。実家は、松本城のそばで、信州名産の、ナスや野沢菜を包み込んだおやきという焼き餅を売る店をやっているらしい。

武原は、この安岡博を訪ねるために、「あずさ五七号」に乗り込んだというわけだった。車中は行楽客や帰省客でかなり混みあっていた。新宿から乗ったので、なんとか席は確保できたのだが、甲府から乗り込んできた老女に席を譲ってしまったおかげで、塩尻でこの老女が降りるまで、ずっと立ち通しだった。松本に着いたときには、足が棒のようになっていた。

駅前でタクシーに乗り、松本城の近くで降りると、安岡の実家らしき店はすぐに見つかった。家族連れの旅行客が、店の前のベンチに腰掛けて、飲みものを片手におやきをぱくついていた。

武原は空腹をおぼえたこともあって、ラムネを一本と、おやきを三つほど買った。それを、もう一方のベンチに座って全部平らげたあとで、店番の中年女性に、安岡博のことを尋ねると、「博なら奥にいる」という。どうやら、その女性は博の母親らしい。東京から来た週刊誌の記者だと名乗って、会いたい旨を伝えると、おやきを買ったことで気をよくしていたのか、博の母親は、裏に回れば、庭先から中に入れるから、と教えてくれた。

武原は、礼を言って、裏に回った。裏に回ると、ささやかな庭があって、素っ裸の幼児が二人、ビニール製のプールの中ではしゃいでいた。それを、縁側に座った短パン姿の二十二、三の青年が見ている。

「安岡博さんですか」

そう尋ねると、青年は、やや不審そうな顔付きで頷いた。顔立ちはわりと整っていたが、右目の下に刃物傷らしき傷があった。マリの客を殴って店をクビになったと聞いていたが、いかにも、喧嘩っぱやそうな男だな、と武原は第一印象で思った。

武原は名刺を出して、「マリさんのことで話を伺いたい」と言った。

安岡は仏頂面で渡された名刺を見ていたが、ぶっきらぼうな声で、「話って？」と聞いた。

「いやあ、暑いですねえ」

武原は、縁側に腰かけて、ズボンのポケットから風呂敷ほどもある木綿のハンカチを取り出すと、それで顔と首筋を拭った。

「話って何だよ」

安岡は苛ついたように促した。

「マリ――青柳麻美さんが亡くなったのをご存じですね」

そう尋ねると、安岡は、武原の質問には答えず、独り言のように、「あれ、誤植じゃないの」とボソッと言った。「え?」と聞き返すと、「新聞の記事だよ。マリの年齢が四十二って書いてあった。二十四の誤植じゃねえのか」

真顔でそう言った。

武原はやれやれと思った。どうやら、安岡も、マリの異様な若さに惑わされていた一人のようだった。

「いや、誤植じゃないよ。彼女、四十二だったんだよ」

武原がそう答えると、安岡は、目を見開いて、「まじかよ?」と言った。近くでよく見ると、まだ少年のあどけなさが残った顔をしていた。

「信じられねえな。四十二って言ったら、俺のおふくろとたいして違わないじゃねえか」

呆然としたような口調で言う。

「店では、二十三ってことになってるけど、本当は二十六だって言ってたんだぜ、あの女、俺には。それも嘘だったのか。そりゃ、ホステスなんてまともに歳言う方が少ないくらいだけど、十六もサバ読むなんて、信じられねえよ」

「ついでに独身だって言ってただろう？」

「まさか……それも違うのか」

「二度結婚していて、子供も産んでいる。今、その娘さんは十八になっているよ」

「十八……」

安岡は、ポカンと口を開けた。

「俺の妹と同じじゃねえか……」

「あんた、マリの客を殴って店をやめさせられたんだって？」

そう聞くと、安岡は渋い顔で頷いた。

「マリが、金もないのにしつこくて困る客がいるって泣きついてきたもんだから」

「店をやめたあともマリと付き合っていたのか」

「ここ三カ月くらいはぜんぜん会ってなかった。あの女、俺があれ断ったら、手のひら返したみたいに冷たくなってさ――」

安岡はポロシャツの胸ポケットからタバコを取り出すと、それを一本くわえて、ライターで火をつけた。

「あれ断るって？」

すぐにそう聞き返したが、安岡は、黙ってタバコをふかすだけだった。

「新宿のホテルで、英会話スクールの校長が殺された事件があっただろ?」

しばらくして、安岡は自分の方からそう言い出した。

「あれ、たぶん、マリの仕業だぜ……」

吸い切ったタバコを地面に落とすと、吸い殻をサンダルばきの足で踏みにじりながら言った。

「なんでそんなこと知ってるんだ?」

武原が驚いて聞くと、

「マリが誰かにやらせたんだよ」

安岡は武原の方を見てにやりと笑った。

「俺の代わりにさ」

「俺の代わりって?」

「俺さ、マリに人一人殺す度胸があるかって聞かれたことあったんだ」

「いつ?」

「よく覚えてないけど、三月か四月のことだよ」

「パーカーという男を殺せって言われたのか」

「いや、マリのやつ、誰とは詳しくは話さなかった。ただ、客の一人で、昔サミーにひどいことをしたやつだって言ってた」

「サミー？」

「六歳の女の子だよ。マリはその子と一緒に暮らしてるって言ってたな。妹みたいな存在だって。あの子供嫌いのマリが、なぜか、その女の子だけはかわいがっていたみたいだった。そういえば、変なこと言ってたな。このサミーって子、六歳のまま、ずっと成長が止まってるんだって」

「成長が止まってる？」

「変だろう？　本当は、マリと同い歳なんだって。それが、子供の頃に凄く嫌なことがあって、そのせいで成長が止まってしまったんだって。しかも、英語しかしゃべれないんだと。だから、その子と話すときは、いつも英語だって言ってたよ。マリは、子供のころ、アメリカにいたことがあるからね」

武原はまさかと思った。工藤から聞いた話を思い出していた。麻美が、時々、発作のようなものを起こしたことを。しかも、そのとき、小さな子供のようになって英語しかしゃべらなくなることを。もしかすると、麻美には、サミーという六歳の女の子の別人格があったのではないか。

「こんなことってあるのかな。ホルモンの関係で成長が止まるって話は聞いたことあるけど、嫌なことがあったくらいで、ショックで成長が止まるなんてさ」

安岡はいまだに腑に落ちないという顔で呟いた。どうやら、彼は、サミーという少女が実在していると思い込んでいるようだった。

「それから？　それから、マリはどんなことを言ったんだ？」

武原は先を促した。今この場で、サミーが麻美の別人格であることを安岡に説明している暇はなかった。

「そのとき、やり方も話してくれたよ。マリがそいつをそそのかして、ホテルに部屋を取らせてから、ころあいを見て、俺が部屋に行くって手筈さ。でも、俺は断った。殴るくらいなら何でもないけど、殺すとなると、話が違ってくるからな。マリは、俺はもう店やめてるから、二人が共犯だとは分からないって言ったけど、それはどうかなって、俺、思ったんだ。だって、そうだろう。もし殺人事件ってことになれば、警察だって徹底的に調べるさ。そうすりゃ、俺が前にアリアドネに勤めていて、マリの客殴ってクビになったことなんかもすぐに知られてしまう。マリの客殴るくらいのやつなら、マリの客を殺すことだってやるだろうって、やつらに思われかねない。だから、それはやばいよって言ったんだ。俺の思った通りだった。げんに、あの事件があったあと、すぐに刑事が俺の職場まで調べにきたもんね」

安岡はバーテンをクビになったあと、新宿でパチンコ屋の店員をしていたのだという。

「幸い、あの事件が起きた七月十五日の夜には、俺、アリバイがあったんだ。アパートで仲間と明け方までマージャンしてた。でも、あのとき、ぞっとしたよ。もし、マリの言うこと聞いて、俺がやってたら、すぐに手が後ろに回るところだったたってさ」

「その話を警察にしたのか」

　武原が聞くと、安岡は、「え？」という顔をした。

「マリに人殺しを頼まれたことがあるって話だよ」

「まさか。してねえよ。ただでさえ、疑われてるのに、そんな話したら、やばいじゃないか。それに、マリのことをちくるようで嫌だったし。でも、あの事件は、きっと、マリが誰か別のやつを見つけてやらせたんだよ。俺はそう睨んでる」

「その男に心あたりはないか」

「ないね」

　安岡はあっさりとかぶりを振った。

「マリが付き合っていた男なんて星の数ほどいたんじゃないのか。自分の客とは、指名とるために一度は寝てたみたいだし」

「だが、相当深い付き合いでないと、殺しまでは引き受けないだろう？　深い付き合いの相手といえば、数が限られてくるんじゃないのか」

「さあね、俺には分からないよ。俺の前で他の男の話をするほど、マリは馬鹿じゃないよ。でも、あの女なら何か知ってるかもしれないな」

安岡はふっと思い出したように言った。

「誰だ？」

「コズエって女だよ。マリがあの店に勤める前にいたバーのホステスさ。どういうわけか、マリと気が合って、マリはあの女にはけっこう色んなことを打ち明けていたらしい。ちょっとここがとろい女だから、マリも気を許していたんじゃないかな」

安岡は、頭に指をあてて、そう言った。

「そのコズエって女の連絡先、知ってるか」

「住所までは知らねえよ。ただ、その女が勤めていたバーの名前はたしか……」

安岡はそのバーの名前を言った。新宿のゴールデン街にあるのだという。武原は、それを手帳に書き留めた。

「とにかくさ、俺はあの事件とは無関係だからな。これだけは言っておくぜ。マリが殺された日だって、俺にはちゃんと店に出ていたっていうアリバイがあるんだ」

安岡は憮然とした表情で言った。武原は、安岡のその顔つきを見て、たぶん、この男の言うことに嘘はないだろうと踏んだ。

「ところで」

武原は話題を変えるように言った。

「どうして急に引っ越したんだ？」

「どうしてって別に」

安岡は唇を子供のように突き出して、短パンからのぞく細い脚をぶらぶらさせていたが、独り言のようにボソリと言った。

「なんか嫌になっちゃったんだよ、東京って街がさ。田舎者に優しくねえんだよな、あの街は。田舎者が集まって作った街のくせしてさ……」

8

「子供の人格？」

武原の話を聞いた工藤謙介は、口もとまで運びかけたコーヒーカップを受け皿に戻しながら言った。

元バーテンの安岡博を訪ねて松本まで行ってきたという武原に、工藤はまたもや電話で、新宿駅近くの喫茶店まで呼び出されたというわけだった。

「安岡の話だと、麻美には、六歳になるサミーという女の子の別人格があったみたいなんだ。しかも、その女の子は英語しかしゃべらなかったらしい」

「ということは、麻美が発作を起こしたときに、英語しかしゃべらず、子供のようになってしまったというのは――」

「たぶん、そのサミーという子供の人格が出てきたんだろう。サミーというのは、アメリカにいた頃の麻美の愛称じゃなかったのかな」

「そうか。俺たちの推理はやっぱり的外れじゃなかったんですよ。隣のボブに性的虐待を受けていたのは、このサミーという少女だったんです。言い換えれば、麻美がボブにレイプされたのは六歳のときだったということです。麻美の人格分裂は、このときのショッキングな体験で、サミーという成長しない少女と、マリというテディベアを擬人化した少女に分かれたんです。あるいは、マリという人格はもっと早くに何らかの理由で生まれていたが、このとき、新しくサミーという人格が生まれたとも考えられます。

とにかく、マリの方は成長したが、サミーの方は子供のままだった。隣の青年に襲われた体験を持っていたのは、このサミーという少女だったんです。しかも、サミーの時間は止まってしまって、彼女は今も、たぶん、両親の留守を狙ってやってくる隣のボブの性的暴力に脅える悪夢の時間の中に閉じ込められているんです。そして、マリの人格は、おそらく、サミーがボブに襲われるのを目撃していたんです。だから、マリの記憶の中には、自分が襲われたという記憶はないのかもしれない……」

「そんなところかもしれないな。まあ、今のところ、分かったのは、麻美にはもう一つ別人格があったってことだけだが、安岡の話を信じるとすれば、やはり、マリが誰かを使ってパーカーを殺させたのはほぼ間違いない」

「ただ、その誰かというのは、安岡博ではなかった……？」

「と思うね。俺には、安岡が嘘をついているようには見えなかった。アリバイもあると言っていたし、その辺は警察の方でちゃんと裏を取っているだろう」

「実行犯に関しては振り出しに戻ってしまったってわけですか」

工藤はがっかりしたように言った。

「でも、安岡が言っていたコズエという女にあたれば、マリについて何かもっと分かるかもしれん。女友達なら、気楽に、付き合っている男の話くらいしてるかもしれないからな」

「これから行くんですか、その女のところに」

工藤が聞くと、武原は腕時計を見ながら、

「そのつもりだが、まだチト早いんでな、暇つぶしにおまえを呼んだというわけさ」

「俺は暇つぶしですか」

工藤は渋い顔をした。

「まあ、そうむくれるな。その代わり、例の萩尾春海って子に会う口実ができたじゃないか」

武原はにやつきながら言った。

「どういう意味です、それは」

「なかなか可愛い子じゃないか。おまえが惚れるのも無理ないよ」

「だから、それは――」

「麻美に関して分かったことは何でも教えてくれって言われてたからな。俺が安岡から聞いた話を彼女に伝えるのはおまえの役目ってことだよ。物分かりの良い従兄を持って幸せだな、おまえも」

「なに、勘違いしてるんですか。萩尾は大学の後輩ってだけですよ。それに、彼女はブラコンだから俺の出る幕なんかないですしね」

工藤は憮然とした顔つきで言った。

「なんだ、ブラコンって」

「彼女にとっては、死んだ兄貴が一番ってことですよ」

工藤は、春海の兄の健介の話をした。

「なんだ、そんなことか。それなら、どうってことないじゃないか。ライバルは兄貴で、しかも死人じゃないか。前のときみたいに、二股かけられたのとは訳が違う」

「やめてくださいよ。その話は」

工藤は顔をしかめた。大学一年のときに、付き合っていた同級生の女に、T大の学生と二股かけられたことがあった。結局、その女は、「本当に好きなのはあなたの方だけど……」と言い残して、T大生の方に走った。そのことを武原は言ったのだ。

「さて、と。お、もうこんな時間か」

武原は腕時計を見ながら言うと、残りのコーヒーを飲み干して、ショルダーを肩にかけ、立ち上がった。

「忘れ物ですよ」

その手に乗るかという顔で、工藤はすかさず言った。

「え？」

武原はテーブルの上をきょろきょろ見渡した。

「伝票」

「なんだ。そんなもん、おまえが払っとけ」

武原は当然のような顔で言った。

「どうして俺が払わなきゃならないんです。呼び出したのはそっちじゃないですか」

「人がせっかく気をきかせて、彼女に会いに行く口実を作ってやったというのに、そのお礼にコーヒー一杯も奢れないというのか」

「………」

「おまえもな、ろくでもない石の写真ばかり撮ってないで、そろそろ彼女でも作ったらどうだ。あん？」

武原はそう言うと、ゆうゆうと伝票を置いて出て行った。

「あんたに言われたくないね」

工藤はいまいましそうに呟いた。

9

安岡博から聞いた店は、うらぶれたゴールデン街の片隅にあった。どこかの路地で、餌をねだるような猫の鳴き声がした。

看板は壊れたままで、見るからに景気の悪そうな店だった。扉を開けて中に入ると、ウナギの寝所のような狭い店内には、暇そうな顔をした女が三人いるだけだった。

客は一人もいなかった。客がいないのは、時間がまだ早いというだけの理由ではなさそうだった。ほの暗い照明の中でも、三人の女たちがかなりの年増だということが一目で見て取れた。

武原はカウンターの止まり木に腰掛けて、ビールを注文した。「コズエはいるか」と聞くと、カウンターの中にいた、相撲取りみたいな体格をしたママ風の女が、「コズエちゃんなら、やめたわよ」と、タバコで嗄《か》らしたようなガラガラ声で言った。

「やめたって、いつ?」

がっくりしながら聞くと、

「五月頃だったかしら。これになっちゃってさ、郷里で産むって言い出して」

ママは、片手で、自分の腹のあたりに山を作ってみせた。そんな身振りをしなくても、ママの腹は臨月を迎えた妊婦のような見事なビール腹をしていた。

「郷里って、どこ？」

やれやれ、こちらも東京脱出組かと思いながら、そう聞くと、

「たしか、和歌山って言ってたかしら」

「新宮よ」

スイカを二つ抱えたような大きな胸をしたホステスが言った。

「あの子も馬鹿だよ。父親も分からない子供産んでどうするんだろうねえ」

くわえタバコのママは小山のような肩をすくめてみせた。

「詳しい住所分かるかな」

「そういえば、店あてに暑中見舞いが来てたっけ」

そう言って、ママは、カウンターの下の方をごそごそやっていたが、

「ああ、これだ」と呟き、よれよれになった葉書を武原に手渡した。武原は手帳を取り出し、差出人の住所を控えた。〝コズエ〟の本名は、渡辺久子と言うらしい。

「コズエに何か用なの」

ママが聞いた。

「うん、ちょっと聞きたいことがあってね。以前、マリって子がここに勤めていただろう？」

そう言うと、ママの顔が明らかに不快そうになり、「ああ、マリね……」と、あまり思い出したくもなさそうな口調で言った。ただ、その顔つきからして、青柳麻美が死んだことをまだ知らないようだ、と武原は思った。

「彼女のことで聞きたいことがあってね。コズエがマリと親しくしていたって聞いたもんだから」

「マリってさ、あたしたちとはほとんど口きかなかったくせに、コズエとはよくしゃべってたわ。性格は正反対なのに、なぜか気が合ってたみたいだったわね、あの二人」

スイカ胸のホステスが言った。

「コズエはとろくて人が良いから、いいようにマリに振り回されていたんだよ」

ママが憎々しげに言う。

「マリって言えばさ」

もう一人の、ガリガリに痩せたホステスが口をはさんだ。

「あたし、この前、会ったよ」

「どこで？」

ママが聞く。

「ホテル街を男と歩いてた。若くてハンサムな男だったよ。いいとこのボンボン風の」

「それ、いつのことよ？」

「六月の半ば頃だったかしら」

「話、したの」

「ぜんぜん。マリはあたしのことなんか覚えてないみたいにつんとしててたし、こっちも男連れだったから」

「そういう子なんだよ。道で会ったたって、挨拶ひとつしやしない。ここやめたときだって、お世話になりましたの一言もなかったんだからね。こうやって、暑中見舞いくれるコズエとは大違いだよ」

ママは腹立たしげに言った。あとは、マグマのようにマリの悪口があとからあとから噴き出したが、武原にとって耳よりと思える情報は得られなかった。やはり、郷里に帰ったというコズエを訪ねるしかないようだ、と思いながら、武原はみこしをあげた。

「ねえ、ママさん」

武原は中ビール三本（そのうちの二本は女たちの喉に流しこまれた）の割りには、やけに高い勘定を払いながら言った。

「小錦に似てるって言われたことない？」

ママは小鳩のようにきょとんとしていた。

表の看板が壊れているのは、おそらく、勘定の高さに腹をたてた客が蹴りでもいれた跡に違いないと、武原は思いながら店を出てきた。

10

八月三日。武原は、午前九時発の「ひかり」で名古屋まで行くと、そこから、午前十時五十分発の「ワイドビュー南紀五号」に乗り換えた。この紀伊勝浦行きの特急が新宮に着いたのは、午後二時すぎだった。武原は駅前でタクシーを拾い、コズエこと渡辺久子の実家の近くで降りた。

渡辺家を訪ねると、妊娠六、七カ月と思われる大きな腹をした女性が出てきた。大柄で色の生白い、どことなくボーッとした顔つきの女だった。どう見ても、三十をとうに過ぎているようだが、リボンを付けたヘアバンドで髪をまとめた顔は、どことなく子供っぽかった。

「久子さんですか」と聞くと、女はこくんと頷いた。名刺を渡し、「マリのことで話を聞きたい」と言うと、コズエこと久子は、ちらと名刺を見ただけで、嫌な顔もせずに、「どうぞ」と中に通してくれた。

庭の見える茶の間風の和室のテーブルの上には、色とりどりの折り紙と折り鶴が散らばっていた。武原が来るまで、ここで暇潰しに鶴でも折っていたらしい。他に家人はいないらしく、時折、かすかに猫の鳴き声がする以外は、家の中はしんとしていた。

「マリちゃんのことで、話って？」

久子は麦茶を運んでくると、それを武原の方に差し出しながら言った。その無邪気ともいえる顔を見て、武原は、この女も麻美が死んだことをまだ知らないのかなとふと思った。

「マリが死んだことを知ってる？」

そう尋ねてみると、久子は、「えっ」と言ったきり目を剝いた。

「うそ……」

「嘘じゃないよ。殺されたんだよ。新聞にも載ったはずだよ。見てないのか」

「嘘よ。あたし、毎日、新聞見てる。でも、マリちゃんの名前なんてなかったわよ」

久子はむきになって言った。

「マリじゃなくて、青柳麻美って本名で載ってたんだ」

そう言うと、久子は、ぽかんとした顔になり、

「アサミ？　アサミって人はマリちゃんじゃないわ。マリちゃんのルームメイトよ」

そんなことを言い出した。

「ルームメイト？」

「そうよ。マリちゃん、ルームメイトと暮らしてるって言ってたもの。アサミって人はそ

の中の一人だわ。どこかの商社でOLしてた人よ」

「それがマリだったんだよ。マリの本名が麻美っていうんだ」

「冗談ばっかし」

久子は笑い出した。武原が冗談を言っていると思ったらしい。

「冗談じゃなくて——」

武原はそう言いかけ、ふと思いついて、

「今、その中の一人って言ったね。ということは、他にも誰かいるのか」

「そうよ。マリちゃん、四人のルームメイトと暮らしてるって言ってたわ」

「四人……」

「そのアサミって人でしょ、それから、ユキって人と、サミーって言う女の子と、カオリの四人。アサミは商社のOLをしてたんだけど、クビになったんだって。ユキは男に養ってもらうしか能がないし、サミーはまだ六歳だし、カオリは働くのが大嫌いだから、マリちゃんが働いてみんなを食べさせてやってるんだ、って言ってたわ。だから、大変なんだって」

久子は真顔でそんなことを言った。どうやら、マリは、別人格たちのことを、「ルームメイト」という言い方をしていたらしい。確かに、一人の肉体に、それぞれ年齢も性格も異なった人格が住み着いているわけだから、一軒の家の中で部屋を分け合って共に暮らすルームメイトという比喩は言い得て妙とも言える。

しかし、マリがこんなことを言っていたということは、マリが他の人格たちのことをある程度知っており、彼女たちをコントロールする能力を持っていることを暗に示しているように、武原には思われた。やはり、麻美の別人格たちの中で、一番力を持っていたのはマリだったようだ。

「マリは、そのルームメイトたちといつから暮らしているって言ってた？」

武原は久子の話に合わせることにした。

「ずっと昔からだって。アサミとサミーとは子供の頃から一緒だったって言ってたわ。姉妹みたいに育ったんだって。そのあとに、ユキがやってきて、カオリが来て、それから、最近になって、レイコって子も来たんだけれど、この子はすぐにいなくなっちゃったんだって。ルームメイトの中では、サミーって子が一番好きだって言ってたわ。その子、いつも脅えていて、かわいそうなんだって。だから、暇なときは、サミーと遊んであげて、眠るときには、いつも抱っこしてあげるんだって言ってた。でも、マリちゃん、他のルームメイトのことはあまり好きじゃなかったみたい。アサミは、いつもおどおどしていて無口で退屈な女だし、ユキはやたらと男に惚れっぽくて、ちょっと目を離すと、すぐにろくでもない男とくっつく馬鹿女だし、カオリは寝ることしか考えてないマグロ女だから」

「そのカオリっていうのは——」

武原は口をはさんだ。別人格の中で、この〝カオリ〟というのが、武原には初耳だった。

「カオリはね、マリの影武者なのよ」

久子は何がおかしいのか、くっくと含み笑いをした。

「影武者？」

「そう。マリはね、嫌な客と寝なくちゃならないときに、こっそり、カオリとすり替わるんですって。カオリは相手がどんな男でも、文句を言わずに、ゴロって横になってるから、身代わりにはちょうどいいって、マリちゃんは言ってたわ。そんなことが巧くできるのかしらね。あたしには信じられないわ。でも、マリちゃんは、今まで一度もばれたことがないって笑ってたわ。マリちゃんは、カオリのこと、名前で呼ばないで、マグロ女って呼んでたわ」

「マグロ女ねえ……」

武原は思わず苦笑した。そういうことか。

「でも、マリは、どうして、彼女たちの面倒を見てたのかな。サミー以外は嫌いだったのなら、追い出せばよかったのに」

話を合わせてそう言うと、

「あたしもそう言ったことがあったのよ。何も、ルームメイトの面倒を一人で見ることないじゃないって。そうしたら、マリちゃん、こう言うの。彼女たちには、それなりに使い道があるんだって」

「使い道……？」

「ユキはどうしようもない馬鹿女だけど、料理と掃除が得意だから、そのために置いてやってるんだって。アサミは、おとなしくて地味で退屈なところが、かえって、他人には安心感を与えるらしくて、部屋を借りたりするときには彼女にやらせるとうまくいくんだって。カオリは今言ったような影武者だったから手放せないし」

「なるほど、それぞれ使い道があるというわけだ……」

おそらく、マリが、他の「ルームメイト」たちを統制して、それなりに秩序ある生活を送らせていたのかもしれない。だから、麻美、マリ、由紀、麗子の四重生活がすぐには破綻せずに続けられたわけだ、と武原は、思わずマリの手腕に対して感嘆の念さえ覚えた。

「それで、マリは、男と寝るときは、いつもカオリを使っていたのかな」

そう聞くと、久子は、「ううん」というように首を振った。

「それは、店の客とビジネスとして寝るときだけよ。ほとんどがビジネスだったみたいだけど、たまあに、カオリを使わないことがあったみたい。マリちゃんが気に入った若い男の子が相手のときだけ」

「その男の子のことで、何か聞いたことないか」

「前に聞いたのは、どこかの大学生のこと。名前は忘れちゃったけど……」

「学生？」

武原は、昨夜行ったバーで、ホステスの一人が、「マリがホテル街を若いハンサムな男と歩いているのを見た」と言っていたのを思い出した。「いいとこのボンボン風」だったと言っていたが、同じ男だろうか。

「その学生って、いいとこのボンボン風？」

そう聞くと、久子は首をかしげ、「あたしは会ったことないから、わかんないけど」と言い、「でも、その子、マリちゃんに夢中だから、言いつければ何でもするって、マリちゃん、得意そうに言ってたわ。マリちゃんの方も、その子は同類だって言ってた――」

「同類？」

「どういう意味か分からないけど、マリちゃんの方も、その子が好きだったのかもしれない」

久子はそう言い、あらぬ方向を見た。

「ねえ、マリちゃんが死んだって本当のことなの」

まだ信じられないという顔で、薄ボンヤリとした目を武原に向けた。

「嘘じゃない。先月の二十二日、部屋の中で首を絞められて殺されたんだ」

「だったら、ここへ来たすぐあとで殺されたのね……」

久子はポツンと言った。

「ここへ来たって、マリがここへ来たのか。いつ？」

武原が勢いこんで聞くと、

「うんと、たしか、十九日だったわ。マリちゃんがふらって訪ねてきたのよ。それで、これ預かってってって、テープを置いていったの……」

「テープ？」

「ほら、歌なんか吹き込むあのテープよ。大事なものだから、しばらく預かってちょうだいって言って置いてったのよ。それで、もし、一カ月たっても、あたしから連絡がなかったら、それを警察に届けてって言って──」

「け、警察に届けろって、そうマリが言ったのか」

武原は興奮して、思わず吃《ども》りながら聞き返した。

久子はこくんと頷く。

「そのテープって、何が入ってたんだ」

「知らない。あたし、聴いてないもの。マリちゃんに聴いちゃいけないって言われてたから」

「今、それを持っているんだね」

「持ってるわ」

「ちょ、ちょっと、聴かせてくれないか。もしかすると、マリを殺した犯人が分かるかもしれない」

武原がにじり寄りながら言うと、久子はやや脅えたような顔になって、「だめよ。マリちゃんに誰にも聴かせちゃだめだって言われてるもの」と、激しく首を横に振った。

「でも、マリは死んだんだ。それに、きみがそれを持っているのは危険だよ」

武原は言った。

「危険って、どうして？」

「そのテープにはマリを殺した犯人の手掛りか何かが入っているかもしれない。だから、マリはそれをきみに預けたんだ。もし、犯人がきみがそのテープを持っていることを知ったら、取り返しにくるかもしれないぞ」

脅かすつもりはなかったが、そう言うと、久子の顔が強ばった。

「だから、それを俺に渡しなさい。俺の方から警察に届けるよ」

むろん、その前に内容を聴いてだが、と武原は腹の中で思いながら、必死に説得した。

しかし、久子は思いのほか手ごわかった。

「だめ。マリちゃんとの約束だから。あたしは約束を守るの。それに、あんたが信用できる人かどうか分からないし」

久子は頑なに首を振り続けた。

武原は久子の頑なさに閉口しながらも、マリが、なぜ、この女と奇妙な友情を保っていたか、なんとなく理解できたような気もしていた。この女には、どこか無垢な子供のようなところがある。忠犬のような一途さがある。打算や損得で動く大人にはないものを持っている。それが、かえって、打算や損得でしか動かなかったマリの心をつかんだのかもしれない。

結局、久子の頑固さに根負けした武原は、「気が変わったら、いつでも連絡してくれ」と、自分の連絡先を教えるだけに留まった。

「マリちゃんって――」

帰りぎわ、久子がふと言った。

「意地悪なところもあったけど、優しいところもあったのよ。これの折り方、教えてくれたのはマリちゃんなの」

テーブルの上の折り鶴の方を見た。

「折り紙って、手先を使うから、頭がよくなるんだってね。コズエは頭が悪いから、折り紙でもやるといいわって言って、マリちゃんが教えてくれたの。あと、奴さんとか、紙風船とかも教えてくれたけど、あたしにできるのはこれだけなの。あとはうまくいかないわ」

久子はそう言って、両手いっぱいの折り鶴を武原に差し出した。

「これ、マリちゃんのお墓に供えてあげて……」

11

八月四日、日曜日。

電話が鳴ったとき、春海は朝食のトーストを齧りながら、部屋探しの情報誌のページをめくっていた。家賃六、七万で抑えるとなると、やはりユニットバス付きのワンルームしかないようだな、と思いながら、ダイニングルームから出て部屋に行くと、受話器を取った。

「もしもし――」

そう言いかけると、

「あ、俺」

と工藤謙介の声がした。

「武原さんから耳寄りな情報が入ったよ」

工藤はいきなり言った。

「え、本当ですか」

「やっぱり、麻美は多重人格者だったよ。しかも、そのことをある程度自分で知っていたようだ」

工藤はそう言って、武原から聞かされた渡辺久子の話を春海に伝えた。

「麻美には、別人格がホスト人格も含めて――専門用語では人格システムというらしいんだが――五人いたことになる。この前話した子供の人格を入れてね」

「麻美、マリ、由紀、サミーと……」

春海は指を折った。

「あと、もう一人、カオリというのがいたらしい。マリは、彼女たちをルームメイトと呼んでいたっていうんだ。ほら、ビリー・ミリガンの中で、『家族』という言い方をしてるだろう――」

春海は今読んでいる本の内容を思い出した。ミリガンの中では、アーサーという一番冷静で知的な人格が主導権を握り、他の子供や女性を含めた人格たちを、「家族」と呼んで、男性は女性や子供を守り、女性は家事などをこなすというように、まさに、家族のようなシステムになっており、それなりに秩序だった生活を営んでいたと書いてある。むろん、秩序だったといっても、限界があり、人格同士のコミュニケーションがいつもなされていたわけではなかったが、少なくとも、互いの存在を認め合う状態にはあったらしい。

「麻美の場合は、『家族』というより、『ルームメイト』という感じで別人格たちをとらえていたようだな。子供のサミー以外は、性格こそ違うが性別も年齢も似通っていたせいだろうね。それで、たぶん、一番生活力があって性格の強いマリがみんなを仕切っていたんだろう」

工藤は続けた。

「ルームメイト……」

春海は思わず呟いた。奇しくも、春海のルームメイトだった青柳麻美という女の中には、別人格というルームメイトたちが住んでいたというのだ……。

「……おい、聞いてるのか」

工藤の声で春海は我にかえった。ちょっとぼんやりしてしまった。

「え？」

「テープがあるんだよ」

「テープ？」

「なんだ。やっぱり聞いてなかったのか。ちゃんと耳の穴、かっぽじって聞いててくれよ。麻美のことを何でもいいから知りたいって言ったのはきみなんだからな」

「は、はい」

春海はしゃきっと背筋を伸ばした。春海には、子供の頃からの悪いくせで、人が話している最中に、ふっと自分の世界に浸ってしまうことがあった。春海は、その感覚を『穴ぼこに落ちる』とひそかに呼んでいた。『穴ぼこに落ちる』と、周りの音や色彩がふいに消えてしまう。授業中にそんな感覚になって、教師に叱られたこともよくあった。母親からお説教されている最中にそうなることもあった。そのたびに母に、「聞いてるの？」と耳を引っ張られたこともある。

「渡辺久子がマリからテープを預かってたって言うんだよ……」

工藤は言った。そのテープに、ひょっとすると犯人の手掛りが録音されているかもしれないのだという。

「え、それじゃ――」

春海が驚いて言いかけると、工藤はそれを遮るように、

「マリがそのテープとやらを久子に預けたのが、先月の十九日だというんだよ。確か、きみが最後に彼女に会った日だったよな」

早口で続けた。

「そうです。朝、彼女に会って……」

そうか、と春海は思った。あの日、春海が大学へ行ったあとで、麻美――いや、マリは、新宮市に住む渡辺久子のもとを訪れたに違いない。ただ、新宮市まで行ってトンボ帰りをするとなると、由紀として横浜に戻るのがかなり夜遅くなってしまう。それで、出掛ける前に、部屋の電話から、〝夫〟の松下にメッセージを入れたのだ。リダイヤルボタンを押したとき、松下のマンションにつながったのは、そういうことだったのだ。

「たぶん、マリは自分が誰かに殺されるかもしれないという予感があったんじゃないかな。

だから、何か犯人の手掛りになることを録音して、そのテープを最も信頼できる久子に預けたんじゃないかと思う。久子という女は、言われたことは犬みたいに忠実に守る女らしいから、マリに言われた通り、テープを今まで保管していたんだろう」

「久子という人はそのテープを聴いてないのかしら」

独り言のように言うと、工藤はすぐに答えた。

「聴いてないらしい。マリに聴くなと言われてたようだ。武原さんが、そのテープを聴かせてくれとどんなに頼んでも、マリに誰にも聴かせるなと言われたからと言って聴かせてくれなかったそうだ」

「重要な証拠品かもしれないのに？」

「ところが、武原さんが帰ったあとで、久子の気が変わったらしい。やっぱり、そんな大事なものを自分が持っていることが怖くなったみたいなんだな、それで、夜になって、久子から武原さんのところに連絡があって、テープを渡してもいいと言ってきたというんだ。それで、すぐに郵送するってことになったそうだよ」

「それじゃ、そのテープさえ届けば」

「ひょっとすると、事件は解決ってことになるかもな。もし、そのテープの中に、犯人を特定する決定的な証拠でも入っていればの話だけどね。あ、それとね、武原さんが久子から預かってきたものがあるんだよ」

「何ですか」

「折り鶴なんだ。それをマリの墓に供えてくれって頼まれたらしい。今、俺が持っているんだけど、どうしたらいいのかな」

「それなら、西村麗子さんに渡せばいいんじゃないかしら。麻美さんのお骨と一緒に、綾部のお祖母さんのところに届けて貰えばいいでしょう。そうだ。ちょうど、これから彼女と会う約束があるんです。あたしから渡しておきましょうか」

　そう言うと、工藤は、「そうだな」と言ったきり、しばらく思案するように黙っていたが、

「西村さん、上京してるんだったよな」と言った。

「ええ、八重洲北口近くのホテルに。そこで会うことになってるんです」

「何時に会うことになってるんだ」

「えーと、午前十一時にYホテルのロビーで落ち合うことになってるんですけど」

「十一時に、八重洲北口近くのYホテルのロビーか。それなら、俺もそこへ行くよ」

「え、いいんですか」

「じゃ、そういうことでな」

　そう言って、工藤は電話を切りそうになった。

「あ、先輩。ちょっと」

春海は慌てて言った。

「なんだ」

「あの、いつも先輩経由なんですね」

「何が？」

「青柳麻美のこと。武原さん、直接、あたしには何も知らせてくれないから……」

「俺経由では不服ですかね」

「そんなことないですけど。でも、どうして、いつも、先輩経由なのかなって」

「さ、さあね。俺はただ、きみに伝えてくれって言われただけだから」

工藤の声がややうろたえたように思えた。

12

春海がYホテルに到着したのは、午前十一時を五分ほど過ぎた頃だった。ロビーに行くと、すでに、西村麗子は来ていて、知り合いらしい若い男と何やら話し込んでいた。

春海の姿を見つけると、麗子は、連れの男を、高校時代の先輩だと紹介した。男は篠沢だと名乗った。麗子が前に言っていた一つ年上のボーイフレンドというのがこの男らしい、と春海は推察した。

工藤が現れたのは、それから十分くらいしてからだった。

「これが武原さんから預かってきたものなんですが」

工藤はさっそく小さな紙袋にはいったものを麗子に手渡した。中には色とりどりの折り鶴が入っていた。

「それを、渡辺久子という人が、マリ――いや、麻美さんのお墓に供えて欲しいと」

工藤が言うと、麗子は、やや怪訝そうな顔で、

「その渡辺さんという人は、母とはどういう？」

と尋ねた。

「麻美さんが、マリという名前で、銀座のクラブに勤めていたのをご存じですか」

工藤は逆にそう聞き返した。

「ええ、その話は警察の人から聞きました。祖母からは、母は商社のOLをしていると聞かされていましたが、母に会ったとき、服装があまりOLっぽくなかったもので、もしかしたらとは思っていたんですけど……」

麗子は複雑な表情で言った。

「渡辺さんは、麻美さんが銀座のクラブに勤める前にいたバーのホステスだった人だそうです。麻美さんとはその頃からかなり親しくしていたそうで」

「そうなんですか……」

麗子は納得したように頷いてから、ふと思い出したというように、

「今、萩尾さんから聞いたんですが、あなたは、武原さんの従弟だそうですね？」

「ええ、まあ」

「あたし、武原さんに聞かれたことで、ひとつ気になっていることがあるんですけど」

「何ですか」

「母が精神科のクリニックにかかっていたことはないかって、武原さんに聞かれたんです。あれ、どういう意味なんですか。あのときは、ちょっと時間がなかったもので、気になりながらもそれ以上は聞かなかったんですけれど……」

「ああ、そのことですか」

工藤は思案するように、しばらく、一点を見つめていたが、

「実は、麻美さんには人格障害があったんじゃないかと思われるふしがあるんですよ。それで、ひょっとしたら、そのことで精神科の医者にかかっていた形跡はないかと――」

そう言うと、麗子は驚いたような顔になって、「あの、人格障害って」と言った。

「つまり、その、多重人格ということです」

工藤はやや言いにくそうに言った。

「多重人格……」

麗子はうっすらと口を開けた。

「あなたの名前を騙ったことや、平田由紀と名乗って横浜で暮らしていたことも、麻美さんが多重人格者だったと考えると、それなりに説明がつくんですよ」

工藤はそう言って、青柳麻美を多重人格者ではないかと推理するに至ったいきさつを説明した。といっても、ロバート・パーカー事件に関することは、麗子の心情を配慮したのか、あえて触れなかった。

「……つまり、母は、そのマリという人格で殺されたというんですか」

麗子はまだ信じられないという顔で聞いた。

「たぶん」

工藤は頷いた。

「麻美さんの中で、このマリという人格が一番、犯罪性があるというか、犯罪にかかわっていそうな可能性が高いんです。だから、彼女は、青柳麻美として殺されたというよりも、クラブホステスのマリとして殺されたと見た方がいいと思うんです。その証拠に——」

工藤は、マリが渡辺久子にテープを預けて行ったことを話した。

「マリさんがそんなテープを友達に預けて行ったということは、何か自分の身に危険が迫っていることを予感していたからだと思うんですよ。言い換えれば、麻美さんを殺した犯人は、彼女が、マリとして付き合っていた人間の中にいるということになります——」

「そのテープは、まだ渡辺久子という人が持っているんですか」

工藤の話を遮るようにして口をはさんだのは、それまで黙って聞いていた篠沢だった。

「いや、それが、そのあとで久子さんの気が変わったらしくて、武原さんに渡してもいいと言ってきたそうです。すぐに郵送すると言っていたらしいから、二、三日もすれば、武原さんのもとに届くはずです」

工藤は言った。

「もし、そのテープの内容が犯人に触れたものだとしたら――」

篠沢が言いかけると、

「むろん事件は即解決ということになります」

工藤はそう言い切った。

13

ホテルの中にある中華レストランで昼食をとり、春海と工藤が麗子たちとホテルの前で別れたのは、午後一時過ぎのことだった。

工藤は車で来たらしく、ホテルを出ると、春海をマンションまで送ると言い出した。

「武原さんは、マリを殺した犯人は、若い男じゃないかって言ってたよ」

工藤はエンジンキーを差し込みながら、ふと思い出したように言った。

「若い男？」

「うん。渡辺久子の話だと、マリは、大学生の恋人がいたみたいなんだ。しかも、その男のことを、マリは、自分に夢中だから言いつければ何でもする、なんて言ってたらしい。もし、パーカー殺しがマリの企んだものだとしたら、この学生にマリがやらせたとも考えられる。そして、あの事件のあと、二人の間で何かトラブルがあった。マリは、この男に殺される予感を感じて、この男が犯人である証拠を残すテープを久子に預けた。ひょっとすると、犯人の方も、このテープの存在を知っていたかもしれない」

「え、どうして？」

「麻美の部屋が荒らされてただろう。あれは、犯人が物取りの犯行に見せかけるための偽装だったかもしれないが、もしかすると、マリが隠したテープを探していたのかもしれない。部屋を荒らしたついでに、物取りの犯行に見せかけることを思いついた、とも考えられる。だとすると、久子が持っているテープというのは、犯人にとっては、かなりやばい内容のものだということだ。それで、武原さんが心配してたんだけど、きみのマンションの鍵、付け替えたのかって」

「え……」

春海はどきりとして、運転する工藤を見た。

「犯人は今もあのテープを探しているかもしれない。まさか、マリがあれを郷里に帰った友人に預けたとは知らないだろうから、きみのマンションを調べる可能性もあるじゃないか。マリが西村麗子と名乗ってきみのルームメイトだったことを知っていればね。合鍵を持っていれば、きみが留守のときにこっそり部屋に入ることだってできるわけだし」

「お、脅かさないでください」

春海は悲鳴のような声をあげた。

「脅かしてるわけじゃないよ。心配してるんだ。鍵を付け替えるか、一刻も早くあのマンションを出るかした方がいいんじゃないのか。武原さんもそう言ってたよ」

「それなら大丈夫です。武原さんが帰ったあと、心配になって、鍵の付け替えのことを大家さんに相談したんです。大家さん、最初は、今月いっぱいで出る部屋だってことで、あまりいい顔はしなかったんですけど、鍵を落としたって言ったら、それじゃしょうがないって言って、鍵を付け替えること、許可してくれたんです。費用はこっちもちならってことで。それで、もう鍵は付け替えましたから」

「そうか……。まあ、でも、考えすぎかもしれないな。武原さんのところに例のテープが届きさえすれば、事件が解決するのは時間の問題だろうし」

工藤は不安を吹き飛ばすような明るい口調で言った。

14

八月七日の夜だった。大塚にある自宅マンションに帰ってきた武原英治は、ロビーに設置されたメールボックスの蓋を開けた。何通かのダイレクトメールに混じって、やや厚みのある茶封筒が入っていた。

武原ははっとして、その茶封筒の差出人を見た。渡辺久子からのものだった。中身はむろんあのカセットテープに違いない。

武原は九階で停まっていたエレベーターが降りてくるのをもどかしい思いで待った。早く部屋に帰って、テープの中身を聴きたかった。ようやく降りてきたエレベーターに乗り込み、自宅のある六階で降りると、部屋に入るなり、茶封筒を引き裂くようにしてテープを取り出し、ショルダーの中に入っていた小型テープレコーダーにセットした。再生ボタンを押す。

数秒ノイズが続き、ふいに女の声がした。

『あれ、本気で言ったの?』

『あれって?』

『こいつが目の前にいたら、殺してやるって、あんた、そう言ったじゃない』

『本気だよ』

『だったら、殺してよ』

『……』

『殺してよ。こいつをズタズタに切り裂いて』

『いいよ』

『本当はあたしが自分でやりたいんだ。何もできないサミーのために』

『どうやってやればいい？』

『あたし、考えたのよ。こいつ、あたしとやりたがってるんだよ。だから、とうとう落ちた振りをして、こいつにホテルの一室を取らせるわ……』

会話はまだ続いていた。武原の顔色が変わっていた。

この声は——

マリと話している相手の声に聞き覚えがあった。武原はわななく指でストップボタンを押すと、テープを巻き戻し、はじめから聴き直した。

15

呼び出し音が止んで、ようやく受話器が取られる気配があった。

「工藤ですが——」

工藤謙介のぶっきらぼうな声がした。

「先輩？　あたしです」

春海は嚙み付くような勢いで言った。

「ああ、萩尾か」

「ああ萩尾かじゃないですよ。どこへ行ってたんですか。もう朝から電話かけてたんですよ。部室かと思って行ってみたけどいないし」

「ちょっとヤボ用で出てたんだ。何だよ」

「武原さんから何か連絡ないですか。例のテープ、もう届いてるはずでしょう？　今日、八日ですよ。さっき麗子さんから電話があって、彼女も、あのテープのこと気にしてました」

「ああ、その件ならね」

工藤の声がやや沈んでいた。

「テープは昨日確かに届いたそうだ」

「えっ。本当ですか。それで？」

春海は受話器を握り直した。

「それが何も入ってなかったって言うんだよ、武原さんは」

「何も入ってなかった？」

春海は思わずオウム返しに聞いた。

「何も入ってなかったって？」

「だから、何も入ってなかったんだってさ」

「どういうことなんです、それ？」

「さあ、俺にもさっぱり分からないね。とにかく、何も入ってなかったって、武原さんは言うんだから」

「マリが渡辺久子に何も入っていないテープを預けたってことなんですか。それとも、渡辺久子が何か勘違いして、違うテープを送ってきてしまったってことなんですか」

「久子が勘違いってことはないらしい。武原さんの話だと、あとで確認の電話を入れたら、確かに、マリから預かった物を送ったって言ってたそうだから」

「てことは、マリが最初から何も入ってないテープを久子に預けたってことなんですか」

「そういうことになるだろうな……」

工藤の歯切れも悪い。

「どうしてですか。どうして、そんなこと」

「分からないよ、俺にも。とにかく、もう一度、武原さんに聞いてみるよ。何か分かったら電話する。じゃあな」

そう言うなり、工藤は一方的に電話を切ってしまった。

「もう、どうなってるの？」

春海はプープーと切れたことを示す機械音を出している受話器に八つ当たりするように呟くと、仕方なく受話器を置いた。

マリが何も入っていないテープを久子に預けた？　どうしてそんなことをする必要があるんだろう。

春海はベッドの端に腰掛けると、ボンヤリと考えこんだ。

武原さんに電話してみようか。そう思い、前に武原から貰った名刺のことを思い出した。あそこに自宅の電話番号が印刷されていた。確か、名刺用のホルダーに入れておいたはずだ。そう思い、名刺用のホルダーを取り出そうとしたとき、電話が鳴った。

出てみると、若い男の声で、「篠沢ですが」と言う。シノザワ？　一瞬、春海は誰のことか分からなかった。

「え？」と聞き返すと、「あの、西村麗子さんの友人の」と男は言った。ああ、とすぐに春海は思い出した。麗子のボーイフレンドか。「例のカセットテープのことで、武原さんから何か連絡ありましたか」

篠沢は言った。おそらくここの電話番号を麗子から聞いたのだろう。

「え」と聞き返すと、篠沢は弁解するように、「いや、麗ちゃんがあのテープのこと気にしてたものだから——」

「それが、何も入ってなかったらしいんです」

　春海は言った。

「何も入ってなかった？」

　篠沢の驚いたような声がした。

　春海は、今工藤から聞いたばかりの話をした。篠沢は黙って聞いていたが、「それは妙ですね」とだけ言った。

「それで、あたし、これから武原さんのところに電話してみようと思うんです。何か分かったら連絡します」

　春海はそう言って、篠沢の連絡先を聞いてから電話を切った。腕時計を見ると、午後七時半になろうとしていた。

　名刺ホルダーを開いて、武原の名刺を取り出すと、それを見ながら、武原の自宅に電話を入れた。が、武原はまだ帰っていないらしく、呼び出し音がむなしく鳴るだけだった。

　春海はため息をついて受話器を置いた。

16

八月十二日。

春海のもとに工藤謙介から電話が入った。

「武原さんから連絡あった？」

受話器を取るなり、工藤は妙に慌てた口ぶりでそう言った。

「それはあたしの方が言いたいセリフです」

春海は幾分むくれながら言った。むろん、あれから、武原の自宅へ何度か電話をかけてみたが、呼び出し音が鳴るだけだった。武原からは何の連絡もない。

「先輩からも何も言ってこないし――」

言いかけると、それを遮るように、工藤が言った。

「どうも変なんだよ」

「変って？」

「携帯電話に何度かけても、呼び出し音が鳴るだけなんだ」

「携帯の電源切ってるんじゃないですか」

「いや、それなら、その旨を音声で伝えるはずだよ。そうじゃない。電話はちゃんとかかるんだ。でも、武原さんは出ない。何度かけても……」

「武原さん、携帯をうちに置いたまま、出掛けたのかしら……」

「それはないだろう。どこへ行くにしても、持って出たはずだ」

「そうですよね。だとしたら変ですね」

たしかに変だ。自宅の電話に誰も出ないのは留守ならば当然だが、いつも身につけているはずの携帯電話に何度かけても出ないというのは少々おかしい。

二人の間で奇妙な沈黙があった。

「俺、ちょっと気になるから、これから武原さんのところへ行ってみるよ」

ようやく工藤が言った。

「あ、それなら、あたしも行きます」

「そうか。じゃ、地下鉄丸の内線の新大塚駅の前で待ってるから」

工藤は春海の言葉を待っていたように即座にそう言うと、電話を切った。

17

春海が新大塚駅を出ると、駅前に、見覚えのある車が停まっていた。運転席の窓から工藤が顔を出して手を振っている。春海は工藤の車に乗り込んだ。

武原のマンションは、駅から車で十分ほどのところにあった。工藤はよく来るらしく、道に迷う風もなかった。

マンションのロビーを抜けて、エレベーターで六階まで昇った。エレベーターを降り、六一二号室の前まで来ると、「留守か」と工藤は呟いた。インターホンを押すまでもなく、ドアの新聞受けに三、四日分の新聞がたまっているのを見たからだ。

春海は嫌な予感をおぼえた。似ている。青柳麻美のマンションを訪ねたときに状況がよく似ていた。あのときも、新聞受けに新聞がたまっていて……。

ただ一つ違っていたことがあった。工藤がインターホンを鳴らしたあと、誰も出てこないので、念のためという風に、ドアのノブをつかんで回したときだった。

てっきり施錠されていると思われたドアが難無く開いたのである。

春海と工藤は顔を見合わせた。

新聞受けに新聞がたまっているのに、ドアは施錠されていない。武原は鍵をかけずに出掛けたのか、それとも……。

工藤はおそるおそるという物腰で、ドアを開けると中に一歩入った。

「武原さん」

奥に声をかけた。

「何か臭うな……」

工藤が呟いた。
春海も生ゴミが腐ったような臭いをかいだ。
そのとき、半ば開いているガラス扉の向こうから、ふいに、ある音が聞こえてきた。
春海は声をあげそうになった。
それは、ピーピーという電子音で、携帯電話の呼び出し音に似ていた。

モノローグ3

テープに何も入ってなかっただと？

嘘だ。そんなはずはない。テープには、俺とマリの会話が録音されていたはずだ。マリが渡辺久子という女にカセットテープを預けていたと聞かされたとき、俺にはすぐにあれだと分かった。マリの部屋をいくら探してもなかったわけだ。マリは俺があれを奪い返すことを恐れて、久子という女に預けたに違いない。

だが、分からないのは、武原はなんであんな嘘をついたのかということだ。渡辺久子がテープを間違えて送ってきた可能性がないのだとしたら、武原が嘘をついたとしか思えない。

俺は武原に会おうと思った。直接会って確かめる必要がある。そして、もし、武原があのテープを入手しながら嘘をついているのだとしたら、あいつを――

俺は時計を見た。この時刻ならやつはもう帰っているかもしれない。俺は、受話器を取りあげると、武原のマンションの番号を押した。

呼び出し音が五回鳴った。受話器が取られる気配はない。まだ帰ってないのか。あきらめて、受話器を置こうとしかけたとき、ガチャという音がした。

「はい。武原ですが」

武原の声がした。俺は一瞬迷った。これから訪ねる旨を伝えておこうかと思ったが、すぐにそれは思い直した。ふいを狙った方がいい。そう思ったのだ。もし、武原があのテープを聴いているとすれば、俺の突然の訪問に何らかの反応をしめすはずだ。

「もしもし？」

武原の声を無視して俺は電話を切った。

六一二号室のインターホンを鳴らすと、すぐに武原の声が返ってきた。俺は返事をしなかった。へたに名前を名乗って、その声を他の住人に聞かれたくなかった。黙っていると、しばらくして、ドアの施錠を解く音がした。ドアが開き、武原が顔を出した。

俺を見ると、武原の顔にぎょっとしたような表情が浮かんだ。俺はその顔を見て、やはり武原はあのテープを聴いていると直感した。俺がパーカーとマリを殺した犯人であることをこいつは知っている……。

「突然すみません。どうしても聞きたいことがあって」

俺は武原を安心させるために笑顔を見せて言った。

「ちょっといいですか」

そう言うと、武原は一瞬、迷うような表情を見せたが、俺を中に入れてくれた。

部屋は一ＬＤＫで、いかにも独身男の住まいという風に散らかっていた。

俺はすぐに例のテープのことを切り出した。テープを聴きたいと言うと、武原は、あのテープには何も入っていなかったから聴いても無駄だというようなことを言った。

「何も入ってなかったって、どういうことなんですか」

そう聞くと、武原は俺から目をそらし、「コーヒーでもいれるよ」と言った。明らかに動揺している。やはり、こいつは嘘をついている。俺はそう確信した。

武原は狭いキッチンに立った。俺に背中を向け、コーヒーカップを二つ用意すると、ケトルに水を入れながら言った。

「マリはたぶん久子をからかったんじゃないのかな。それか、マリは録音したつもりでいたが、実際には音は入っていなかったのかもしれない。あるいは、何かの不手際で録音したものを消してしまったとも考えられる。いずれにせよ、残念ながら、あのテープからは犯人の手掛りになるようなものは何も見つからな――」

最後まで言わせはしなかった。俺は紙袋からスパナを取り出すと、武原の後頭部を一撃した。武原は「ぐっ」と呻いて、ケトルを取り落とした。倒れこんだ武原の身体に覆いかぶさるようにして、俺は、マリを殺ったときに使ったビニール紐でやつの首を後ろから絞め上げた。

嘘をつくな。あのテープには俺の声が入っていたはずだ。おまえはそれを聴いた。え、聴いたんだろう?

俺はそう呟きながら力を入れた。だが、そのとき、俺の中で声がした。やめろ。その男を殺すな。声はそう叫んでいたが、俺は力をゆるめなかった。なんだよ。おかしなやつだな。マリを殺すときは、むしろそそのかしたくせに。今度はとめようとするなんて。

武原の身体がぐったりと動かなくなった。死んだ、と俺は思った。マリのときのように、やつの死体を見下ろして、感傷に耽ってはいなかった。すぐに次の行動に移った。テープだ。あのテープを探さなければ。俺は素早く手袋をつけた。

リビングの棚に、ずらりとカセットテープが並んでいた。見ると、一つ一つタイトルと日付が記されている。それを片っ端から見てみたが、どれもやつが取材用に録《と》ったものばかりだった。あのテープはなかった。机の引き出しを全部ひっくりかえし、隠してありそうな所は全部覗いてみたが、テープはなかった。

俺はだんだん焦ってきた。ないはずはない。どこかにあるはずだ。

そのとき、キッチンの方から、呻き声が聞こえた。俺はぎょっとして声の方を見た。武原が呻いている。死んでなかったのか。武原は起き上がろうともがいていた。慌てた俺は放り出してあったスパナをつかむと、それで武原の頭を殴った。また起き上がってくるかもしれないという恐怖に駆られて何度も殴りつけた。ようやく、やつは動かなくなった。首筋に手をあてると、今度こそ脈はなかった。

俺はテープ探しに戻った。

テープレコーダーの中は見たのか。

頭の奥でまた声がした。俺ははっとした。そうだ。武原はあのテープを聴いたときのままにしているかもしれない。俺はテープレコーダーを探した。机のそばに投げ出してあった黒革のショルダーバッグの中を探ると、小型のテープレコーダーが出てきた。中にテープが入ったままになっていた。俺は再生ボタンを押してみた。

あった。これだ。俺とマリの会話が入っていた。やっぱり、武原はこれを聴いていたのだ。俺はレコーダーからテープを取り出した。それを紙袋に入れたあと、血のついたスパナを洗いに洗面所に行った。

洗面所の鏡を見ると、顔にも胸のあたりにも返り血を浴びていた。万が一、返り血を浴びても目立たないようにと、濃紺のTシャツを着てきたが、何度もやつの頭を殴ったせいで、かなり血が飛んでいた。着替えた方がいいかもしれない。俺は顔をタオルで拭いてから、武原の洋服ダンスを開けてみた。その中からTシャツを一枚取り出すと、それに着替えた。LサイズのTシャツは俺には少し大きかったが、別におかしくはないだろう。

脱いだTシャツを紙袋に入れると、俺はそれを持って玄関へ行った。死体の発見を遅らせるために、マリのときのように、ドアを外から施錠することを思いついたが、鍵を探しに戻る気はしなかった。死んだ武原がまた生き返りそうな気がして怖くてしかたがなかったからだ。

もう嫌だ。こんなことは沢山だ……。

第三部

1

八月十五日。萩尾春海は、東京駅の東海道山陽新幹線乗り場の前で、工藤謙介が来るのを待っていた。腕時計を見ると、午前八時四十五分になろうとしていた。

もう、先輩ったら、何してるんだろう。八時半って約束だったのに。

春海はやきもきしていた。午前八時五十六分発の新大阪行きの〝のぞみ七号〟に乗ることになっていた。これに乗れば、名古屋に着くのは、午前十時三十二分。ちょうど、午前十時五十分発の〝ワイドビュー南紀五号〟に乗り換えることができる。昨夜、そう言って、「今度は遅れるなよ」と念を押したのは工藤の方だったのに。そのお蔭で、春海は三十分も早く来てしまった。既に〝のぞみ〟の切符は二人分買ってある。ところが、約束の八時半を過ぎても、当の工藤はまだ来ない。

この前とまるで逆じゃない。

春海はふと、工藤と京都に行ったときのことを思い出していた。あのときは、春海の方が寝坊をして遅刻してしまった。工藤は既に二枚分の切符を買って待っていた。あれは七月二十八日のことだった。ルームメイトの西村麗子が偽者と分かって、彼女の正体を知るために、本物の西村麗子に会いに京都まで行ったのだ。

それにしても、まさか、こんなことになるなんて……。

春海は悪い夢でも見ているような気がしていた。西村麗子に会って、ルームメイトの正体が彼女の母親の青柳麻美だと知ったのもつかのま、その麻美が何者かに殺され、今度は、麻美のことを調べていた武原英治までが死体となって発見されたのだ。

しかも、二人の死体を最初に発見したのが、工藤と自分だなんて。それでも、青柳麻美のときはまだよかった。春海はマンションの一階のロビーにいて、死体そのものは見ていなかった。慌てて下に降りて来た工藤から、麻美が殺されていると聞かされただけだった。

しかし、武原のときは違う。春海は武原の死体をもろに見てしまったのだ。一足先に中に入って死体を発見した工藤が、すぐに春海を外に出そうとしたが、そのときは遅かった。春海は、工藤の身体ごしに、頭髪を血まみれにしてうつ伏せに倒れている武原らしき男の姿を見てしまっていた。

それを見た瞬間、春海はひどいめまいに襲われて、もう少しで倒れそうになった。生々しい血の色が今も目に焼きついている。悪夢の中の出来事としか思えなかった。

ぼんやりと回想に耽っていた春海の目が、人ごみを縫うようにして、切符売り場の窓口に急ぐ工藤謙介の姿を捕らえた。

「先輩。こっち、こっち」

春海は思わず大声をあげた。すでに買ってある二枚の切符を振った。工藤は春海の姿を認めると大股で近づいてきた。

「遅いじゃないですか！」

春海がむくれると、

「ごめん、ごめん。目覚ましのストップボタン押したまま寝ちゃって」

そう言って、工藤は頭を掻いた。掻いた頭は布団からそのまま抜け出してきたようにボサボサだった。

「急いで。あと五分しかないです」

春海は切符を工藤に渡すと、すぐに改札を通り抜けた。

春海と工藤がエスカレーターを駆け上り、息を切らして、〝のぞみ七号〟の車内に滑りこんだ直後、扉がしまった。間一髪のところでセーフだった。

2

「武原さんの部屋からあのテープは発見されなかったんですか」

席について、ようやく息が静まるのを待って、春海は工藤に聞いた。

「らしいね」

工藤はシートを倒しながら言った。

武原の死体を発見したあと、工藤がすぐに一一〇番通報し、警察が駆けつけてきた。二人は、警察の事情聴取を受けた。そのとき、工藤は、武原が青柳麻美の事件を追っていたこと、麻美の友人からカセットテープを受けとっていたらしいこと、そのテープに麻美を殺した犯人の手掛りが入っていると思われたことなどを話した。

当然、警察では、武原の部屋の中にあったカセットテープを全て押収して調べてみたようだが、渡辺久子が送ってきたと思われるテープは出てこなかったようだ。

「ということは、犯人があのテープを持ち去ったということかしら」

春海が独り言のように言うと、

「としか考えられないな。きみも見ただろう。部屋の中は荒らされていた。棚の上に並べられていたカセットテープは全部床にばらまかれていたし、テープレコーダーには血がついていた――」

「え、ええ」

春海はそう答えたが、実際には、よく覚えていなかった。武原の血まみれの死体を見ただけで気が動転してしまい、現場を見回す余裕などとてもなかったからだ。

それでも、部屋の中がひどく荒れていたという漠然とした印象は残っていた。ただ、カセットテープが全部床にばらまかれていたとか、テープレコーダーに血がついていたとかいう細かいところまでは見ていない。

さすがに工藤は男だけあって、いざとなると冷静だった。部屋の電話で警察に知らせたあと、春海を外に出して、自分だけまた中に入っていた。警察が到着する十分ほどの間、工藤は一人で中にいたのだ。その間にいろいろと細かいところまで観察していたに違いない。

今のところ、分かっているのは、武原が殺されたのは、八月九日の夕方から十日の未明にかけてということだった。ドアの新聞受けには、十日の朝刊からたまっていた。九日の夕刊まで読まれた形跡があり、部屋には明かりがついたままだった。

「警察の人に聞いたんだけど、財布や金目のものは奪われていなかったそうだ。それに、キッチンには、コーヒーカップが二つ出ていた。武原さんは犯人をもてなそうとしていたみたいだ。だから、犯人は強盗の類いじゃない。明らかに顔見知りだ。犯人は武原さんを殺したあと何か探していたんだ。テープが床にばらまかれていたことや、テープレコーダーに血がついていたということから考えても、犯人が探していたのは、カセットテープに間違いないだろう。犯人は、その場でテープの中身をレコーダーを使って聴いたんだよ。そのとき、血のついた手で触ったもんだから、レコーダーに血がついたんだ」

工藤は言った。

「でも、武原さんは、テープには何も入ってなかったって言ってたんでしょう?」

春海は不思議そうな顔で聞いた。

「俺にはそう言ってたけど」

　工藤もそこが腑に落ちないという表情になった。

「何も入っていないテープを、武原さんを殺してまで持ち出そうとするなんて、変じゃありませんか」

「それについては、幾つか可能性が考えられるね。まず一つは、武原さんが勘違いしていた場合」

「勘違い？」

「武原さんは何も入っていないと思い込んでいたが、実際には、何か犯人にとっては致命的な物音が録音されていて、武原さんがそれに気づかなかったという場合さ」

「そんなことってあるんでしょうか」

「あまり可能性はないような気がするが、ないとは言いきれない。二つめの可能性は、渡辺久子が違うテープを武原さんに送ってしまった場合」

「でも、それは、武原さんが確かめたんでしょう？　久子に電話をして」

「武原さんはそう言っていたが、まあ、これについては、これから本人に会って聞いてみればハッキリするだろう」

　二人の行き先は、新宮市に住む渡辺久子のところだった。武原殺しに、久子がマリから預かったというテープが何らかの形でからんでいるとしたら、久子に直接会って聞けば、もっと、マリや犯人のことで、武原が聞き逃した情報がつかめるかもしれない、それに、久子はマリから預かったテープを聴いていないと武原には言っていたらしいが、武原が帰ったあとで、興味を起こして聴いてみたという可能性もある、と言い出したのは工藤だった。

工藤は渡辺久子の住所を知るために、武原から聞いていた、久子が前に勤めていたというバーに出向いて、そこのママから武原が得たのと同じ方法で、久子の住所を知ったというわけだった。

「三つめの可能性は、テープには犯人の手掛りになるものが入っていた。にもかかわらず、武原さんが俺に嘘をついていた場合」

「それもおかしいわ。どうして、武原さんが先輩に嘘をつかなくちゃならないんです？」

「それが分からないんだ……」

工藤は眉間に皺を寄せた。

「とにかく、一つだけ分かっていることは、マリが久子に預けたテープには、犯人の手掛りになるようなことが入っていたということだ。しかも、犯人もそのことを知っていた。だから、そのテープを武原さんが持っていると知って、武原さんを襲った。肝心のテープを犯人が持ち去ったかどうかはまだ分からないが、武原さんを殺してまで奪おうとしたくらいだから、犯人にとって、そのテープはかなり重要な物であったことは確かだ。俺は、おそらく、テープには、犯人とマリの会話が入っていたんじゃないかと睨んでいる。パーカー事件について話している会話がね。それ以外に考えようがない。マリは、共犯者の裏切りをふせぐためか、あるいは何か別の目的のために、自分たちの会話をこっそり録音しておいたんじゃないか。とすると、それを犯人に聴かせた可能性が高い。あたしはこういう物を持っているのよ、って牽制するために――」

「先輩。ちょっと待って」

春海が鋭く遮った。

「犯人は、武原さんがそのテープを持っていることを知っていたわけですよね」

「むろん、そうさ」

「でも、武原さんがテープを持っていることを知っていたのは、あたしと先輩だけじゃないですか」

「とは限らない。武原さんが俺たち以外にも誰かにテープのことを話したのかもしれないし、西村麗子だって、テープのことは知っているはずだ。Yホテルで会ったとき、その話はしたからね。それで、彼女が誰かに話したか――」

「そういえば」

春海ははっとした。麗子の名前が出たことで、思い出したことがあった。

「篠沢って人から電話があったんです」

「篠沢？」

工藤が怪訝そうな顔をした。

「ほら、Ｙホテルで麗子さんと一緒にいた男の人――」

「ああ、あいつか」

工藤は思い出したように言った。

「あの人から電話があって、テープのこと聞かれたんです」

「いつ？」

工藤の目がわずかに光った。

「たしか」

春海は思い出すように一点を見つめていたが、「八日です。ほら、あたしが先輩のところに電話した日。あのあとすぐに、篠沢さんから電話がかかってきたんです。それで、あたし、先輩から聞いたことをそのまま話したんです」

「なんで、あの男がテープのことなんか気にするのかな……」

「麗子さんが気にしてたからって言ってました。あの二人、恋人同士みたいだから、それは気になるんじゃないですか。だって、赤ん坊のときに別れたとは言え、青柳麻美は麗子さんの生みの母親だったわけでしょう。恋人の母親が殺されたって聞けば、誰だって無関心ではいられないと思いますけど」

「まあ、そりゃな……」

工藤はそう言ったきり、何やら考えこむような顔になって黙ってしまった。

3

〝のぞみ七号〟はほぼ定刻どおりに名古屋に着き、春海と工藤は、既にホームに到着していた〝ワイドビュー南紀五号〟に乗り換えた。自由席は一車両だけだったが、なんとか二人分の席を確保することができた。

ワイドビューという通り、列車の窓はかなり広く取られていて、ゆったりと外の景色が眺められる。南紀方面へ来たのははじめてだったこともあって、春海は、血なまぐさい事件のことをいっとき忘れて、つい観光気分になって外の景色を楽しんだ。

「新宮へ行くのは二年ぶりだな」

車窓を眺めながら、工藤が呟いた。

「前に行ったことがあるんですか」

春海は列車に乗り込む前に自動販売機で買った缶コーヒーのプルトップを引き抜きながら尋ねた。

「あそこには神倉《かみくら》神社というのがあってね、そこの御神体が、ゴトビキ岩という巨大な石なんだよ。それを撮りに行ったことがある」

なんだ、また石の話かと春海は思ったが、不思議なもので、工藤から石の話を聞くのがそんなに退屈ではなくなっている自分に気が付いていた。

坊主憎くけりゃ袈裟まで憎いということわざがあるが、逆も真なり、ということなのかもしれない。

工藤が興味を持っているものに、春海も興味を感じはじめていた。

「ゴトビキ岩？」

ゴトビキという音の響きが面白く思われ、ついそう聞き返すと、

「ヒキガエルのことだよ。こちらの方言でゴトビキって言うらしい。岩の形がヒキガエルに似てるんでそんな名前がついたらしいんだが、一説には、あれはリンガ石じゃないかって言う研究家もいる」

「何ですか、リンガ石って」

「陽石。つまり、その、男性のシンボルをかたどった石のことだよ」

工藤はやや言いにくそうに説明した。

「はあ」

「そう言われてみると、遠くから見れば、リンガに見えなくもない。熊野には古くから石信仰が残っているんだよ。串本付近には、小さな丸石を御神体にした祠が少なくないし、

那智の大滝や、花の窟神社にも丸石が祀ってある。丸石というのは、リンガ石に対する、女性のシンボル、つまり陰石だと言われているんだ。おそらく東南アジアあたりの素朴な性信仰が古代の海洋民族によって伝わったんじゃないかな。

　でも、ヒキガエル説の方もなかなか面白いんだ。神倉神社は勇壮な火祭りでも有名なところなんだが、あの『火』というのは、本来は『日』、つまり、太陽信仰のことだったんじゃないかっていうんだ。九州の方では、日置氏といって、太陽信仰を持つ氏族がいたんだが、この氏族がヒキガエルを神聖視していたんだね。ちょうど、地面に這いつくばって太陽を拝むときの姿がヒキガエルに似ているっていうんで。もし、この日置氏あたりが、流れ流れて、熊野まで来ていたとしたら、神倉神社あたりには、古代、太陽信仰を持つ氏族が住んでいたとも考えられる。それが、ヒキガエルに似た形の大岩を御神体として祀ったゆえんかもしれない。その証拠に、あそこには、なぜか天照大神も祀ってある。

　まあ、どちらにせよ、あの神倉神社というのは、神社好きには避けて通れない興味深い神社なんだ……」

「でも、どうして神社には、木とか石が神様として祀ってあるのかしら」

　春海はふと子供の頃から疑問に思っていたことを口にしてみた。津島神社にも、境内に、古木が御神木として祀ってあった。

「それは、むしろ逆に考えた方がいいな。神社に木や石を祀ったんじゃなくて、本来、木や石を祀ってあったところに、あとから社《やしろ》を造ったのだと言った方がいい。むろん、中には、よそに置いてあった石なり木を神社の境内に移して祀ったというケースもあるが、古い神社になればなるほど、木や石の方が先にあって、それを祀るために神社の方があとから建てられた場合が多い」

「え、そうなんですか」

「神社の中には、由緒を調べると、神代の時代からなんてのがあるけど、社そのものができたのは、もっとあとになってからだよ。もともと神社なんてのは、仏教の伝来で寺院が造られるようになった頃に、それに対抗するために造られたものらしいからね、それ以前には、社も何もないところに、信仰の対象である木や石がそのまま祀られていたんだ。

木や石が古代人の信仰の対象になったのは、それなりの理由がある。昔の人は、神というのは、ある特定の時期に、空の彼方からやってきて、まず山頂の岩の上に降りたち、それから山麓にくだって樹木に拠り付くと考えていたらしい。だから、神と『対面』するには、神の拠り付いた樹木を近くの川まで引っ張ってきて、神を木から川に放す。そして、川の中に入った神を、巫女が川の中ですくいあげ、自分の身体を拠り代として進呈する。こうして、神ははじめて人々の前に巫女の身体を借りて姿を現すというわけだ。人間が、神と対面するには、これだけの手順が必要だったんだよ。しかも、これはある地方に特有というのではなくて、各地で同じようなことが行われていたようだ。だから、各地に残る有名な祭りというのは、すべて、この手順の名残だと言われてるんだ。例えば、京都の祇園祭り。山鉾の山車が市内を練り歩くので有名だが、あれも由来を言えば、神の拠り付いた木を切り取って川まで運ぶ祭事の名残だと言われているし、勇壮で知られる諏訪大社の御柱祭もしかりだ。柱といっているが、元は切り取った、神が拠り付いた樹木のことだったんだよ。ついでに言うと、伊勢神宮の神秘の一つ、心の御柱というのも、元は神の拠り付いた樹木のことだったとも言える。樹木を祀ったところにあとから壮麗な社を造ったんだよ。

つまり、古代人が木や石を信仰の対象にしたのは、それが神がいっとき拠り付く物だという思い込みがあったからだろう。木や石だけじゃなくて、山そのものが神体というところもある。よく知られたところでは、奈良の三輪山だ。これも同じ理由だよ。神は空からやってきて円錐形の美しい山を見つけると、その山頂の岩に降り立つ。だから、神が降り立つ山そのものも信仰の対象になったんだ。ＳＦ作家なら、さだめし、これは宇宙人が地球を訪れたときの太古の記憶が伝承として伝わったものだとでも言うだろうね……」

黙っていれば、工藤はいつまでもしゃべっていそうだった。しかし、春海はそんな工藤の話をそれほど退屈することもなく、聞き入っていた。

「だけどさ、俺が面白いと思うのは、ご神体として恭しく崇められている石の中には、後世の人々の勘違いによるものも結構あるってことなんだ」

「勘違い？」

「そう。昔は何らかの合理的な目的で設置されていた石——例えば、そうだな、川をせき止めるためとか古墳の一部とか——が、洪水などの災害で本来あった場所から流されて、とんでもないところに鎮座してしまうことがある。そうすると、後世の人は、その石がなんでそこにあるのか分からないいんだな。ただ、それが人の手が加えられた形跡が残っていたり、そんな大岩が自然に転がっているはずはないところにあったりすると、非常に不思議がるわけだ。その石に本来備わっていた合理的な特性がはぎとられて、存在意味不明の不条理の石になってしまうんだよ。それで、人々は不思議がったあげくに、わけの分からないことは神様のしたことにしてしまえってんで、それを有り難いご神体ということにしてしまう。その石をせっせと近くの神社に運んで、そこでご神体として祀ることになる。おまけに、その石にまつわる、まことしやかな伝説まで作りあげてしまう。その石に触ると身体の悪いところが治るとか、飛鳥の亀石みたいに、石がどこそこを向くと、天変地異が起こるとかね。かくして、神社を訪れる信心深い人達は、その石が昔は単なる道具だったとも知らないで、有り難がって拝むはめになるわけだ。各地で祀られている石の中には、そういう石も少なくないと思うよ。

　例えば、三島大社の境内には、『たたり石』と呼ばれる大きな石があるが、あれも本来は、通りの真ん中に置かれていて、人の通行の流れをスムーズにするためのタタリ——糸がほぐれないようにする道具をタタリといったのだ——の役目をしていたのに、このタタリがいつのまにか祟りになってしまって、この石を動かすと祟りが起きるなんて迷信が生まれ、あげくの果てには、祟りを恐れて神社の境内に移すなんてことになったんだからね。でもまあ、勘違いとはいえ、長い間、人間の役にたってきた石たちを、神として崇めて大切に扱うのは、多少滑稽ではあるが、けっして悪いことじゃないと思うけどね……」

4

〝ワイドビュー南紀五号〟が新宮駅に着いたのは、午後二時すぎだった。朝は晴れていた空に灰色の雲がわきだし、空模様が怪しくなってきた。

駅前でタクシーを拾い、渡辺久子の家のある方角へ向かう途中、工藤が突然、「ほら、あれがゴトビキ岩だ」と言って、前方を指さした。見ると、彼方の山腹に、朱塗りの鳥居に囲まれた巨大な岩石が、コブのように迫《せ》り出しているのが遠目にも見えた。灰色の空を背景に、それは異様な光景だった。

タクシーを降り、渡辺久子の家を探し当てたときには、すでに三時を回っていた。訪ねてみると、久子はうちにいた。工藤が武原の従弟だと言うと、久子の顔が不安げに歪み、

「武原さんが殺されたって本当？」と聞いてきた。

久子の話では、昨日、東京の刑事が二人やって来て、マリから預かったカセットテープのことであれこれ聞いていったというのである。

「あたしはあのテープのことは何も知らない。それは本当だよ。マリちゃんが聴いちゃいけないって言ってたから。ただ預かっていただけだもん」

久子は真剣な面持ちでそう言った。その顔はとても嘘をついているようには見えないと春海は思った。

「武原さんに送ったのは、本当にマリさんから預かったテープだったんですか」

工藤がそう尋ねると、

「警察の人にも同じことを聞かれたけど、いくらあたしが馬鹿でも、間違いっこないわ」

久子は同じ質問にうんざりしたような顔で言った。

「テープを送ったあとで武原さんから電話があったはずだが？」

工藤がそう聞くと、久子は頷いた。

「あったわ。テープが届いた、ありがとうって」

「それから？」

「それからって、それだけよ」

「それだけ？」

「それだけ言って切っちゃったわ」

久子は肩をすくめた。

「そのとき、武原さんはテープの内容について何も言ってなかったんだね？」

工藤は念を押すように聞いた。

「何も。ただ、テープが届いた、ありがとうって言っただけ」

工藤は何か思案するように黙っていたが、

「マリさんから大学生と付き合っているって聞いたのはいつ頃のことですか」

ふと思いついたという顔でそう聞いた。

「あれは――」

久子は思い出すように目を剝いた。

「こっちへ引っ越してくる、ちょっと前だったわ。五月のはじめ頃だったかな」

「名前は聞いてない？　その大学生の？」

「聞いてない」

「どこの大学とかは？」

「おぼえてない」

久子はかぶりを振った。

「でも」

久子ははっとしたように言った。

「マリちゃん、変なこと言ってたわ……」

「変なことって？」

「あのテープを預けにきたときよ。なんか凄く疲れたような顔してて、元気がなかった。そこの縁側に座ってポツンと独り言みたいに言ったの。『彼が愛してるのはあの娘《こ》なのよ、あたしじゃないわ』って」

「彼が愛してるのはあの娘《こ》なのよ、あたしじゃないわ……」

工藤は口の中で繰り返した。

「あの娘《こ》って誰なんだ？」

「知らない。マリちゃんって、時々、変なことを言うの。意味が分からないこと。あたしは本当はこの世に存在していない人間なのよとか、あたしには戸籍がないのとか、あたしはいつか消えてなくなるかもしれない、あたしがいなくなってもコズエだけは忘れないでとか、まるで自分が幽霊みたいなことを言うの……」

春海は思わず工藤の顔を見た。マリは自分が青柳麻美の分裂した人格の一つにすぎないということを認識していたのではないだろうか。ふっとそんな気がした。

「そうだ。そういえば」

久子が言った。

「マリちゃん、同類だって言ってたわ」

「どうるい？」

「そう。その大学生のことかどうかは分からないけど、今付き合ってる彼は、あたしと同類なの、だからとっても気が合うのって、そんなこと言ってたわ。きっと、マリちゃんはその子のことが本当に好きだったんだと思うわ。でも、その子が本当に好きなのは、マリちゃんじゃなかったのよ、きっと……」

5

「武原さんが嘘ついてたんですね」

渡辺久子の家を出て、久子に呼んで貰ったタクシーに乗り込むと、すぐに春海は工藤に言った。

「うん……」

工藤は難しい顔で頷いた。

「武原さんは、俺には、何も入っていなかったテープのことで、久子に電話して確かめてみたって言ってた。でも、久子の話だとそんなことは言わなかったという。やっぱり、あのテープの中には犯人の手掛りが入っていたんだ。それを武原さんは聴いた。それなのに、なぜか、俺には、何も入っていなかったと嘘をついた……」

「なぜかしら」

「分からない」

工藤は唸るように言った。

「それと、マリが言っていた同類ってどういう意味なんでしょうか」

春海はそのことが妙に気になっていた。

「さあ。でも、よく言うじゃないか。趣味が同じだったり、似たようなものの考え方をしたりする人のことを、同類って。その程度の意味なんじゃないかな」

工藤はあまり関心がないように、あっさりとかわした。

「俺はそれよりも、その大学生には他に好きな女がいたとマリが言っていたという方が気になるね。これは大きな手掛りのような気がする。もし、この大学生がマリの共犯だとしたら、その後の二人の間のトラブルは、案外、このへんにあったのかもしれないって気がするんだ」

工藤はそう言ったきり、また自分の考えに浸るように黙ってしまった。

6

二人が新宮駅に着いたのは、午後五時少し前だった。時刻表を見ると、次の名古屋行きの特急は午後五時二十三分発とある。まだ少し時間があった。

「腹減ったな。駅弁でも買ってくるよ」

工藤はそう言うと、春海を待合室に残して出て行った。駅前の売店で駅弁を売っていた。すぐに工藤が戻ってきた。工藤が買ってきたのは、めはり鮨というものだった。タカナの漬物で酢めしを巻いた、南紀地方特有の鮨だそうで、素朴な味わいがするという。前に来たときに食べていて、以来、すっかりその味のとりこになって、また食べたいと思っていたと工藤は言った。

やがて、ホームに名古屋行きの特急が滑り込んできた。それに乗り込んで、席を確保するなり、工藤はさっそくめはり鮨の包みを開けて、鮨を頬ばりはじめた。

昼抜きだったので、春海も空腹を感じ、包みを開けた。工藤の言う通り、それは、シャリシャリしたタカナの歯ざわりといい、鄙びた風味といい、一度食べると癖になりそうな、懐かしい味がした。

「青柳麻美は篠沢に会っていなかったのかな……」

めはり鮨を食べ終わり、黙って缶入りのウーロン茶を飲んでいた工藤が、それまで頭の中で考えていたことを思わず口にしたという風にいきなり言った。

「え」と春海が聞き返すと、「西村麗子の人格になっていたときだよ。麻美は篠沢という男が娘の麗子のボーイフレンドだということは知っていたはずだ。武原さんの話だと、麗子は篠沢を母親に紹介したことがあったそうだからね。ということは、彼女が西村麗子の人格になっているとき、麗子の身の上に起こったことはすべて自分の身の上に起こったという幻想があるわけだから、当然、篠沢が自分の恋人だという思い込みがあったということになる。とすれば、一度くらいは篠沢に会いに行ったはずだ。そうは思わないか」

「そう言われてみれば……」

春海は虚をつかれたような思いがした。そうだ。工藤の言う通りだ。そもそも、西村麗子が東京の大学を選んだのは、一つ年上のボーイフレンドが東京にいるからというのが最大の理由だったではないか。それは、西村麗子本人もそう言っていたし、麗子の人格になっていたときの麻美もそう言っていた。とすれば、麗子の人格になっていたときの麻美が、一度も恋人に会いに行かなかったという方がおかしい。

「しかし、あの篠沢という男、そんなことは一言も言ってなかっただろう。あのホテルで会ったときさ。俺が麻美が多重人格者だったんじゃないかって言ったとき、もし、麗子になりきった麻美に会っていたとしたら、一言くらい、そのことに触れてもよさそうなものじゃないか。それなのに、あの男は何も言わなかった。ということは、麗子の人格になっていたとき麻美は、篠沢には会いに行かなかったのか、それとも、篠沢があえてそのことを隠していたか。もし、隠していたとしたら、なぜ、隠す必要があったのか——」

「先輩、まさか」

春海は工藤の顔をまじまじと見た。工藤が何を言わんとしているのか、ようやく理解できたからだ。

「武原さんの話だと、マリが前に勤めていたバーのホステスが、マリが若いハンサムな男とホテル街を歩いているのを見たと言っていたっていうんだよ。その男というのが、いいとこのボンボン風だったというんだ。まさに、あの篠沢がそういう風じゃないか……」

「マリが付き合っていた大学生があの篠沢だったたって言うんですか」

春海は信じられないという顔で聞いた。

「でも、彼は西村麗子の恋人なんですよ。マリは、娘の恋人と付き合ってたって言うんですか」

「そうじゃない。マリはたぶん、麗子を自分の娘だとは思っていなかったに違いない。麗子はあくまで麻美が産んだ娘なんだ。マリの娘じゃない。マリはそう思っていたはずだ。ふつうの母親だったら、娘の恋人を寝取るなんてことはしないだろうが、マリには麗子の母親という実感も認識もなかったんだ。だから、平気でそんなことができたに違いない。西村麗子の人格になっていたとき、麻美は篠沢と接触したはずだ。このとき、二人の間で何かがあった。そのあと、麗子の人格が消えてマリが出てきた。マリは篠沢との関係を麗子の人格からそのまま引き継いだに違いない。ちょうど、麗子の人格が消えたあとも、きみにはルームメイトの麗子の振りをしていたように」

「それじゃ、マリが言っていた『あの娘《こ》』って言うのは、麗子さんのこと？」

「そう考えればつじつまがあう。篠沢はマリとの関係を続けながらも、本当に愛していたのは、麗子の方だったんだ。そのことをマリは気づいてしまった。そして、それが二人のトラブルの原因になったとしたらどうだろう。篠沢が妙にあのテープのことを気にしていたのも、麗子のためなんかじゃない。彼自身があのテープの存在をはじめから知っていたとしたら――」

「でも、犯人は武原さんのマンションを知っていたんですよ。彼はどうやって武原さんのマンションを知ったのかしら」

春海が言うと、工藤は、はたと困ったような顔になって、「そうだな……」と考えこんでいたが、すぐにはっとしたように顔をあげ、「名刺だ」と言った。

「名刺？」

「武原さんは西村麗子にも取材したと言っていた。そのとき、彼女に自分の名刺を渡したはずだ。名刺には、あのマンションの住所と電話番号が書いてある。篠沢が麗子を通じて武原さんの名刺を手に入れるのはそんなに難しいことじゃないだろう」

「でもまさか、あの人が……」

春海はまだ信じられない思いで言った。篠沢康彦の、どちらかといえば女性的な、色白の端整な顔を思い浮かべた。外見からは虫一匹殺せるようには見えない。あの育ちの良さそうな青年が、パーカー事件からはじまった、この一連の凶悪な犯罪の実行者とはとても思えなかった。

とは言うものの、工藤の推理にも納得できるものがあった。

「やつの写真が手に入らないかな」

工藤が呟いた。

「写真？　写真をどうするんです？」

「例のバーのホステスに見せるんだよ。マリが若い男とホテル街を歩いているのを見かけたという。そうすれば、その男が篠沢だったかどうか一発で分かるんだが」

「それなら、良い方法があります」

春海が目を輝かせて言った。

7

八月十六日。春海がその喫茶店に着いたとき、まだ篠沢康彦は来ていなかった。それもそのはずで、春海の方が、午後三時の約束よりも三十分も早く来たからだ。早く来たのには理由があった。一面ガラス張りになっている通り側の席を確保するためである。幸い、通り側の席は幾つか空いていた。春海はその一つに腰をおろした。通りを挟んで、向かいのマンションから中が丸見えのはずだ。注文を聞きにきたウエイトレスにアイスティーを頼んでから、外を見ると、向かいのマンションの踊り場のところで、望遠レンズ付きのカメラを持って待機している工藤の姿が見えた。

それとなく片手をあげると、工藤の方もOKというようなサインを送ってきた。

春海は昨夜、新宮から帰ってくると、すぐに前に聞いておいた篠沢の下宿先に電話を入れて、「例のテープのことで分かったことがある」と言って、篠沢をこの喫茶店に呼び出したのである。

約束の三時を五分ほど過ぎた頃、篠沢康彦が現れた。

「あのテープのことで何か分かったんですか」

篠沢は春海の向かいに座るなり、すぐにそう言った。

「ええ、実は……」

春海は工藤と新宮市へ行って渡辺久子に会ってきたことを話した。

「すると、武原さんがテープに何も入っていないと言ったのは嘘だったということですか」

篠沢は春海の話を聞き終わると言った。

「だと思います。久子さんが嘘をついているようにはとても見えませんでしたから」

「でも、どうして――」

篠沢はそう言いかけ、眉間に皺をよせた。春海は篠沢が言いかけたことを引き取って、

「武原さんがどうしてそんな嘘をついたのかは分かりませんが、犯人の目的は、武原さんからそのテープを取り戻すことだったのは間違いないと思います」

と続けた。

「一体何が入っていたんだろうな、そのテープには」

篠沢は独り言のように呟いた。

「先輩――工藤さんは、犯人と麻美さんの会話が入ってたんじゃないかって言ってます」

「でも、会話だけなら別に……」

篠沢が言った。

「ただの会話じゃなくて、パーカー事件のことを話していたんだとしたら？」

「パーカー事件？」

篠沢がはっとしたような顔をした。

「パーカー事件って、新宿のホテルで白人男性が惨殺されていたっていう、あの？」

篠沢はそう聞き返した。

「そうです。この前は麗子さんがいたので、このことには触れなかったんですが、青柳麻美さんを殺した犯人と、パーカー事件の犯人は同一人物じゃないかと思うんです」

「なんだって……」

篠沢の顔に驚いたような表情が浮かんだ。

「この前、麻美さんが多重人格者だったんではないかってこと話しましたよね。その人格分裂の原因が、あのパーカーという男と関係があるみたいなんです」

春海は、青柳麻美が子供の頃、隣に住んでいたボブという青年に性的虐待を受けていたのではないかということ、そのことが要因となって、両親の自動車事故が起きたこと、そして、そのボブという青年が、あの新宿のホテルで殺されていたロバート・パーカーだったのではないか、つまりは、麻美が共犯者を使ってパーカーを殺させたのではないかということを、かいつまんで篠沢に話した。

篠沢は驚いたような表情で聞いていた。むろん、篠沢が本当に驚いていたかどうかは分からない。もし、篠沢がマリの共犯者だとしたら、当然、この話はマリから既に聞かされていたはずだった。だが、少なくとも、春海の目には、篠沢康彦がひどく驚いているように見えた。

「し、しかし、麻美さんが多重人格者だったというのは、あくまでもきみたちの推測にすぎないんでしょう？　それとも、何か証拠でもあるんですか」

篠沢はすぐにそう言い返した。

「残念ながら、今のところ決定的な証拠はありません。でも、いろいろな人から麻美さんのことを聞けば聞くほど、彼女が多重人格者だったとしか思えないんです。それに、麗子さんだって、お母さんに会うたびに印象が変わるんでびっくりしたって言ってたじゃありませんか」

「それは、僕も感じたけれど……」

篠沢はややひるんだような口調で呟いた。

「あなたも麻美さんに会ったことがあったんですよね。そのとき、どうでした？」

「確かに、一度めと二度めでは、麻美さんの印象はガラリと変わってましたよ。でも、印象が会うたびに違うという人は珍しくないよ。とりわけ女性は髪形や化粧の仕方で別人のように変わるし。それだけのことで、多重人格だと決めつけるのはどうかな……」

「二度めって、麻美さんと二度めに会ったのはいつなんですか」

春海はすかさず言った。

「え？　あれは、五月、いや六月にはいってからだったかな。銀座線の中で声をかけられたんですよ、麻美さんに。たしかに別人のように派手な格好をしていたんで、最初誰だか分からなかったくらいだけど……」

「それはきっとマリです。マリが出てきたんです。その前に麻美さんに会ったことはなかったですか」

「その前？　その前って言ったら、麗ちゃんと一緒に会ったときのこと？　それなら去年のことだよ」

「いいえ。そうじゃなくて、黒縁の眼鏡をかけた麻美さんに会ったことはないですか。麗子さんにそっくりの」

そう言うと、篠沢の顔色が目に見えて変わった。春海は手ごたえありと思った。

「い、いや、ないな」

篠沢は喉に痰がからんだような声で答えた。

「ない？　それは変だわ……」

春海は篠沢に聞こえるように独り言を言った。

「何が変なんです？」

篠沢は探るような目で春海を見つめた。

「あたし、彼女から聞いたことがあるんです。彼女って、麗子さんの振りをしていた麻美さんのことですけど。今日、ボーイフレンドに会ってきたって」

これは春海がとっさに思いついたはったりだったが、篠沢の顔にはっきりと動揺の色が表れた。

「あのとき、麻美さんは身も心も麗子さんになりきっていたんです。その彼女がボーイフレンドと言うのは、今から考えると、あなたのことじゃなかったのかしらって、思ったんですけど」

「さ、さあ。それは何かの間違いですよ。僕は会ってない」

篠沢は急にそわそわした様子になると、これ見よがしに腕時計を眺め、

「あ、悪いけど、これからちょっと行かなくちゃならない所があるんで、僕はこれで」

そう言って、慌てて伝票をつかむと立ち上がり、逃げるように店を出て行った。

工藤が現れたのは、篠沢康彦が立ち去った十分後だった。

「どうでした？」

春海が聞くと、工藤は右手の親指を立て、「バッチリだ。すぐに現像してみる」と自信ありげに答えた。

8

「……似てる」

サクラという名のやせぎすのホステスは、タバコを片手に、工藤が手渡した写真をじっと見ていたが、ようやく顔をあげて言った。

「たぶんこの男だわ。あのときマリと一緒にいたのは」

もう一度写真の方に目をやり、今度はもっと確信ありげに言い切った。

「この男よ」

「そうですか。どうもありがとう」

工藤はホステスから写真を引ったくるようにして取り返すと、唖然としているママやもう一人のホステスを尻目にさっさと店を出てきた。

公衆電話を見つけると、そこから萩尾春海のマンションに電話をかけた。

呼び出し音が一回鳴っただけで、すぐに受話器が取られた。まるで、電話の前でかかってくるのを待っていたような素早さだった。

「どうでした？」

春海はすぐにそう聞いた。

「あの男に似てると言ってたよ」

「え、本当ですか。それじゃ、やっぱり」

「俺はこれから警察へ行く」

「警察？」

「あとは警察にまかせるよ。これから先は素人探偵じゃお手上げだからな」

「そうですね……」

「じゃな。あとでまた連絡する」

それだけ言うと、工藤は受話器を置いた。

「この男のことを調べて欲しいんです」

工藤謙介がそう言って差し出した写真を、大塚署の亀井刑事は眼鏡を少しずらして見た。

「誰だね」

亀井は、持っていた湯呑みをかたわらのデスクに置き、写真を手に取った。

「名前は篠沢康彦。J大学法学部の二年で、青柳麻美の娘のボーイフレンドです」

工藤は、これまでのことをかいつまんで亀井に話した。

亀井は、武原の死体を発見したとき、工藤たちを事情聴取した年配の刑事だった。温厚そうで、話しやすそうな雰囲気があった。

「……この男が青柳麻美と関係があったというのかね」

やや驚いたような顔つきで、亀井は写真に落としていた視線をあげた。亀井のこの顔付きからすると、篠沢康彦はノーマークだったんだなと、工藤は推察した。

「たぶん、そうです」と工藤が答えると、「でも、麻美の娘のボーイフレンドなんだろう？」と亀井は不審そうな顔をした。

「娘といっても、赤ん坊のときに別れたきりでずっと離れて暮らしていたんですよ」

工藤がそう言うと、

「それは知っているが……」と亀井は答えた。

パーカー事件、青柳麻美事件と、今回の武原事件が関連ありということで、大塚署には、既に合同捜査本部が置かれていた。

さらに、三人の被害者の後頭部に残っていた傷痕に、同じ鈍器で殴られたような似通った特徴があり、しかも、青柳麻美と武原英治の殺害方法が酷似していたことから、この三件の事件は同一犯によるものという見方が強まっていた。

それゆえ、亀井も青柳麻美については一通りの情報を得ている。

「それに、青柳麻美は多重人格者だったかもしれないんです。だから、篠沢と付き合っていたのは、麻美の中の別人格だったと思われます。この別人格は、西村麗子を自分の娘だとは思っていなかったようなんです」

工藤がそう言うと、亀井は、「多重人格者ね……」と呟き、困ったように顎を撫でた。

青柳麻美の生前の言動に幾つか不可解なところがあることから、多重人格者だったのではないかという説は警察内でもあるにはあったのだが、精神科医の証言など、これを裏付けるものが何もあがってはいないこともあって、亀井に限らず、捜査員の間では、この〝多重人格者説〟は幾分やっかいなお荷物のように見なされていた。

被害者が多重人格者だったケースなど今まで扱ったことがない捜査員たちはいささか面食らっていたのである。

「亀井さん、あの主婦が見たというのは、ひょっとするとその男じゃないですかね」

亀井の手にある写真を脇からのぞき込んでいた若い刑事がそんなことを言った。

「若くてハンサムな男だったって言ってたでしょう?」

「うむ」

亀井は唸った。

「なんですか、その主婦が見たというのは」

工藤が聞くと、亀井は頰のあたりを搔きながら言った。

「いやね、現場のマンションの住人に聞き込みをしていたら、六階に住む主婦が、事件当夜、若い男が武原さんの部屋の前に立っているのを見たというんだよ。二十前後のハンサムで背のすらりとした男だったというんだが」

「篠沢は背は高い方です。百七十七、八はあるでしょう」

工藤がそう言うと、亀井と若い刑事は意味ありげに顔を見合わせた。

9

インターホンを鳴らすと、すぐに返事があった。大塚署の者ですがと亀井が言うと、ドアが開いて、色白で端正な顔立ちをした青年が現れた。

「篠沢康彦さんですね」

亀井がそう尋ねると、青年はやや不安そうな面持ちで、「そうですが、何か?」と言った。

「武原英治さんをご存じですか」

重ねて聞くと、篠沢は、知っているというように頷いた。

「あなた、八月九日の夜十時頃、武原さんのマンションに行きませんでしたか」

「僕が？」

篠沢はぎょっとしたような顔をした。

「八月九日って言ったら、武原さんが殺された日じゃありませんか」

「行きませんでしたか」

「い、行ってませんよ」

「それは妙ですね。あのマンションの六階の住人が、あの夜、武原さんの部屋の前にいるあなたを見たと言ってるんですがね」

「それは何かの間違いでしょう。僕は武原さんのマンションになんか行ってません。それにどうして僕だって分かったんです？」

「これはあなたですよね」

亀井は工藤謙介から預かった写真を背広の懐から出して見せた。

「こ、これは――」

篠沢は目を剝いた。こんな写真をいつ撮られたのか。愕然とした顔はそう言っているようだった。

「あなたですよね」

亀井は念を押した。

「そ、そうですが、こんなものをいつ――」

「この写真をその住人に見せたところ、あの夜、武原さんの部屋の前にいたのは、この男に間違いないと言ったんですよ」

「違います。あの夜じゃない。僕が行ったのは十日の夜です。九日じゃない。その住人は勘違いしてるんだ」

「あんた、今、武原さんのマンションには行ってないって言ったじゃないか」

若い刑事がすかさず言った。

「そ、それは、九日には行ってないって意味だったんです」

「武原さんのマンションに行ったんだね」

亀井がやや語調を強めて聞くと、

「だから、行ったのは十日です。八月十日の夜ですよ」

篠沢は蒼白になって言い募った。

「九日の夜はどこにいたんです？」

「どこって、ここにいましたよ」

「一人で？」

「そうです」

「誰か、あなたがここにいたことを証明してくれる人はいますか」

「そ、そんな人いませんよ。あの夜はずっと一人でいたんだ——」

「まあ、これ以上、ここで話すのも何ですから、ちょっと署の方まで御足労願えませんかね……」

穏やかだが有無を言わさぬ口調で亀井はそう言った。

10

「それで、武原さんのマンションにはどんな用で行ったんです？」

取調室で亀井は続けた。

「カセットテープの内容のことを詳しく聞きたくて、それで行ったんです。武原さんの住所は、前に名刺をもらっていたので、それを見て——」

「そのカセットテープというのは？」

むろん、亀井はカセットテープのことは工藤から聞いて知っていたが、とぼけてそう聞いた。

「武原さんは青柳麻美さんの事件のことを調べていたんです。麻美さんの友達という人から、麻美さんを殺した犯人の手掛りが入っているらしいカセットテープを預かっていると聞いていたので、そのテープの内容を詳しく知りたくて会いに行ったんです。でも、武原さんは留守だった。いや、今から考えると、あのときには既に殺されていたんでしょうが、何度インターホンを鳴らしても返事がないし、新聞受けに新聞が差し込まれたままになっていたので、僕はてっきり留守なんだと思って、帰ってきたんです。あのマンションの住人が見たというのは、そのときのことです。九日の夜じゃない」

「青柳麻美さんを殺した犯人の手掛りが入っているテープのことをなぜあなたがそんなに気にするんだね？」

「麻美さんは僕の友人の母親なんです。だから、僕は彼女に頼まれて――」

「それだけかね」

亀井は鋭く言った。

「え？」

「青柳麻美とはそれだけの関係かね」

「ど、どういう意味です？」

「あんた、青柳麻美と付き合っていたんじゃないのか」

横から若い刑事が口をはさんだ。

「な、何を言うんですか。僕が付き合っているのは、麻美さんの娘の西村麗子さんですよ」

「麻美とも関係があったんだろう？　あんたが麻美と一緒にホテル街を歩いているのを、麻美が以前勤めていたバーのホステスが偶然見かけてるんだよ」

「そ、そんなの他人の空似だ」

「弱りましたな……」

亀井は頭を掻きながら天井を見上げた。

「あなたが正直に話してくれないとなると、我々は、色々なところに聞き込みに行かなくてはならなくなる。当然、あなたの友人の西村麗子さんにも話を聞かなくてはならなくなるんだが」

「そ、そんなことはやめてくれ。彼女は何も知らないんだ」

篠沢は血相を変えた。

「でも」

と亀井は内緒話でもするような小声になった。

「ここで麻美さんとのことを正直に何もかも話してくれたら、それはここだけの話ということにしますがね……」

「………」

篠沢は紙のように血の気のなくなった顔で、老獪な刑事をにらみつけていたが、とうとう降参したというように、力ない声で呟くように言った。

「分かりました。何もかも話します……」

11

篠沢の話は少々異様だった。

青柳麻美に誘惑されたというのだ。それも、最初、麻美は娘の麗子のような振りをして篠沢に近づいてきたというのである。篠沢は麻美の奇怪な言動に戸惑いながらも、つい、弾みで関係を持ってしまったのだと言った。その後も、時々麻美に呼び出されては逢っていたという。

「……確かに麻美さんとは関係がありました。それは認めます。でも、だから、どうだって言うんです。僕が麻美さんを殺したわけじゃない」

篠沢はすべて話してしまって気が楽になったのか、幾分開き直ったような態度で言った。

「それに、僕にはアリバイがあります」

「アリバイ？　さっきないって言ったじゃないか」

若い刑事が言った。

「それは武原さんの事件についてです。でも、あのロバート・パーカーという英会話スクールの経営者が殺された事件に関しては、僕にはアリバイがあるんです。聞くところによると、パーカーを殺した犯人と麻美さんや武原さんを殺した犯人は同一人物らしいというじゃありませんか。ということは、もし、僕が犯人なら、パーカー事件に関してもアリバイがないことになるわけですよね」

「で、どこにいたんだ」

亀井は苦い表情で聞いた。

「確かパーカーという人が殺されたのは、七月十五日の午後九時から十時の間ということでしたよね。その頃なら僕はバイト先にいました」

「バイト先というのは？」

「月曜と木曜は、家庭教師のバイトをしているんです。五反田の中山というお宅で、小六と中三の兄弟の勉強を見ています。これが午後七時から十時の間なんです。七月十五日は確か月曜だったはずです。だから、僕は午後十時まで中山さんの家にいたんです」

「その中山という家の住所は？」

亀井は手帳を取り出した。

「五反田の……」

篠沢はスラスラと言った。

「それと、武原さんの事件のことですが、あれも嘘じゃありません。僕があのマンションに行ったのは、八月十日のことです。九日じゃありません。僕を見たと言う住人が何か勘違いをしているんです。もう一度、その人に確かめてみてください」

篠沢は亀井の目をまっすぐ見ながらそう言った。

12

「ええ、おっしゃる通り、篠沢先生には子供たちの勉強を見て貰っていますけれど」

亀井と若い刑事の橋本が訪ねて行くと、中山家の主婦はそう答えた。

「月曜と木曜、午後七時から十時というのは間違いありませんか」

亀井が聞くと、主婦は、「間違いありませんわ。七時から八時までは下の子を見て貰って、八時から十時までは上の子を見て貰っているんです」と言った。

「七月十五日もその通りでしたか。月曜ですが」

亀井が重ねて聞くと、主婦は、「七月十五日ですか……」と言って、思い出そうとするような顔になった。

「たぶん、そうだったと思いますわ……」

主婦はやや曖昧な口調で言った。

「たぶん、ですか。もう少しハッキリ思い出して貰えませんか」

亀井は言った。たぶんでは心もとない。

「ちょっとお待ちください」

主婦はそう言いおいて引っ込んだかと思うと、しばらくして、ノートのようなものを持って現れた。それをめくりながら見ていたが、「あら、七月十五日はいつもとは少し違いましたわ」と言った。亀井と橋本は、しめたというように顔を見合わせた。

「違うと言うと？」

「三十分延長してるんです」

「延長？」

期待していた返事とは逆だったので、亀井は思わず聞き返した。

「ああ、思い出しましたわ。あの日は、上の子の部活が長引いて、帰るのが八時をすぎていたんです。それで、お勉強は八時半からはじめたので三十分延長して貰ったのです。もちろん、その分、お支払いしましたけれど。そのことがちゃんと書いてありますわ」

主婦はそう言って、ノートを亀井に見せた。なるほど、その旨がノートには記されていた。「三時間というのが原則なんですけれど、延長したりすることがあるので、こうして必ずノートにつけていますの」

「ということは、あの日、篠沢さんが帰ったのは、午後十時半ということでしたか」

がっくりしながら、亀井が念を押すと、主婦は、「いいえ、もっと遅かったと思いますわ」

と、こちらも駄目押しをするように言った。

「もっと遅かった？」

「ええ、お勉強が終わったあとで、お茶をお出しして、三十分ほど、先生と話しましたから」

「つまり、午後十一時頃だったと？」

亀井が聞くと、主婦は、「ええ」と頷いた。

「パーカー事件に関しては、完全にアリバイ成立といったところですかね」

エレベーターのボタンを押しながら橋本が言った。

「うむ……」

亀井は唸るように答えた。

「十一階じゃ、勉強を見ている振りをして、こっそり子供部屋の窓から抜け出すってわけにもいかないでしょうしね」

橋本はため息をついた。中山家は、高層マンションの十一階にあった。それも、念のために、主婦に確かめたところ、子供部屋は、リビングルームの奥にあり、家族がいたリビングを通らずに外に出ることはまず不可能のように思えた。

「パーカー事件に関してアリバイ成立となると、篠沢はシロということになりますかね」

三件の事件が同一の単独犯によるものと見る限り、そういうことになる。

「とすると、問題は、武原のマンションの住人の証言だな……」

亀井が言った。

こちらの方も亀井たちにとっては骨折り損のくたびれもうけに終わった。再度訪問して、「あなたが若い男を見たのは本当に九日の夜だったのか」と追及していくうちに、「九日の夜だった」と最初は断定的に言っていた主婦の口調がだんだん曖昧なものになってきて、「九日の夜だったような気がする」に変わり、そのうち、「ひょっとすると十日の夜だったかもしれない」となり、最終的には、「ああそうだわ。あれは十日の夜だったわ」ということになって、亀井たちに深いため息をつかせた。

13

八月二十日の夕方。マンションのドアを開けて玄関に入った途端、電話の鳴る音がした。春海はパンプスをけとばすようにして脱ぐと、すぐに自分の部屋へ行った。

受話器を取ると、やはりかけてきたのは工藤だった。

「やっとつかまった。朝からかけてたんだぜ」

工藤はさっそく文句を言った。

「すみません。ずっと不動産屋さんを回っていたもんだから」

「新しい部屋は見つかった？」

「はい、やっと。今、契約書を貰って帰ってきたところです。今度のところはワンルームなんですけど――」

「例の件だけどさ」

みなまで聞かずに、工藤が言った。

「どうも篠沢はシロらしい」

「え、そうなんですか」

「亀井って刑事に聞いたんだけど、やつにはパーカー殺しに関しては完璧なアリバイがあるっていうんだ。なんでも、犯行が行われた頃、五反田で家庭教師のアルバイトをしていたらしい。それは間違いないみたいなんだ。あとの二件に関しては確かなアリバイはないらしいが、三件の殺しが単独の同一犯によるものと考える限り、一件でも確かなアリバイがあれば、彼は犯人ではありえないということになる」

「でも、八月九日の夜、彼が武原さんの部屋の前にいるのを見たという人がいたんでしょう？」

「それも、調べてみたら、目撃者の勘違いだったようだ」

「勘違い……」

春海は拍子抜けしたような声を出した。

「篠沢が武原さんのマンションに行ったのは、九日じゃなくて十日だったというんだ。十日に行ったことは篠沢も認めているらしい」

「篠沢は何をしに武原さんのマンションに行ったんですか」

「やはり、あのカセットテープのことらしい。西村麗子から電話で例のテープのことを武原さんから聞いて欲しいと頼まれていたようだ」

「それじゃ、彼が青柳麻美と付き合っていたというのは——？」

「それは本人も渋々認めたみたいだ。やっぱり、青柳麻美は麗子の人格を持っていたときに、篠沢に会いに行ってたんだよ。だが、残念ながら、篠沢は麻美とは関係があったが、殺しとは無関係だったようだ。麻美とのことを黙っていたのも、たんに麗子にばれるのを恐れていただけだったのかもしれない……」

「それで、捜査の方はどうなってるんですか。他の容疑者はあがっていないんですか」

パーカー事件が起きてから既に一カ月が過ぎてしまっている。

「そこまでは聞き出せないよ。俺が聞けたのは、篠沢にはアリバイがあったってことだけさ。でも、察するところ、捜査はだいぶ難航しているみたいだな……」

工藤はため息混じりの声でそう言った。

14

八月二十二日の深夜だった。工藤謙介は、いつものように、パソコンのスイッチを入れて立ち上げると、まず、自分宛のメールが来ていないか確認する。それが、パソコン通信をはじめてからの工藤の日課になっていた。

その日、メールは三通だけだった。二通は、オンライン・トークやボードを通じて知り合ったメールフレンドからだったが、三通めのメールの発信人の名前を見て、工藤は、「えっ」と目を剝いた。「武やん」とあったからだ。「武やん」とは、パソコン通信をするときの、武原英治のニックネームだった。

そもそも、工藤がパソコン通信をするようになったのは、武原の影響が大きかった。武原が加入していたプロバイダーに工藤も加入した頃は、大して用もないのに、面白がってメールのやり取りをしたことがあった。

工藤は、しばし呆然として、パソコンのディスプレイを見ていた。

同じニックネームを持つ別人からのメールとは思えなかった。ニックネームを登録するとき、そのニックネームと同じものが既にある場合は、エラーが出て登録できないはずだし、ニックネームと同時に表示されるＩＤも武原のものと一致していた。しかも、タイトルを見ると、「カセットテープの件」とあった。あの武原からのメールに間違いない。

工藤はようやく我にかえると、慌てて、三通のメールをフロッピーディスクに保存した。それから、いったん、回線を切り、メールの内容をゆっくり読むことにした。

回線をいったん切ったのは、メールの内容が長い場合、回線をつないだまま読んでいると、通信料がそれだけかかるからだ。

むろん、武原からメールが届いたといっても、死人が送信してきたわけではない。一瞬、工藤は混乱した頭で、そう思いかけたが、そうではないことはすぐに気づいた。

工藤が使っているメールソフトには、期日指定という機能がある。武原も確か同じソフトを使っていたはずだから、おそらく、これを使ったに違いないと思いついたのである。

期日指定というのは、メールを宛先にすぐに送りたくないときに使うもので、一カ月以内なら、月日時間を入力してから送信すると、その予約した日時に、メールが受信される仕組みになっている。

つまり、メールを書いたのが、七月一日だったとしても、あらかじめ、七月十日に「予約」してから送信すれば、実際に受信されるのは、七月十日になるというわけである。

武原はこの機能を利用したに違いない。武原がメールを書いたのは、殺された八月九日以前だったが、何ゆえか、武原はこれをすぐには送信しないで、八月二十二日に受信されるように設定しておいたということである。

工藤は、他のメールは後まわしにして、すぐに武原のメールを読んだ。

「謙介。俺はおまえにあのカセットテープには何も入っていなかったと言ったが、あれは嘘だ。あのときはああ言うしかなかったんだ。本当は、テープにはちゃんと犯人と思われる声が入っていた。それなのに、なぜ、俺があんな嘘をついたのかは、あのテープを聴きさえすれば、おまえにも察しがつくはずだ。

俺は万一のことを思って、テープのコピーを取っておいた。コピーは箱根の別荘のデスクの引き出しにしまってある。別荘の鍵は、玄関の植木鉢の下だ。できれば、俺は、おまえにあのテープを聴かせたくない。俺はそのことでずいぶん迷った。今でも迷っている。でも、やはり、おまえには聴かせるべきだと決心した。だが、このことは誰にも言うな。一人で聴くんだ。分かったな。絶対だぞ。

俺の想像が間違っていなければ、今回の一連の事件は、前代未聞と言っていいほど、きわめて特異な事件だ。俺は、ひょっとすると、今の日本の警察や裁判所では、この事件を扱いきれないのではないかと危惧している。これは必ずしも日本の警官や裁判官が無能だという意味ではないのだが。だから、あのテープをおまえに託す。テープを聴いたあとのことは全ておまえの判断にまかせる。コピーはおまえにやる。警察へ持って行くなり、なんなり、好きにしていい。

もし、不幸にも、このメールを読むはめになったら、俺が言った通りにしてくれ。

八月八日。午後十一時十分。　武原英治」


工藤はメールの内容を三度読み直した。それでもまだ釈然としなかった。武原がなぜ、こんなメールを自分宛に書いたかということがである。それも、武原がこれを書いたのは、最後の日付を見ても明らかなように、殺される前日だったということだ。まさか、武原が自分が殺される予感を感じて、こんなものを残しておいたとは思えない。せっかちなところもあったが、結構、慎重な一面もあった彼が、メールの中でも書いているように、漠然とした「万が一」のときを想定して、これを残したとしか思えなかった。

それにしても、武原は、「俺は、おまえにあのテープを聴かせたくない」と書いているのが、工藤には理解できなかった。なぜ、俺に聴かせたくないんだろう。これでは、まるで……。なぜか、この先はあまり考えたくなかった。

ただ、武原が工藤宛のメールをすぐに送信しなかったのは、このあたりに理由があるように思われた。最後の「不幸にも、このメールを読むはめになったら」という一文でも分かるように、武原は、できれば、メールそのものを工藤に読ませたくはなかったに違いない。だから、すぐに送信することをためらったのだ。

期日指定のメールの場合、予約した期日が来る前に、発信者の気が変われば、メールを削除してしまうこともできるからである。武原は、おそらくそうなることを望んでいたのではないか。

しかし、これを書いた翌日に、彼は殺されてしまった。彼の意志とは無関係に、このメールは工藤のもと（正確に言えば、プロバイダーのホスト局だが）に自動的に届いてしまったのだ。

奇妙なのはそれだけではない。武原が、今回の一連の事件を「前代未聞のきわめて特異な事件」と呼び、警察や裁判所が扱いきれないかもしれないと言っている点だった。これも分からない。確かに、加害者ではなく、被害者の方が多重人格者だったという事件は過去にあまり例を聞いたことがない。そういう意味では、「前代未聞の特異な事件」と言えるかもしれない。だが、「警察や裁判所が扱いきれない」とはどういうことだ。迷宮入りになる恐れがあるという意味なのだろうか。しかし、犯人と思われる声が入っていたというテープがある限り、絶対的な証拠になるかどうかはまだ分からないが、少なくとも、事件解決の有力な手掛りになることは確かだ。とすれば、迷宮入りになるわけがないではないか。武原の言っていることは矛盾している。

さらに、工藤が頭を抱えてしまったのは、「警察も裁判所も扱いきれない」かもしれない事件を工藤一人に託そうとしている点である。俺は小説に出てくる名探偵だとでもいうのか。幻想の国の住人にすぎないシャーロック・ホームズやエラリー・クイーンなら、警察もサジを投げるような難事件を解決することもできるだろうが、あいにく、俺は現実の国に住むただのボンクラ学生にすぎないんだぜ。俺に何ができるっていうんだよ。工藤は武原にそう言いたかった。

とにかく、すべては、箱根の別荘にあるというテープのコピーを聴いたあとの話だ。武原がなぜこんな奇妙なメールを残したのかという謎もテープを聴きさえすれば分かるような気がした。そう考えると、今すぐにでも車に飛び乗って箱根へ行きたい衝動に駆られたが、あいにく、時刻は既に零時をすぎていた。しかも、若干、アルコールが体内に入っている。明日にするしかない。工藤はそう考えながら、ちらと電話機の方を見た。萩尾春海にこのメールのことを教えてやろうかと思ったのだ。だが、すぐにその思いつきを捨てた。もし、この話をすれば、当然、春海はこのテープを聴きたいと言い出すだろう。でも、武原はメールの中で、テープは工藤一人で聴けと厳命しているのだ。春海に話すのは、テープを聴いてからでも遅くはないと思い直した。

その夜、工藤は、得体の知れない嫌な胸騒ぎに悩まされて、床に入ってもなかなか眠れなかった。

15

八月二十三日。工藤謙介は車を別荘の駐車スペースに入れると、エンジンを切った。箱根町の高台にあるこの別荘から、澄み切った芦ノ湖がよく見える。ここに来るのは数年ぶりだった。

工藤と武原は母親同士が姉妹にあたる。長女だった武原の母親が、養子を取って、武原家を継いだ。この別荘は、もとは工藤たちの祖父が建てたものだった。それを、祖父が亡くなった時、武原の母親が相続したのだ。工藤は子供のころ、よく母に連れられて、この別荘に来たことがあった。武原英治とは、ともに一人っ子ということもあって、従兄弟というよりは、兄弟のようにして遊んだ記憶があった。

祖父母が生きていた頃は、ここもよく利用され、庭の手入れも行き届いていたが、今は、あまり使われなくなったことを示すように、庭には丈高く雑草が生い茂り、ささやかな花壇はもはや花の影もなく荒れていた。

工藤は玄関脇の植木鉢の下を探ってみた。武原の言う通り、鍵があった。おそらく、八月八日にあのメールを書いたあと、武原は、テープのコピーを隠すために、この別荘に来たのだろう。そのとき、合鍵を植木鉢の下に忍ばせて行ったのだ。

工藤はドアを開けると中に入った。あまり使われていない家特有の黴臭いような匂いがプンと鼻をついた。一階の廊下の突き当たりに、五畳ほどの狭い洋室があって、そこが書斎のようになっていた。武原が言う「デスクの引き出し」とは、この部屋のデスクのことに違いない。

そこへ行って、引き出しを片っ端から当たってみると、一番下の引き出しから、問題のカセットテープが現れた。工藤の心臓が苦しくなるほど高鳴りはじめた。

この中に一体何が入っているんだ……。

いざ、それを手に入れてみると、聴くのが怖くなった。武原はこのテープを俺に聴かせたくなかったのだ。それを考えると、このまま聴かない方がいいような気もしてきた。何か、自分にとって、ひどく衝撃的な内容が入っているような気がする。だが、ここまで来た以上、聴かなければならない。たとえ、この中に悪魔の声が入っていたとしても……。

工藤はかすかに震え出した手で持参してきたカセットレコーダーにテープをセットした。頭出しをして、再生ボタンを押す。テープが回転しはじめた。口から心臓が飛び出すのではないかと思うほど、胸の鼓動が高鳴っていた。

最初はしばらくノイズがあった。それから、ふいに、女の声がした。

『あれ、本気で言ったの？』

その声に応えるように別の声がした。

『あれって？』

工藤はその声にびくっとした。聞き覚えのある声だった。自分の顔から血の気がすうと引くのが自分でもわかった。

『こいつが目の前にいたら、殺してやるって、あんた、そう言ったじゃない』

『本気だよ』

『だったら、殺してよ』

『……………』

『殺してよ。こいつをズタズタに切り裂いて』

『いいよ』

『本当はあたしが自分でやりたいんだ。何もできないサミーのために』

『どうやってやればいい？』

声の一方は、会話の内容から、青柳麻美――いや、マリであることが分かった。麻美の声は一度だけ聞いたことがある。西村麗子の人格を持っていたときに少し話したことがあった。しかし、もう一人の声は、この声は――。

頭の中が真っ白になっていた。何も考えられない。こんなことがあるのだろうか。これは何だ。これは一体どういうことなんだ。

そんな自分の声だけが空白になってしまった頭の中でわんわんと響いた。

この声が犯人の声だというのか。そんな馬鹿な。そんなことがあるわけがない。これは何かの間違いだ。ひどい。これは悪魔の声よりもひどい……。

『そこへ俺が行くってわけ？』

『そうよ。こうすれば、あたしにはアリバイができるし、あたしとあんたの関係を知っている者はいないから、誰もあんたの仕業だなんて思わない』

『わかった』

『やってくれる？』

女はそう言ったあとで、相手の名前を呼んだ。

工藤は思わず両手で耳を押さえてうずくまった。もう立ってはいられなかった。

女ははっきりと名前を呼んだのだ。

『ケンスケ』と。

16

「あ、母さん？」

萩尾春海は受話器に向かって呼びかけた。

「ああ、春海。どうしたの」

母の声がした。

「あのね、新しいマンションの賃貸契約書、速達で送ったから。印鑑証明書をつけて送り返してくれる？」

「やっぱり引っ越すの？　そのルームメイトとかいう人とは仲直りできないの？」

母の心配そうな声がした。

母には、今のマンションを引っ越す理由は、ルームメイトと喧嘩したということにしてあった。青柳麻美のことも事件のことも母には何も言っていなかった。母を心配させたくなかったし、そうでなくても、喜恵は、もともと春海が東京の大学へ行くことに反対していたのだ。「おまえのようなボーッとしたところのある娘が東京なんかで一人暮らしできるはずがない」と母はよく言っていた。

だから、ルームメイトを見つけて一緒に暮らすと報告したときは、母はむしろ安心したようだった。ただ、春海はこのときも少し嘘をついた。ルームメイトの西村麗子を同じ大学に通う同級生だと母には言ったことである。不動産屋で偶然会ったなどというよりは、そう言った方が母が安心するだろうと思ったからだ。

「仲直りはもう無理みたい。それに、彼女、もう出ていっちゃったのよ。あとはあたしが引っ越すだけ」

まさか、ルームメイトが死んだとは言えないので、そう言うと、

「そう。それならしかたないわね」

母はため息と共に言った。

「それでね、ちょっと言いにくいんだけど……」

春海が言いかけると、

「お金のこと？」

喜恵はすぐに言った。

「うん……。引っ越しの運送費と新しいマンションの敷金とかで……。アルバイトしようかとも思ったんだけど」

「いくら必要なの」

「十五万くらいあればなんとかなると思うんだけど」

「そう。分かった。十五万でいいのね。すぐに振り込むわ」

母はそう言った。

「ごめんね、母さん。毎月の仕送りだけでも大変なのに……」

「何言ってるの。子供はそんなこと心配しなくてもいいのよ」

母は優しい声で言った。

「そんなことより、今度のマンションは大丈夫なの。テレビで、一人暮らしの若い女性が襲われたなんて事件見るたびに、母さん、心配で心配で」

「大丈夫よ。今度のところは五階だし、セキュリティーシステムも完備されてるみたいだから。部屋の中に非常用のベルまで設置されてるのよ。何かあったらそれを押せばいいわ。だから、心配しないで」

「そう？　それならいいけど。あ、それとね、アルバイトなんかしないでうちに帰ってらっしゃい。あんた、少し痩せたんじゃないの。ちゃんと食べてるの。朝食は抜いたら駄目よ——」

「わかった、わかった。じゃあね」

春海は苦笑しながら電話を切った。電話を切ったあとも、母の心配そうな声が耳の底に残って消えなかった。

母は優しくなった。つくづくそう思う。子供の頃はこうじゃなかった。母が優しくなったのは、父が末期ガンにおかされて余命いくばくもないと分かった頃からだった。春海が高一のときだった。あの頃から母は少しずつ変わっていった。父にも春海にも優しくなった。父が看病の甲斐もなく、この世を去った日、母ははじめて春海を抱き締めて泣いた。「わたしにはもうおまえしかいない」と言って声をあげて泣いた。あのとき、ようやく、母との間に長く横たわっていた深い溝が埋まったような気がした。

それまでは母とは他人よりも酷い関係だったのだ。

兄の健介が病院で息を引き取った夜、母は、兄が事故にあった遠因が春海にあることを知って、「おまえが死ねばよかったんだ」と絶叫した。平手で何度も春海の顔を殴りつけた。

「おまえなんか産みたくなかった。産まなければよかったんだ。そうすれば、健介が死ぬこともなかったのに。おまえが殺したんだ。おまえがお兄ちゃんを殺したんだ」

父が母をすぐに羽交い締めにしたが、母は叫び続けるのをやめなかった。そのとき、口の中が切れて、口いっぱいに血の味がしたことを春海は漠然と覚えていた。それは、小さい頃から味わい続けてきた、むしろ懐かしい味だった……。

春海は子供の頃のことを思い出しかけたが、いつもの頭痛が起きるような気がしてやめた。昔のことを思い出そうとすると、決まって頭が痛くなる。それも、生理前のときが特にひどかった。

春海は母の声を聞いたことで、妙に感傷的になってしまった自分を振り切るように、「さて、何から手をつけようかな」と大声で独り言を言った。引っ越し当日になって慌てないように、今から少しずつ準備をしなくてはならない。

えーと、とりあえず、使わないものから片付けなくちゃ。

部屋の中を見回して、冬物の衣類からダンボールに詰めることにした。洋服ダンスを開けて、ハンガーにかかったコートやブルゾンを出してきた。それを一枚ずつ畳んで大きめのダンボールに詰める。

そんな作業を繰り返しているうちに、分厚い冬物衣料がなくなって、がらんとした洋服ダンスの奥に、黒い紙袋が押し込まれているのに気が付いた。中に何か入っているように紙袋は膨らんでいた。春海には見覚えのない紙袋だった。

そんな紙袋をしまった記憶はまったくなかった。今まで気づかなかったのは、丈の長いコートやパンツスーツの陰になって見えにくかったからだろう。それに、夏場になってからは、洋服ダンスそのものを開けることも少なくなっていた。

だから、その紙袋をしまったのは最近のことではない。以前、何かを入れてそこに置いたのだろうが、全く思い出せなかった。春海は何げなくその紙袋を引っ張り出した。何か重たいものが入っているのか、ずしりとした感触があった。

中に手を入れてみると、布のような物がまず指に触れ、引っ張り出してみると、くしゃくしゃに丸められた大きな白いTシャツが出てきた。明らかに男ものである。首のサイズマークを見ると、「L」とある。むろん、春海のものではなかった。全く見覚えがなかった。

何これ？

春海は啞然としながらも、何か体の底から突き上げるような不安感にせきたてられて、紙袋の中身を床にぶちまけた。紺色の布に包まれたものが出てきた。紺色の布のように見えたものは広げてみると、これもTシャツだった。ところどころ染みのようなものができている。こちらは白のTシャツに比べると小さくてMサイズだった。男女兼用のタイプで、春海もこれと同じデザインのものを持っていた。

紺色のTシャツに包まれていたのは、銀色の大きなスパナとビニール紐、それと汚れた手袋だった。さらに、中のテープが引きずり出されてズタズタにされたカセットテープ。

なんでこんなものがここにあるのよ……。

春海は見覚えのないその異様な品々を呆然と見つめながら呟いた。紺色のTシャツを取り上げてよく見てみた。この黒っぽい染みみたいなのは何？　臭いをかいでみた。汗の臭いともいえない異臭がした。

まさか、これ……。

春海の中である疑惑が生まれた。汗とは思えない染みをつけたTシャツと手袋。スパナ。ビニール紐。カセットテープ。

春海は声にならない悲鳴をあげて、手に持っていたTシャツを放り出した。

凶器？　犯人が隠した？

混乱した頭で真っ先に思いついたのが、そのことだった。これは、あの事件の犯人の持ち物だ。犯人は、この部屋にこっそり侵入して、凶器や手袋を隠して行ったんだ。そうだ。そうに違いない。犯人はこのマンションの合鍵を持っていたはずだ。だから、合鍵を使って、あたしが留守のときに……。

春海はそう思いかけ、はたと考えこんでしまった。変だ。そんなはずはない。ここの錠前と鍵を替えたのは、八月三日のことだ。武原さんから、犯人がこの部屋の合鍵を持っているかもしれないと聞いて、すぐに大家の許可を得て鍵を取り替えたのだから。

でも、武原さんが殺されたのは、八月九日。もし、犯人が凶器の入った紙袋を隠したのだとしたら、そのあとのはずだ。だけど、もう鍵は取り替えてあるのだから、犯人の持っている合鍵では、この部屋には入れなかったはずだ。

それなのに、どうして……。どうして、こんなものがここにあるのよ……。

春海は頭を両手で押さえた。万力で締め付けられるような痛みが頭の奥の方から襲ってきた。もう何も考えられなかった。

助けて、お兄ちゃん。先輩。工藤先輩……。

心の中でそう叫んだ瞬間、頭の痛みが消え、あたりの景色がすーと暗くなるのを感じた。あ、穴ぼこに落ちる……。春海は薄れていく意識の中でそう感じた。

17

工藤謙介は惚《ぼ》けたような顔で、床にしゃがみこんだまま、またテープを巻き戻して再生ボタンを押した。さっきから、こんなことを半ば機械的に十数回も繰り返していた。何度聴いても、テープの内容は同じだった。それは、女の声で始まっており、もう一人の女の声で終わっている。二人の女の会話が入っていた。奇妙なことに、もう一人の女の方は、なぜか、自分のことを〝俺〟と言い、男言葉を喋っている。奇妙なのはそれだけではない。その男言葉を喋る女は、〝ケンスケ〟という明らかに男の名前で呼ばれているのだ。そして、〝ケンスケ〟と呼ばれた女の声は萩尾春海の声に酷似していた……。

痺れて空白になっていた工藤の脳が、ようやくゆっくりと思考をはじめていた。

なぜ武原があんなメールを残したのか。なぜ、このテープを工藤に託し、絶対に一人で聴けと厳命したのか。そして、一連の事件を、なぜ、前代未聞の特異な事件と呼んだのか。すべての謎がゆるやかに自分の中で解けていくの感じていた。

武原もこの奇怪なテープを聴いて、混乱したあげくに、自分と同じ結論に達したのだろう。

工藤は思い出していた。武原の携帯に電話をかけて、渡辺久子から届いたテープのことを聞こうとしたとき、武原が、少し沈黙したあとで、「テープには何も入ってなかった」と言い、そのあと、急に話題を変えるように、萩尾春海の話をしだしたことを。彼女の出身地や家族のこと、とりわけ、夭折した兄の健介のことを武原は妙に聞きたがった。あのときは、テープのことから話をそらせるために、春海の話をしだしたのかと思っていたが、今から思えば、武原は春海のことを調べるつもりでいたに違いない。

武原は、工藤と春海の関係をやや誤解していた。彼らしく早とちりしていた。すでに恋人同士だと思い込んでいたようだ。だから、すぐにはテープの内容のことを打ち明けられなかったのだ。それでも、考えた末、打ち明けるとしたら、工藤しかいないことに気が付いたのだろう。

工藤は電流に打たれたような思いで、もう一つのことを思い出した。新宮市を訪ねたとき、渡辺久子が言っていた言葉だ。

「マリちゃん、同類だって言ってたわ……その大学生のことかどうかは分からないけど、今付き合ってる彼は、あたしと同類なの、だからとっても気が合うのって、そんなこと言ってたわ……」

あのとき、工藤はあまり関心を持たなかったが、あの「同類」という言葉には深い意味があったのだ。マリは、自分が多重人格者だということを自覚していたに違いない。そのマリが「同類」と呼んだということは、その人物もおそらく……。

そういうことだったのか……。

工藤は両手で頭を抱えた。

18

意識を取り戻したとき、春海は洋服のまま、ベッドの中にいた。

え、あたし、どうしたの……。

春海はがばっと起き上がると、茫然とした顔つきであたりを見回した。窓の外は既に薄暗くなっていた。慌てて、腕時計を見ると、既に午後七時になろうとしていた。いつベッドに入ったのだろうか。まるで覚えていなかった。

母に電話をしたあと、引っ越しの準備をしようと洋服ダンスを開けたことまでは覚えている。冬物の衣類をダンボールに詰めて、そして……。そうだ。洋服ダンスの中から何か見つけたのだ。黒い紙袋だ。その紙袋を開けてみたら——

春海は部屋の中を見た。ダンボールがある。中には冬物の衣類が入っていた。洋服ダンスの扉は開いたままだった。しかし、あの黒い紙袋はなかった。どこを探しても見当たらなかった。床へぶちまけたはずの、汚れたTシャツも、見覚えのないスパナやLサイズの白いTシャツもない。うそ。ここにあったはずだわ。春海は混乱しながら思った。不審な紙袋とその中身は影も形もなくなっていた。

夢?

春海は独り言を言った。

夢を見ていたのかしら。あたし……。

そうか。あの変な紙袋のことは夢だったんだ。引っ越しの準備をしているうちに、きっと眠くなってしまって、ベッドに入って仮眠を取ったのだろう。そのときのことを全く覚えていなかったが、こういうことは昔から時々あった。そして、夢を見たんだ。覚めたあとも、現実と区別できないような、妙に生々しい印象のある夢を、春海は子供の頃からよく見ることがあった。

それにしても、変にリアルな夢だった……。

春海は、夢の中に出てきた黒い紙袋のことを思い出していた。その中に入っていたもの。大きなスパナ。ビニール紐。白と紺のサイズの違うTシャツ。汚れた手袋。

この手に触った感触まで覚えている……。

春海は自分の掌を不思議そうに見つめた。

19

このテープの中にある、〝ケンスケ〟という名前は、萩尾春海の兄の健介のことに違いない。春海には、夭折した兄、健介の別人格があったのだ。そして、たぶん、自分の中にある、男の人格のことを、春海は全く気づいていないに違いない……。

工藤は書斎の壁に背中を押し付けてしゃがみこんだまま、考え続けた。窓の外には既に夕闇が迫っていた。

春海は何も知らなかったのだ。ルームメイトの失踪に困惑し、その正体に驚いていた春海の様子には、はたから見て、不自然なところは微塵もなかった。あれが何もかも知った上での演技だったとは、とても思えない。

多重人格と一口に言っても、さまざまなケースがあるという知識を、工藤は読みあさった本の中から得ていた。ホスト人格が自分の中に住む別人格の存在を全く知らないということも稀にはあるということを。春海の場合は、おそらく、このケースだったに違いない。

青柳麻美の場合は、ある程度、別人格たちの存在を感知し、互いのコミュニケーションもそれなりに取られていたようだが、春海の場合は違う。

春海は何も知らなかったのだ。だから、春海に罪はない。彼女は何も知らず、何もしていないのだから。

工藤は必死でそう思い込もうとした。

春海が、あの顔で、手で、これら一連の凶悪な犯罪をやってのけたとは、とても考えられなかったし、考えたくもなかった。

すべては、春海の肉体に宿った健介がしたことだ。罪はすべて健介にある……。

でも、と工藤は独り言をつぶやいた。

春海の中になぜ兄の人格が生まれたのだろうか。そんな疑問が浮かんだ。春海にブラザー・コンプレックスがあるらしいということは、春海の実家に行ったときから感じていたことではあった。春海は、七つ年上の兄をヒーローのように思っていた。しかも、その兄の事故死の原因が自分にあると思い込んでいた。だが、これだけでは、人格分裂の原因になるとは思えなかった。

何かあったはずだ。もっと、何か別の要因が。人格分裂の原因は、一言で言ったら現実逃避だ。耐え難く苛酷な現実が目の前にあって、それに耐えられなくなったホスト人格が別の人格を作り出して、その人格に自分の苦痛を引き受けてもらう。仕組みはそういうことなのだから。

春海には、兄の死以外に、何か耐え難い現実があったのではないか。その現実から逃避するために、兄の人格を無意識のうちに作り出した……？

工藤の脳裏に、ふいに、春海の母親の顔がよぎった。春海によく似た顔が。そういえば、兄の部屋を見せるとき、春海は妙なことを言っていた。この部屋は長い間母親の手で封印されていて、誰も入ることを許されなかったと。

春海はこうも言っていた。「お兄ちゃんは、母さんの秘蔵っ子だったから」と。

もしかすると、春海の人格分裂の原因は、あの母親にあるのかもしれない……。

工藤はふとそう思った。

20

八月二十四日の夜。工藤は津島の萩尾家を訪ねた。玄関の呼び鈴を押すと、出てきたのは、喜恵ではなく、春海の叔母の達子だった。

達子は工藤を見ると、少し驚いたような顔をした。工藤は、「ちょっと用事で近くまで来たので顔を出した」という風に突然の訪問の理由を取り繕った。すると、達子は、「義姉《あね》はあいにく出掛けているが、小一時間もすれば帰るだろうから」と言って、快く中に入れてくれた。

喜恵が留守と聞いて、工藤はむしろ好都合だと思った。もし、春海の人格分裂の原因が母親にあるのだとしたら、当人に直接聞いても、真実は聞き出せないだろうと思っていたからだ。

話を聞くとしたら、この義妹の方がいいかもしれない。前に聞いた話では、達子は未婚で、ずっとこの家に同居しているということだった。だとしたら、この家で起きたことはすべて知っているはずだ。

「……亡くなった健介君というのは、どんな少年だったんですか」

たあいもない世間話をしたあとで、工藤はそう切り出した。

「健介ですか」

茶菓の支度をしながら、達子は顔だけ工藤の方に振り向けた。

「春海さんとは仲が良かったみたいですね。彼女からよくお兄さんのことを聞くんですよ」

そう言うと、達子は微笑した。

「仲が良いなんてもんじゃありませんわ。春海は健介が育てたようなものですもの」

「育てたって――」

工藤は面食らって聞き返した。確か、春海と健介の年の差は七歳だと聞いていた。春海が生まれたとき、健介はまだ七、八歳の子供だったはずだ。そんな子供が赤ん坊を育てたというのだろうか。

「母親がいるのに……？」

思わずそう尋ねると、達子の表情がわずかに曇った。

「いえ、それが、春海を産んだあと、義姉はひどく体調を崩して、その、なんというか、精神的にも不安定で、あまり春海の面倒を見てやれなかったのです」

達子は奥歯にものがはさまったような言い方でそう言った。

育児ノイローゼ。ふと、工藤の頭にそんな言葉が浮かんだ。喜恵は、春海を産んだあと、育児ノイローゼにかかっていたのではないか。育児ノイローゼにかかった母親が、しばしば、赤ん坊を無視したり、虐待するという話を聞いたことがある。

「あの頃は、わたしも勤めに出ていましたから……。それで、いつのまにか、健介が見よう見真似で、春海のおむつを替えたり、ミルクの世話をするようになったんです……」

母親がいるのに、その母親が赤ん坊の世話を全くせず、まだ幼い兄が妹の面倒を見ていた……。工藤は、そんな春海の生い立ちに、人格分裂の萌芽を見たような気がした。

「健介君は、お母さんの秘蔵っ子だったと聞きましたが」

そう話題を変えてみると、達子の表情は少し明るくなった。

「ええ。健介は義姉の自慢でしたから。赤ん坊の頃から、春海と違って、本当に手のかからない子でした。成長も同じ年頃の子供よりもずっと早くて、健康優良児にも選ばれたことがあったんです。どこへ連れて行っても褒められると、義姉は得意になっていました。春海でも、このことが、次の子供を産んだときに裏目に出てしまったのかもしれません。春海のことで義姉が精神的に参ってしまったのは、もしかしたら、健介の時が順調すぎたせいかもしれませんわね。義姉はあれが普通だと思い込んでしまったんです。だから、春海の発育が並よりも遅れているように義姉には感じられたのかもしれません。健介が優秀すぎたんです。春海が他の子供に比べて劣っていたわけではなかったのに、義姉は……」

達子はあとは言葉を濁し、最後までは言わなかったが、工藤には、達子がなんと言おうとしていたのか、おおかたの察しはついていた。

喜恵は、長男ほど発育の良くない娘にいらだち、悩み、そのことで精神のバランスを崩していったのかもしれない。時には、自分の思うように育たない娘に、感情の赴くままに、折檻を加えることもあっただろう……。

「春海さんは、健介君の事故死の原因は自分にあると言っていたんですが――」

「そんな馬鹿な。あれは不幸な事故だったんです。誰のせいでもありません。しいていえば、悪いのは当の健介です。赤信号を無視しようとした健介の無鉄砲さが事故を招いたんですから。健介をはねた車を運転していた人だって、あの子が突然飛び出してきて避けようもなかったと言っていました。あの人だって、あの事故で人生を狂わされてしまった被害者でもあるんです。まして、春海には何の責任もありません。春海はただ桃の缶詰が食べたいと言っただけなんですから。わたしは何度もそのことを言ったのに、逆上した義姉は聞き入れてくれなくて、春海にあんなことを――」

達子はそう言いかけ、はっとしたように、口をつぐんだ。

「あんなことって？」

「いえ、それは、その」

達子はうろたえた。

「でも、すべては過去のことです。済んだことですわ。義姉は、今では春海のことを愛しています。春海を産んでよかったと言っていますし……」

達子は慌てて、そう言い繕ったが、この言葉の裏を返せば、「昔は春海を愛してはいなかった。産んでよかったとは思っていなかった」ということになるではないか……。

「妙なことを聞きますが、春海さんが健介君の振りをしたようなことはありませんか。たとえば、健介君のような話し方をしたり——」

そう聞いてみると、達子の顔にははっとしたような表情が浮かんだ。

「あります……」

「あるんですか」

工藤は思わず身を乗り出した。

「もともと、春海は物心ついたときから、健介のすることなら何でも真似するようなところがあったんです。金魚のなんとかみたいに、健介の行くところへはどこへでもついて行ったし、健介のすることは何でもやりたがりました」

「たとえば、男言葉をしゃべったり?」

「ええ、そうです」

達子は苦笑した。

「時々、とても女の子とは思えないような口汚い言葉を使ったりするんです。しかも、健介そっくりの口調で。注意するとすぐにやめましたが。それが不思議なことに、健介が死んでからは、それがなくなりました。春海は健介の真似をしなくなったのです。もっとも、真似したくても、お手本がいなくなってしまったのでは、真似しようもありませんけど」

　達子はそう言い、苦笑しかけたが、ふと何か思い出したように、

「でも、わたし、一度、ぞっとしたことがあります。春海が健介そっくりに見えたことがあって」

「それはいつのことです？」

「春海が中学へ入った年です。制服ができてきたので、それを試着すると言って、上へあがったきり、なかなか降りてこないので、わたしが様子を見に行ったら、春海は健介の部屋にいたんです。あの部屋は、ふだんは鍵がかけてあるんですが、その日は、義姉が掃除をしてかけ忘れていたんでしょう。中に入って、わたし、ぎょっとしました。一瞬、健介がそこにいるのかと思いましたわ。春海は、どういうわけか、自分の制服を着ないで、健介の学生服を着ていたんです。あの娘《こ》は、女の子としては背も高い方だし、髪をショートにしていたこともあって、ぞっとするくらい、健介に似ていました。しかも、格好だけじゃなくて、なんていうか、わたしの方を見た目付きまでがあの子にそっくりだったんです……」

21

やはり、春海の中には健介がいたのだ……。

帰りの新幹線の中、工藤は、自分の顔が映った暗い窓を見ながら、心の中でそう呟いていた。

萩尾達子からははっきりとは聞き出せなかったが、春海が子供の頃、母親から何らかの虐待を受けていたのは間違いないように思われた。たとえ、殴る蹴るという暴力的な虐待はなかったとしても、赤ん坊への無関心や育児放棄は、親の庇護がなければ生きていけない赤ん坊にとっては、虐待に等しい。

前に春海の家を訪ねたとき、工藤は、すぐに口喧嘩をはじめた母子を、微笑ましいという目で見たことを思い出していた。たとえ、喜恵が春海を虐待したことがあったとしても、達子が言うように、それは過去のことだったに違いない。

しかし、幼い頃に刻まれた心の傷は、一見治癒したように見えながら、春海自身も気づかないような深いところで、その傷口を広げていたのだ。

よく兄の真似をしていた春海が、健介の死後、真似をしなくなったというのも、一見、兄離れしたように見えながら、事実はその逆だったに違いない。春海が兄の真似をしなくなったのは、もはや兄の真似をする必要がなくなったからだ。なぜなら、彼女の一部が兄そのものになってしまっていたのだから……。

でも、春海が求めていたのは兄だったのだろうか。本当は母親だったのではないだろうか、と工藤は思った。

幼い頃、しきりに兄の真似をしたというのも、兄の死後、自分の中に兄の人格を作りあげてしまったのも、兄への憧憬というよりも、兄そっくりになることによって、その兄を溺愛していた母親から愛されたいという、無意識の強い願望があったように思えてならなかった。

春海は母親に愛されたかったのだ。誰よりも母親に……。

22

それにしても、こんなことがあるだろうか……。

工藤は考え続けた。

この広い東京で、よりにもよって、二人の多重人格者が偶然出会い、一緒に暮らすようになるとは……。

確率でいえば、天文学的な数字になるような出来事ではないのだろうか。

萩尾春海と青柳麻美が偶然出会い、ルームメイトになったことから、すべては始まったのだ。春海と麻美が出会ったことで、春海の中に住む健介と、麻美の中に住むマリが出会ってしまったのだ。もし、この二人が出会わなければ、パーカー事件をはじめとする一連の事件は起きなかったかもしれない。

工藤は、武原がメールの中で言っていたことを思い出した。武原は、一連の事件のことを、「前代未聞のきわめて特異な事件」と言っていた。確かに、被害者の一人と犯人がともに多重人格者だったというのは、海外にも例を見ないような、「前代未聞のきわめて特異な事件」に違いない……。

さらに、武原がなぜ、この事件を「警察にも裁判所にも扱いきれない」と思ったのか、その理由も今となっては分かりすぎるほど分かったような気がする。

犯人が多重人格者だったという事件なら、実は、数年前に起きていた。いや、正確には、被告の精神鑑定書の中に「多重人格説」があった事件といった方がより正しいかもしれないが。

その事件は、一年以上にわたって社会を震撼させた、忌わしい連続少女誘拐バラバラ殺人事件だった。レンタルビデオ店の店員だった二十九歳の青年が捕まるまで、七歳から十二歳までの少女たちが六人も犠牲になっていた。目をつけた少女たちを車で付け狙い、わざと車をぶつけて、被害者を負傷させてから誘拐するという、きわめて悪質で計画的な手口と殺害方法の残虐さから、情状酌量の余地なしと判断した裁判所が、最終的に下した判決は、検察側の求刑通り、死刑というものだった。

ただ、この事件が世間の注目を浴びたのは、犯罪の異常さ凶悪さもさることながら、被告の精神鑑定をした一部の精神科医から、「多重人格」という報告書が出されていたことだった。つまり、一連の犯罪を犯したのは、被告の中にいる別人格の仕業だったのではないかというのである。

おりしも、ダニエル・キースの『24人のビリー・ミリガン』が日本でも出版されて大反響を呼んでいた時期と重なっていたこともあって、日本の犯罪史上に現れた、最初の「多重人格裁判」はおおいに世間の注目を集めた。

しかし、結局、裁判所は、この「多重人格説」を半ば無視するような形で、死刑判決を出した。判決が出たとき、武原は、「日本に死刑制度がある限り、死刑判決が出ても少しもおかしくない事件だが、ただ、裁判所の『多重人格説』に対する態度にはやや逃げの姿勢が感じられる。徹底的にこの点について論議され尽くしたとは思えない」と言っていた。

あの頃、武原はまだフリーではなく、ある大手週刊誌の記者として、この事件を追っていたのだが、彼の取材した範囲では、確かに、犯人の青年には、子供の頃から、「多重人格」を思わせる言動があったというのだ。動かしがたい物的証拠を突き付けられながらも、犯人の青年は、「自分は何も知らない。やったのはあいつだ」と叫び続けていたという。検察側は、被告のこんな態度を、極刑を免れるための狡猾な演技と見ていたようだが、武原は、あれは演技ではなかったのではないかと言っていた。

このことで、工藤は武原とやりあったことがあった。武原はどちらかといえば、世間の非難が犯人に集中しがちな凶悪犯罪であればあるほど、犯人の人権を考える必要があるという考えを持っており、工藤は、犯人の不幸な生い立ちにどれほど情状酌量の余地があったとしても、やはり、被害者とその遺族の人権こそまず考えるべきだという考えを持っていた。

それでも、二人が一致したのは、犯人が多重人格者だった場合、その別人格が犯した犯罪を的確に裁く能力を日本の裁判官はまだ全くといってよいほど身につけていないということだった。いや、日本の裁判官だけではなく、これは、この点では先進国のアメリカですら、同じことがいえる。

なぜなら、多重人格説が受けいれられて、裁判の判決に影響するのは、その犯罪が殺人を含まない、比較的軽いものである場合に限られているからである。しかし、殺人となると、話は違ってくる。アメリカでも、殺人を犯した多重人格者が無罪になったケースは今のところないという。ビリー・ミリガンが多重人格者として無罪になったのは、彼の犯罪歴が、強姦と強盗だけで、殺人が含まれていなかったからだ。

殺人という重罪を犯した多重人格者をどのように裁くかという難問に対して、誰もその答えを見いだしてはいないというのが現状なのだ。

どうしたらいいんだ……。

工藤は大声でそう叫びたかった。俺はどうしたらいい。武原さんが残したテープをどう使えばいいんだ。

今となってはあのテープを最初に聴いた武原が感じたであろう狼狽と困惑のほどが痛いほど分かった。

もし、あのテープに入っていたのが、萩尾春海の声ではなかったなら、迷うことは何もなかった。即座に、警察に持っていけばいい。あとは、警察に任せてしまえばいいのだ。

でも、それはできない。

春海は何も知らないのだ。そのことは絶対的な確信を持って言える。春海は、たぶん、兄の人格が自分の中に宿っていることも知らないに違いない。もし、多少とも自覚を持っていたならば、青柳麻美が多重人格者だったと分かったときに、春海はもっと別の反応を見せたはずだ。

もし、誰か信頼できる精神科医が知人の中にいたならば、相談できるのだが……。

工藤はそうも考えたが、この考えはすぐに否定した。たとえいたとしても、それは駄目だ。殺人がからんでいなければ、それもできるが、春海はただの人格障害ではなく、三件もの殺人を犯した犯人でもあるのだ。精神科医に相談することは、警察に通報することと同じだ。

罪を犯し裁かれるのが健介の方だとしても、その健介は春海と肉体を共有しているのだ。健介が受けなければならない苦痛は、必然的に、春海も受けなければならない。あの春海が警察の取り調べや、その後の勾留に耐えられるとはとても思えない。しかも、前例から見ても、今の日本で、多重人格説が受けいれられて、無罪になる可能性は限りなくゼロに近いだろう。万が一、無罪という判決が出たとしても、世の中には、社会的制裁というやつが手ぐすねひいて待ち構えている。もっとも楽観的な見方をしたとしても、春海が傷つかない道はないのだ。

春海には何の罪もない。それなのに、彼女を待ち構えている現実はあまりに苛酷だ。ひどすぎる。

ただし……。

それはあくまでも、武原が残したテープを警察の手に渡した場合の話だ。この前、亀井刑事から漏れ聞いたところでは、あの事件の捜査はかなり難航しているようだった。もし、俺がテープを握りつぶしてしまえば、このテープの存在は誰も知らないはずだ。このまま、事件は迷宮入りということもありうる……。

日ごろからの持論である、どんなことがあっても被害者とその遺族の人権こそを優先すべきだという考えが、工藤の中で、今度ばかりはかなりぐらついていた。

そもそも、犯人を裁く必要があるのだろうか……。

工藤はそんなことを考えている自分に、自分でぎょっとした。

ロバート・パーカーもマリも、自業自得という見方ができはしないか。もし、パーカーが過去において、自分や武原が推理したようなことを青柳麻美とその両親に行っていたとしたら、彼はまさしく、自らの罪を自らの血で償ったということになる。

マリの場合は？　彼女の善良とは言いかねる性格から推し量れば、殺されても仕方がないような言動が犯人に対してあったのかもしれないではないか。

でも、武原の場合は？　武原の場合は二人とは違う。武原は犯人にとって都合の悪い証拠品を持っていたというだけで殺されたのだ。彼を殺した罪は重い。

それに、武原英治を従兄というよりも、兄のように思っていた工藤自身にとっても、武原を殺した犯人は感情的に憎い。どんなことをしてもその罪を償わせなければならないと思う。

あのテープを警察に渡すことなく、春海を傷つけることなく、犯人に罪を償わせることができれば、それでいいのではないか……。

死んだ武原も、それならば許してくれるのではないか。

それには、犯人に会わなければならない。春海の中に棲んでいる健介を呼び出して、彼と対決しなければならない。そして、もし、彼に罪を償わせることができたならば、事件は解決したといえるのではないだろうか。たとえ、世間の目には迷宮入りに見えたとしても。

でも、問題はどうやって健介を呼び出すかということだ。専門的な知識も経験もない自分が、春海の中にいる健介をどうやって外に引きずり出したらいいのか。こういう場合に専門家が使うであろう催眠術などやったこともない。

だが、ひとつだけ、健介が出てくる可能性があることを工藤は思いついた。春海にあのテープのことを打ち明けるのだ。そうすれば、春海は聴きたいというに違いない。健介は、おそらく、春海があのテープを聴くことを何よりも恐れているだろう。健介は春海を愛している。それは確かだ。普通の兄が妹を思う以上の愛情を春海に対して持っているはずだ。春海を傷つけ苦しめるようなことは絶対に阻止しようとするはずだ。

春海にあのテープを聴かせる。そう言えば、それを阻止するために、彼は必ず出てくるはずだ……。

23

工藤は受話器を取ると、春海のマンションの番号をプッシュした。腕時計を見ると、零時半を少し回ったところだった。春海はもう寝ているかもしれない……。そう思いながら、呼び出し音を数えていた。

十回鳴ったところで、あきらめて受話器を耳からはずしかけたとき、向こうの受話器が取られる音がした。

「……もしもし？」

寝ているところを起こされたような、やや不機嫌そうな春海の声がした。

「俺。工藤だけど」

そう言うと、「ああ、先輩ですか……」と眠そうな声が返ってきた。

「ごめん、寝てた？」

「ええ、ちょっと、うとうとしかけてて——」

「目が覚めるようなニュースがある」

「……何ですか」

「武原さんからメールが来たんだ」

「え……」

「武原さん、あのテープのコピーを取っておいたらしい。それを、万が一のときに備えて、箱根の別荘のデスクに隠したって書いてあるんだ」

「あ、あの、ちょっと待って。武原さんからメールって、どういうことですか。どうして、武原さんからメールが届くんですか」

春海の混乱したような声。工藤はメールの期日指定機能のことを説明した。

「……それじゃ、武原さんは殺される前に、そのメールを書いておいたってことなんですか」

ようやく納得したように春海は言った。眠気などふっとんだような声だった。

「そういうことだ。それが、ようやく、今日届いたんだよ」

「でも、コピーを取ったということは、あのテープの中に何か入っていたってことになりますよね。だって、何も入っていなかったらコピーなんか取る必要ないわけだし……」

「詳しいことは何も書いてない。ただ、テープのコピーを別荘に隠したとしか」

「でも、どうして――」

「とにかく、そのテープを聴けば何か分かるだろう。それで、明日、さっそく車で箱根へ行こうと思うんだが、きみ、どうする？　一緒に来るか」

そう言うと、春海が飛びつくような声で言った。

「行きます。もちろん行きます」

「それじゃ、明日、朝八時頃、きみのマンションまで拾いに行くから……」

工藤は電話を切った。掌に汗をかいていた。今の会話、はたして、健介は聞いていただろうか。春海の中に引っ込んでいるとき、健介がどういう状態になっているのか、さっぱり分からなかった。春海が見たり聞いたりすることを、彼はどの程度、把握することができるのだろうか。

ただ、春海の方は健介の存在を知らなくても、健介の方は、春海のすること見ること聞くことを、かなり正確に把握しているのではないかと思われるふしがあった。

というのも、武原が例のテープを手に入れたという情報を、春海に最初に伝えたのは、工藤だった。武原から聞いたことを、そのまま電話で春海に伝えたのだ。健介が、武原がテープを持っていることを知ったのは、あのときの春海と工藤の会話を聞いていたからではないだろうか。

とすれば、今の会話も聞かれていた可能性が高い。聞いていれば、何らかのアクションを起こしてくるはずだ。

工藤は自分がひどく危険なことをしようとしているということは自覚していた。健介は、既に三人の人間を殺している。春海にあのテープを聴かせないためなら何をしでかすか分からない。それでも、これしか、彼を春海の中から引きずり出す方法を思いつけなかった。それが、どんなに危険なやり方であるとしても……。

……ポーンという音がした。なんだ。なんの音だ。工藤は眠りながらその音を聴いていた。……ンポーン。ピンポーン。音はしだいに明確な響きを持って工藤の耳に入ってきた。チャイムだ。玄関のチャイムが鳴っている音だ。はっと目を覚ますと、部屋の中は真っ暗で、その暗い部屋の中にチャイムの音が鳴り響いている。

工藤はベッドの中にいる自分に気が付いた。明かりをつけて、はずしておいた腕時計を見ると、午前三時を回っている。誰だよ。こんな時間に……。

チャイムはまだ鳴り続けている。工藤は起き上がると、玄関に出て行った。インターホンもドアの覗き穴もついていない安アパートだから、誰が来たのか知るためには、ドアを開けて見るしかなかった。

工藤はドアの向こうにむかって、「誰だ」と言った。返事はない。ただチャイムの音が執拗に繰り返されるばかりだ。嫌な予感がした。ドアを開けたくなかった。しかし、ドアを開けないと、不審な訪問者はチャイムを鳴らし続けるような気がした。

工藤はチェーン錠のついていないドアをゆっくりと開けた。

ドアの向こうに萩尾春海がたっていた。

「萩尾……。どうしたんだ、こんな時間に」

そう言うと、春海は泣き出しそうな顔で言った。

「すいません。どうしてもお話ししたいことがあって――」

「とにかく中に入れ」

工藤は一抹の不安を感じながらも、泣きそうな顔をしている春海を見ると、そう言わずにはいられなかった。

春海は部屋の中に入ると、ドアを後ろ手に閉めた。

「なんだ、話って？」

そう聞くと、春海の形相が変わった。笑ったように見えた。いきなり工藤に抱きつくようなしぐさをした。工藤は一瞬何が起きたのか分からなかった。ただ、灼けつくような痛みが腹部を貫き、耳元で、春海が囁く声がした。

「死ね」

工藤は、自分の腹を見た。異様なものが腹から突き出ていた。それに手を触れてみると、赤いものが手にべっとりとついた。

刺された……？

「おまえ、健介か……」

そう聞くと、春海は笑いながら答えた。

「そうだよ」


がばっと跳ね起きたとき、工藤は自分がどこにいるのか分からなかった。あるのは暗闇だけだった。自分の心臓の音だけが聞こえる。手探りで明かりをつけた。そこが自分の部屋の中で、ベッドの中にいることがようやく分かった。思わず腹部に手をあてた。痛みはなかった。血もついていない。傷もなかった。腕時計を見ると午前二時になろうとしていた。

夢か……。

まるで水でも浴びたように汗をかいている。

夢だと分かっても、なかなか動悸がおさまらなかった。

工藤はタオルで冷や汗を拭きながら、車で箱根まで行くのは危険かもしれない、とふと思った。車という密室の中で春海と二人きりになるのは危険だ。いつ健介が出てくるか分からない。テープのコピーを手に入れるまでは、健介が何かしてくるとは思えなかったが、まさかということもある。別荘に着くまでは二人きりにならない方がいいかもしれない……。

工藤はそう考えると、机の上に放り出してあった時刻表を取り上げた。

24

翌朝、起きると、工藤は、すぐに春海に電話を入れて、「高速が渋滞しているようだから、小田急で行こう」と告げた。

「いいですけど……」

春海は疑うこともなさそうな声で答えた。

「九時半新宿発のロマンスカーがある。席が取れるかどうか分からないが、とりあえずこれで」

そう言い、新宿駅の小田急乗り場の前で待ち合わせということにして、電話を切った。

工藤が約束の時間よりやや遅れて行くと、春海はすでに来ていて、がっかりしたような顔で、「九時半のロマンスカー、満席みたいですね」と言った。

夏休み中の日曜日ということもあってか、切符売り場は家族連れでごったがえしていた。ロマンスカーはどれも満席のようだった。

それでしかたなく、二人は、九時十九分発の急行で行くことにした。急行だと、箱根湯本までは二時間弱かかる。

「あたし、いくら考えても分からないんです……」

急行に乗り込み、なんとか席を確保したあとで、春海は言った。

「どうして武原さん、あんな嘘をついたんでしょうか」

「………」

「だって、そうでしょう。テープのコピーを取るということは、テープに何か入っていたってことですよね。やっぱり、犯人の声が入っていたんじゃないかしら。それなのに……」

「俺にもさっぱり分からないよ。まあ、分からないことをあれこれ考えてもしょうがないさ」

工藤はそう答えるしかなかった。

「もし、テープの中に犯人の声が入っていたとしたら、それは武原さんが知ってる人物だったのかしら」

それでも、春海は独り言のように喋り続けた。その顔を見ながら、工藤は、あらためて、春海は何も気が付いていないのだということを痛感した。

「知ってる人物ですよね。だって、犯人は、武原さんがあのテープを持っていることを知っていたんですもん。武原さんがテープを持っていることを知っていたのは、先輩にあたし、それと、西村麗子さん、篠沢さん……」

春海は指を折った。

「この四人以外に誰がテープのことを知っていたのかしら。それに、おかしなことはまだあります。もし、犯人が武原さんの知っている人物だとしたら、どうして、武原さん、あの夜、犯人を部屋に入れたんでしょうか。コーヒーカップが二つあったってことは、犯人を中に入れてもてなそうとしたってことでしょう？　二人も殺した殺人犯なんですよ。そんな人と二人っきりになるのは危険だとは思わなかったのかしら……」

「……」

工藤は昨夜の夢のことを思い出していた。むろん、武原は中に入れるのは危険だと思ったに違いない、ドアの向こうに春海の姿を見たときには。今となっては、そのときの武原の気持ちが痛いほど分かった。

おそらく武原を訪ねたとき、健介は春海の振りをしていたに違いない。中身はどうであれ、外見は若い女性以外の何者でもない。もし、健介が春海の振りをして、あの夢の中に出てきたような、泣きそうな顔でもして打ち萎れて立っていたら、危険だとは思いつつも、つい可哀想になって、部屋の中に入れてしまうのではないか。夢の中で工藤がそうしてしまったように。

春海は身長はあったが、骨細のせいか、華奢に見える。風に吹かれるコスモスのような印象があった。

武原は、おそらく、春海を中に入れることに一瞬の逡巡を覚えたに違いない。それでも、そのか弱そうな女性の外見につい気を許してしまったのではないだろうか。

「そうだ……」

春海が何かを思い出したように言った。

「武原さん、体格よかったですよね」

突然何を言い出すのかという顔で、工藤は春海の顔を見た。

「TシャツはLを着てたんじゃない？」

「そうだったかな……」

「分かったわ。あの夢に出てきた二枚のTシャツの意味が」

春海は目を輝かせた。

「夢に出てきたTシャツ？」

工藤は思わず聞き返した。

「ええ、あたし、変な夢見たんです。この前、引っ越しの準備をしていたとき……」

春海は、洋服ダンスの奥から奇妙な黒い紙袋を見つけた夢の話をした。その話を聞くうちに、工藤の顔が強ばってきた。

「犯人はきっと紺色のTシャツを着てたんです。Mサイズだったから、そんなに大柄な人じゃないわ。でも、それは返り血がついてしまったから、武原さんのTシャツに着替えたんです。それと、犯人が使った鈍器というのはスパナです。あたし、夢の中ではっきりと見ましたもの」

血だとか犯人だとか、物騒な言葉をしきりに使う若い娘の方を、隣に座っていた老婦人がちらちらと横目で眺めていた。

「あれはやっぱり予知夢だったんだわ……」

春海はそう呟いた。

なんてことだ……。

工藤は天を仰ぎたい気分になった。健介は、凶器を入れた紙袋を洋服ダンスの中に隠しておいたのか。それを、春海が見つけてしまったのだ。だが、春海はそれを夢だと思っている。おそらく、健介が出てきて、どこかに隠し直したのだろう。目が覚めたとき、紙袋がなくなっているのを見て、春海は夢だと思い込んだのだ。

待てよ。ということは、やはり、健介は、春海の行動をいつもどこかで監視しているということか。そうでなければ、そうタイミング良く出てこれるものではない。彼は、春海の聞くことを聞き、春海の見るものを見ている……。

今こうしている間にも、彼は春海の中でじっと耳をすませて、工藤との会話を聴いているのかもしれない。ちょうどレシーバーを耳にあてて盗聴でもするように……。

「予知夢なんて信じられないって顔してますね」

笑いながら春海が言った。

「え？」

全く違うことを考えていた工藤は、一瞬ぽかんとした。

「予知夢なんてないと思ってるんでしょう？　先輩って、合理主義者だから。でも、あるんですよ。あたし、子供の頃から、時々見たことありますもん」

「時々見たって？」

工藤はぎょっとして聞き返した。まさか……。

「中二のときにね、クラスにいじめっ子がいたんです。凄くいやなやつで、あたしもそいつにいじめられたことがあって、学校へ行くのが嫌になったことがあるんです。そうしたら、ある日、あたし、夢を見たんです。そのいじめっ子が頭から血を流して倒れている夢です。お稲荷さんの赤い鳥居があったから、神社の境内みたいでした。それで、次の日、学校へ行ったら、そのいじめっ子が、前の晩、学校の近くにあった稲荷神社の境内で誰かに襲われたって話を聞いたんです。頭を後ろから殴られたらしいって」

「それで、そのいじめっ子はどうしたんだ？」

工藤はつい大きな声を出した。周りの乗客の視線が一瞬集中したが、そんなことはどうでもよかった。

「植物人間になってしまったんです」

「植物人間……」

「頭を何度も殴られたみたいで、発見されたとき意識がなかったそうです。それで、三年近くも意識が戻らないまま亡くなったって、あとで聞きました」

「……犯人は分からなかったのか」

工藤は生唾を飲み込んでから聞いた。

「ええ。家の人の話だと、夜、誰かに電話で呼び出されて出て行ったというんですが、電話を取ったのが、本人だったらしくて、結局、その誰かというのが分からなかったんです。クラスメートじゃないかって噂もあったんだけど……」

「…………」

工藤は言うべき言葉が見つからなかった。むろん、そのいじめっ子を殴った犯人は健介だったに違いない。春海をそのいじめっ子から守るために出てきたのだ。春海、いや健介には、前科があったのか……。

「あれは予知夢だったんです、きっと……」

春海は、ふと視線を窓の外に投げかけ、遠い目をしてそう言った。

25

箱根湯本に着くと、駅前でタクシーを拾い、別荘の手前で降りた。振り返ると、一足遅れてタクシーから降りてきた春海が青い顔をして立っていた。

「大丈夫か」

そう聞くと、春海はやや強ばったような笑顔を見せ、「大丈夫です」と答えた。小田原をすぎたあたりから、それまでよくしゃべっていた春海の様子が少しおかしくなった。青い顔をして黙りこんでしまい、時々、手を額にあてて顔をしかめたりした。気になった工藤が、「どうかしたのか」と聞くと、「ちょっと頭痛が。でも、大丈夫です。こうしていれば治りますから」と言い、座席のシートにもたれて目をつぶった。そのまま眠ってしまっ

なかった。

たのか、箱根湯本に着くまで、春海は目を開けなかった。タクシーに乗ってからも、頭痛はおさまったらしいが、まだ青い顔をして、あまり喋らなかった。

「……ここ、ですか」

春海は、ささやかな別荘の建物を見上げながら、呟くように言った。

工藤は、玄関の植木鉢の下に手を入れて、鍵を取り出すと、それでドアを開けた。

「デスクというのは、たぶん書斎のデスクのことだと思うんだが」

そう言って、奥に入ろうとすると、「あの……」と春海がおずおずした声で言った。

「トイレ、どこでしょうか」

振り向くと、恥ずかしそうな様子で聞く。

「トイレなら、そこを右に曲がって――」

教えてやると、「ちょっと借ります」と言って、春海はそそくさとそちらの方へ歩いて行った。

工藤はそのまま廊下を歩いて、書斎に入った。十数分して春海が戻ってきた。

「これらしい」

工藤が手にしたカセットテープを見せると、春海の表情が強ばった。

工藤は持ってきたカセットレコーダーを取り出すと、それにセットした。頭出しをして、再生ボタンを押そうとした、そのとき、「やめろ」という声がした。はっと顔をあげると、春海がいつのまにか包丁を両手に持って立っていた。

　顔付きががらりと変わっていた。その変わりように、工藤は思わず息を呑んだ。同じ顔なのに目付きがまるで違う。あの乳離れしていない子犬のような春海の目ではなかった。血走ったような鋭さがある。男の目だ。これは完全に男の目だ、と工藤は思った。顔の輪郭も、いつものぼうっと霞むような感じはなくなって、頬やあごの線が引き締まった感じになっている。春海はやや丈の短い白いワンピースを着ていたが、両足を広げて立った様子はとても女には見えなかった。

　目の前にいるのは春海ではない。咄嗟にそう判断した。健介だ。健介がとうとう出てきた。

　こうなることは、予想というか、期待していたことではあったが、いざ、〝彼〟を目の当たりにしてみると、工藤は全身に鳥肌が立つ思いがした。

　それに、健介が包丁を持っているのには意表をつかれた。まさか、包丁をショルダーバッグに入れて持参してきたのではあるまい。それでは春海に気づかれてしまう。工藤はしまったと思った。あのときだ。トイレへ行きたいと言ったのは、何か凶器になるものを手にいれるための時間稼ぎだったに違いない。トイレのそばには台所がある。そこから包丁を持ち出してきたのだろう。あのとき、もう既に、健介は現れていたのだ。工藤を油断させるために春海の振りをしていたに違いない。

そうか。小田原をすぎたあたりから、春海は急に無口になり、頭痛がすると言っていたが、あのときに、健介と交替した、というか、交替させられたのかもしれない。「頭痛がする」と聞いたとき、ひょっとしたら、という疑惑がなかったわけではないが、今ひとつ、工藤には、目の前にいるのが春海なのか健介なのか、外見からは区別がつかなかった。健介が狡猾にも春海の振りをしている限り、外から見分けるのは難しかった。

いつ健介が出てきてもいいように、油断はしていなかったつもりだが、それでもやはり、彼にしてやられたという形になってしまった。

「テープを取り出せ」

健介は包丁を突き付けたまま鋭く言った。

工藤は健介の方を見たまま、カセットレコーダーのイジェクトボタンを押して、中のテープを取り出した。

「この中に入れろ」

健介はそう言って、肩にさげていたショルダーを床に投げ出した。

工藤は健介から目を離さずに、言われた通りにした。

「このテープをどうする気だ？　健介」

そう聞くと、健介の表情が変わった。

「……どうして知ってるんだ」

狼狽のようなものが彼の顔に走った。

「おまえが春海の兄の健介だってことをか？」

「どうして知ってるんだ」

工藤をにらみつけている健介の鋭い目がひどく動揺したように、きょときょとと左右に動いた。

「そのテープには何も入っていない。それは、ここのデスクに入ってたやつじゃない。俺が持ってきたんだ。おまえが欲しがってるテープは、俺の下宿に置いてある」

「なんだと……」

手にした包丁がぶるぶると震え出した。

「で、でたらめ言うな」

「でたらめじゃない。テープはとっくに聴いてしまったよ。その証拠に、おまえが健介だってことを知っている。おまえが、マリに頼まれてパーカーを殺したってこともな」

「テ、テープを入れろ」

健介が叫ぶように言った。

「え？」

「ショルダーの中に入れたテープをカセットレコーダーに入れろって言ってるんだよっ」

工藤は言われた通りにした。ショルダーからテープを取り出し、それをカセットレコーダーに再びセットした。

「再生ボタンを押してみろ」

健介が言った。どうやら、工藤の言ったことが本当かどうか確かめるつもりらしい。工藤は再生ボタンを押した。テープはただ回り続けるだけだった。

「これで納得したか。春海にあんなことを言ったのは、おまえに会いたかったためだ。あいえば、きっとおまえが出てくると思ったからな」

「だ、騙したのか……」

「それはお互いさまだ。おまえだって、春海の振りをしていたじゃないか」

「殺してやる」

健介の目が吊り上がった。包丁を握り締めたまま、じりじりと工藤の方に近づいてきた。

「俺を殺したら、あのテープは警察の手に渡るぞ。そういう仕組みにしておいた。そうなってもいいのか」

そう言うと、健介の足が凍りついたようにピタと止まった。

「その物騒なものを捨てろよ。包丁を突き付けられたままじゃ話もできない。おまえに聞きたいことがあるんだ」

そう言ってみたが、健介は包丁を捨てようとはしなかった。ただ、細みの身体からゆらぎたつような殺気がなくなっていた。迷子になった子供のような顔をして立ち尽くしている。

「パーカーを殺したのはおまえだな？」

そう聞くと、健介はしばらく黙っていたが、ようやく、「そうだよ」とふてくされたような口調で答えた。

「マリに頼まれたんだな？」

重ねて聞くと、健介は黙って頷いた。

「動機は何だ？」

「パーカーが昔、サミーにひどいことをしたからだ」

「サミーって、青柳麻美のことか？」

「……まあ、そうだ」

健介はちょっと考えてからそう言った。

「ひどいことって何をしたんだ」

「レイプしたんだよ。たった六歳の子に、サミーの両親が留守のときに、あの子の部屋で。それも、一回や二回じゃない。親に話したら殺すって言ってな。サミーが六歳のときから、あの事件が起きる直前までずっとだ。マリはそれをいつも見ていたんだ。助けたかったけど、身体が動かなかったって言ってた」

「あの事件って?」

「サミーの両親が自動車事故を起こしたことさ。あれはただの事故じゃない。あの豚がやったんだ。サミーが両親に何もかも話してしまったと思い込んで、訴えられるのを恐れて、サミーの両親を殺したんだ。マリはそれを見ていた。あいつが、サミーの家のガレージから手を油で汚して出てくるのを。あたりをきょろきょろ見回して様子が変だったと言っていた。そのあとで、あの事故が起きたんだ。マリはそのことを大人たちに訴えた。でも、誰もとりあってはくれなかった——」

「本当に、パーカーの仕業だったのか。マリがそう言っていただけじゃないのか?」

「違う。俺はちゃんと確かめた。パーカーのやつに聞いたんだ。マリが言ったことは全部本当かって。そうしたら、あいつ、最後には認めたよ。サミーをレイプしたことも、サミーの両親を殺すために車のブレーキに細工したことも。俺はあいつを殺したんじゃない。裁いたんだ。あいつは三十六年前の罪で死刑になっただけだ……」

「マリを殺したのもおまえだな?」

そう聞くと、健介の顔になんともいえない暗い影ができた。黙りこんだまま答えない。

「どうしてマリを殺したんだ」

重ねて聞くと、ようやく振り絞るような声で言った。

「マリが俺を裏切ったからだ。あいつは俺を利用しただけだったんだ。俺は本当にマリが好きだったから、あいつの願いをかなえてやったのに、あいつはただ俺を道具のように使っただけだったんだ。それに、あいつは、あんなテープをこっそり取っておいて、春海に聴かせるって言い出しやがったんだ。もし、俺がつきまとうようなら、あれを春海に聴かせるって。そんなことは絶対にさせない。春海は何も知らないんだ。俺のことは何も知らないんだよ。あんなものを聴いたら、春海は気が狂うか、自殺する。そう思った。だから、マリを殺すしかなかった。それに、あのとき声が、あの女を殺せって声が――」

健介はふと口をつぐんだ。

「声が何だ？」

そう聞くと、「いや、何でもない」と言って、それ以上は話そうとはしなかった。

「おまえ、いつから存在してるんだ？」

しばらく沈黙したのち、そう聞くと、健介は、「え」というような顔をした。

「萩尾健介は十一年前に、交通事故で死んだはずだ。おまえは死んでいるんだよ。そのことに気づいているのか……？」

〝存在の矛盾〟を突いて、彼を追い詰めるのは危険かもしれない、とは思いつつも、工藤はそう尋ねずにはいられなかった。健介は、自分の〝存在〟について、どの程度認識しているのだろうか。春海の別人格だという自覚はあるのだろうか。

「俺は生きてる。死んじゃいない。げんにこうしているじゃないか」

健介は怒ったような声で言ったが、その声には、どこか力が籠っていなかった。自分でも、自分の〝存在〟の仕方におかしいものを感じている、そんな風に見えた。

「でも、おまえは今、女の身体をしている。それは気が付いているだろう？　なぜだ」

「……わからない。俺にも分からないよ。なんでこんな風になってしまったのか。俺がおぼえているのは、あの日のことだけだ……」

健介はうわ言でも呟くように言った。

「あの日って？」

「春海が風邪をひいて熱を出して寝ていた。俺は学校へ行ってもそのことが気になってしかたがなかった。おふくろは春海の面倒を見ようとしなかったし……。それで、学校が終わると、まっすぐ家に帰った。春海が桃の缶詰を食べたいと言ったんで、食べさせてやろうと思った。それで、自転車で家を出た。近くのスーパーで缶詰を買って帰る途中、横断歩道の信号が赤だった。あそこの信号は赤になると長いんだ。俺はいらいらした。春海が泣いているような気がした。早く家に帰りたかったんだ。だから……。そのあとのことは何もおぼえていない。泣き声で目が覚めた。春海の声だった。目が覚めると、おふくろが春海を殴っていた――」

26

「殴っていた？」

工藤が聞き返すと、健介は憎しみをこめた目で頷いた。

「そうだ。おふくろは春海をよく殴った。言うことを聞かないと言っては殴り、言葉をおぼえない、ミルクをこぼした、うんちをしたことを教えなかったと言っては殴った。春海が可哀想だった。おふくろは、いつも俺と春海を比べた。おにいちゃんにできたことがどうしてあんたにはできないのって、よく金切り声をあげていた。その声を聞くと、俺はいたたまれなかった。春海は一生懸命やっていたんだ。ほんの少し成長が遅れていただけなのに……。

そのうち、おふくろは、春海の面倒を見なくなった。春海がおなかをすかして泣いても、おむつを汚しても、おふくろは知らん顔してるんだ。春海を家に残して出掛けてしまうこともあった。俺は春海のことが心配でたまらなかった。だから、俺が春海のおむつを替え、ミルクをこさえて飲ませた。おふくろが春海を殴ろうとしたときは、俺が体でかばった。

だから、あのときも、おふくろが春海を殴ろうとしたんで、俺は出て行って春海をかばったんだ。おふくろは、俺を見ると、びっくりしたような顔をして、春海を殴るのをやめた——」

健介の顔からは凶悪さが消え、途方に暮れた子供のような顔になっていた。いや、子供のような、ではない。彼はまだ子供なのだ。もしかしたら、彼は、今もなお十四歳のままなのかもしれない、と工藤は思った。サミーが六歳のままだったように、彼の時間も十四歳のときのまま止まっているのかもしれない……。

それは、まだ少年の顔だった。

「中二のとき、春海の同級生を神社に呼び出して殴ったことがあっただろう?」

工藤がそう聞くと、健介は、「ふん」という顔つきをした。

「野球のバットで思いっきりぶん殴ってやった。あいつが春海をいじめたからだ。いじめただけじゃない。あいつ、春海を体育館の道具室の中に閉じ込めて変なことしようとした。もちろん、俺がすぐに出て行って何もさせなかったけどな。このままじゃ、春海が危ないって思った。だから、電話で神社に呼び出して、後ろからバットでぶん殴ってやった。殺すつもりはなかったけど、死んだら死んだでしょうがねえやって思ってた。俺は春海を苦しめたり傷つけたりするやつは絶対に許せねえんだよ。そんなやつが現れると、考えるよりも身体の方が先に動いちゃうんだ。自分でもどうしようもない……」

彼の凶悪さは、純粋さの裏返しなのだ。残酷ではあるが利己的ではない。愛する者は全身で守ろうとし、その愛する者に危害を加える者には全身で立ち向かおうとする少年の生一本さをもっている……。

「それに、春海が呼ぶんだよ。何かあると、すぐ、おにいちゃん、おにいちゃんってさ。寝ているときでも、あの声を聞くと、俺は目が覚めちまうんだ」

「それで駆けつけるってわけか。まるでアニメのヒーローだな」

工藤が苦笑混じりに言うと、健介の口もとにも苦笑いが浮かんだ。

「まったく。ヒーローは忙しいんだ。おちおち寝てもいられない。ウルトラマンの気持ちがよく分かるよ……」

工藤は健介と話しているうちに、この少年に対して、奇妙な親和感のようなものが自分の中に芽生えてくるのを感じていた。春海や春海の母親が、自分の中に、健介の面影を見たのも、なんとなく分かるような気がした。確かに、彼とはどこか共通点があるかもしれない。単に同じ音の名前をもつという以上の相似点が二人の間にはあるような気がした。

もし、彼が生きていて、二十五歳の青年として出会ったとしたら、案外、気があって、良い友達になれたのではないか。ふとそんなことすら考えた。

「でも、春海が高校へ入る頃には、あんまり俺のことを呼ばなくなった。おふくろも春海を殴るようなことはなくなっていたし、何よりも、おやじが末期ガンだって分かってから、おふくろが変わったんだよ。優しくなった。おやじのことも春海のことも大切にするようになった。おやじがガンになったことで、かえって、それまでバラバラだった家族がひとつになれたんだよ。病気って不幸を運んでくるばかりじゃないんだな。だから、高校時代は俺はけっこう暇だったんだ。時々、試験のときに出て行くくらいだった。春海は理数系がからきし駄目なんだ。俺は理数系は得意だったからね。代わりに問題を解いてやったりした。今の大学に入れたのだって、半分は俺のおかげなんだぜ。春海の実力じゃ、本当は、危なかったんだ――」

「マリとはいつ会ったんだ？」

そう聞くと、健介の顔が曇った。

「春海はあの女と暮らすべきじゃなかったんだ。あの女と一緒に暮らしさえしなかったら、俺がマリに会うこともなかった。マリに会わなければ……」

健介はそう言って唇をかみしめた。

「はじめの一月くらいはどうってこともなかった。西村麗子が出ていたときはね。でも、そのうち麗子の様子ががらりと変わった。変わった麗子を見て、俺は妙な気分になった。なんというか、その、モヤモヤした気分になったんだ。だって、あの女、半分裸みたいな格好で部屋の中を歩き回るんだぜ……。分かるだろう？　そんなのを目の前で見せつけられたら、どうなるか……。で、俺は、ある夜、春海が寝てから、たまらなくなって出て行った。はじめてだよ。あんな形で出て行ったのは。でも、麗子は抵抗しなかった。ちょっとびっくりしたみたいだったけど、抵抗はしなかったんだ。俺ははじめてだった。ああいうことはさ。中一のときにクラスの女の子とキスしたことはあったけど、それ以上のことはしたことがなかったし――」

工藤は健介の告白を聞きながら、めまいがしそうになった。十四歳の健介にとっては、それは、同居している年上の女との初体験ということになるのだろうが、客観的に見ると、それは、四十二歳と十八歳の女同士の情事（？）ということになるわけで……。

具体的に何があったのか知りたい気もしたが、聞きたくない気もした。

「確かに最初は衝動的だった。でも、そのうち、彼女のことが分かってきた。彼女は、西村麗子じゃなくて、マリという名前だと言った。歳は二十六で、銀座のクラブに勤めてるってことも知った。マリのことがだんだん分かってくるうちに、俺たちは同類だってことに気が付いたんだ。俺たちは変だ。他のやつらと違う。マリはそのことをすごく不安がっていた。俺もそうだった。自分のことがよく分からない。なんで、こんな風なのか、なんでこんな形で生きているのか。いつもそのことが不安だった。

それに、誰も俺のことを認めてくれなかった。今まで誰も俺を男とは見てくれなかった。家族でさえ、俺のことを春海だと思ってるんだ。何を言っても、何をしても、春海が俺の振りをしてるって思ってるみたいだった。春海も俺のことには気付いてくれない。俺は凄くさびしかった。誰にも自分の存在を認めてもらえないのがこんなにさびしいことだとは思わなかったよ。

でも、マリだけが俺の存在を受け入れてくれた。俺を萩尾健介という一人の男として認めてくれたんだ。マリは俺を受け入れて、愛してるって言ってくれた。俺もマリを愛した。年の差なんか全然気にならなかった。身体だけの関係じゃなかったんだ。だけど、あれは全部ウソだったんだ。マリは俺を利用するために、愛してる振りをしていただけだったんだ」

「いや、それは少し違うな……」

工藤が思わずそう言うと、健介は、あどけないといってもいいような顔つきになって、「違うって?」と聞いた。

「マリもおまえのことを愛していたのかもしれない」

「ウソだ。だって、マリは言ったんだ。俺のことなんか愛してないって。利用しただけだって。笑いながらそう言ったんだ」

「マリはたぶん自分の気持ちが分かってなかったんだよ。サミーのことで、男を愛そうという気持ちにブレーキがかかってしまっていたのかもしれない。それに、マリは春海に嫉妬していたしな」

「嫉妬? 春海に? どうして」

健介は驚いたように目を見開いた。

「おまえがこの世で一番愛してるのは春海だと思っていたからさ」

「春海は妹だ。妹としては誰よりも愛してる。でも、マリに対する気持ちとは違う。なんていうか、全然違うんだよ」

「彼女にはその区別がつかなかったんだろう。マリもさびしかったのかもしれない。さびしかったから、誰よりも愛されたかったのかもしれない。でも、おまえは春海の方を愛していた。そのことが許せなかったんだ。だから、あんなテープを取って、おまえを試そうとしたんじゃないのか。もし、おまえが春海ではなく、マリの方を選んでいたら、彼女は、あのテープを春海に聴かせようとすることはしなかっただろう……」

「そんなのウソだ。分かったようなこと言うな。あんたはマリのことなんか何も知らないくせに」

健介は歯を剝き出した。

「じゃあ聞くが、おまえはマリの何を知っていたっていうんだ。マリが、あのテープを渡辺久子に預けたとき、久子に何を話したのか知っているのか」

「……………」

健介は黙ってしまった。

「マリはな――」

工藤は、渡辺久子が言っていたことを健介に話した。マリがあのテープを久子に預けにきたときに、『彼が愛してるのは、あの娘《こ》なのよ、あたしじゃないわ』と呟いたということを。今になって思えば、あの言葉の〝彼〟というのは、健介のことで、「あの娘《こ》」というのは、春海のことだったのだということが分かる。

「ウソだ……。そんなのウソだ……」

健介は信じられないという顔でそう繰り返した。

「ウソじゃない。もし、マリがおまえを利用しただけなら、おまえが誰を愛そうが憎もうが全然気にならなかったはずだ。道具の気持ちなんて、使う側にとってはどうでもいいことだからな。でも、彼女はそうじゃなかった。おまえのことを愛していたんだよ。だから、おまえの気持ちを独占したかったんだ。半分でも他の女へ気持ちが移ることが許せなかったんだ。たとえ、それが妹でも」

健介の目がうつろになっていた。

「ようするにコドモだったんだよ、おまえは。マリの言葉だけを鵜呑みにしてしまったんだからな。言葉の裏にあるものを読み取れなかったんだから。哀れなやつだ……」

「違う。俺は……だって、マリは……」

健介はわけの分からないことを呟きながら、包丁を手にしたまま、じりじりと後ずさりした。身体がデスクの縁にあたって、それ以上、さがれないことを知ると、何を思ったのか、いきなり、「わあっ」と叫び声をあげて、書斎の外に飛び出した。

「健介！」

工藤は慌てて後を追った。

健介は廊下を走って、トイレに逃げこんだ。工藤はすぐに追いついてドアを開けようとしたが、中から鍵がかけられていた。

「開けろ。何をするつもりだ」

ドアをこぶしでたたきながらどなると、健介のどなり返す声がした。

「あっちへ行け。もうたくさんだっ」

「まだ話すことがあるんだ」

「何も聞きたくない。あっちへ行け。言う通りにしないと春海を殺すぞ」

「春海を殺すって――」

「包丁で喉をかき切る。そうすれば、春海は苦しまずに天国へ行ける」

「ば、馬鹿な真似はよせ。春海を殺すってことは、おまえも死ぬってことなんだぞ。分かってるのか」

「分かってるさ。俺は死ぬんだ。もう生きていてもしょうがない。どうしようもないからな。あんたを殺せば、あのテープが警察に渡る。殺さなきゃ、あんたはすべてを警察に話す。どっちに転んでも同じことだ」

「ちょっと待て――」

「うるさいっ。もう嫌だ。何もかも嫌になった。武原をやったときから、俺はもう嫌で嫌でたまらなかったんだ。本当はやりたくなかったんだ。だけど、やらないと、あのテープを取り戻せない。仕方なかったんだ。こんな風に生きていたってしょうがない。俺はここで死ぬ。マリのところへ行くんだ。春海も連れて行く」

「待て。早まるな。まだ話すことがある」

「話すことなんてない」

「春海を連れて行く権利はおまえにはない。ここを開けろ」

「嫌だ。春海は俺がいなけりゃ生きてはいけない。何も知らないまま死なせてやった方が春海のためだ。今なら、眠ったまま逝ける……」

　健介のすすり泣く声がした。

「やめろっ」

　工藤はドアに体当たりした。

「やめろ。頼むから……」

　工藤は思わず懇願した。頼むから、春海を連れて行かないでくれ……。

　ドアの向こうでガタッという物音がした。人が倒れたような音だった。工藤は気が狂ったようにドアに体当たりを繰り返し、足で蹴りつけた。ようやく、薄っぺらな木製のドアはメリッと音をたてて壊れた。

　中に入ってみると、蓋のしまった便器のそばに、健介が惚けたような顔でしゃがみこんでいた。包丁がタイルの床に投げ出されている。血の色はどこにもない。彼は生きていた。

「健介……」

呼びかけると、彼は涙に濡れたうつろな目で工藤を見上げた。

「俺、できないよ」

うっすらと笑いを浮かべた顔で言った。

「春海を殺すなんて、俺にはできないよ……」

27

安堵のあまり、工藤は膝から力が抜けそうになった。

「立てよ」

手を貸して健介を立たせると、トイレから連れ出した。健介はまるで人形のようにされるがままだった。

ダイニングルームに連れて行くと、テーブルの前に座らせた。

「ちょっとここで待ってろ」

そう言い残して、トイレに戻ると、床の上に落ちていた包丁を拾いあげ、それを小窓から外に放り投げた。物騒なものは手近にない方がいい。

台所に戻ると、健介はテーブルに肘をつき、両手で頭を抱えこんでいた。

「今、コーヒーでもいれるから」

工藤はそう言って、台所の棚にあったケトルを取り上げた。とにかく、健介の気持ちを落ち着かせることが先決だった。自暴自棄にさせないことだ。

「おまえ、紙袋はどうしたんだ？」

工藤はケトルに水を入れながら、世間話でもするような口調で言った。

「え？」

健介はぼんやりと顔をあげた。

「凶器なんかを入れた紙袋だよ。洋服ダンスの奥に隠しておいたんだろう？　それを春海が見つけた——」

「ああ、あれなら捨てた」

「どこに？」

「前に、パーカーをやったときのナイフとレインコートを捨てた川に。重しをつけて」

「春海はあれを夢だと思っているようだ」

そう言うと、健介は苦笑した。

「春海はいつもそうだよ。俺がやったことは全部夢だと思ってるみたいだ……」

「指紋は残してこなかっただろうな？」

「指紋？」

健介はきょとんとした。

「現場にだよ」

「残さなかったと思う。手袋してたし、素手で触ったものは後で拭き取ったから……」

健介は不思議そうに工藤を見た。

「おまえ、さっき、武原さんを殺したくなかったって言ったな？」

工藤は、ピーと音をたてているケトルをコンロからおろしながら言った。

「あれは本当か」

「うん。やりたくなかった。あれは凄く嫌だったし、怖かった。パーカーのときもマリのときも、あんな気持ちにはならなかったのに。そういえば、あの人、あんたの従兄だったんだな。悪いことしたな……」

「もう人は殺さないか」

なんて質問だと思いながらも、工藤はそう尋ねてみた。健介は少しむっとしたような顔をした。

「俺は殺人鬼じゃない。楽しくてやってたわけじゃないよ。パーカーは殺されても当然のことをしたんだし、マリは――」と言って、やや沈黙していたが、「あんたの従兄だって、あのテープさえ持っていなかったら、あんなことはしなかった……」

「再犯の可能性はないと思っていいんだな」

工藤はそう聞いた。

「え?」

健介は工藤の顔をまじまじと見つめた。

「おまえの言うことを信じてもいいのか」

「もう二度とやらないよ。それは誓う……」

「もし、おまえにほんの少しでも再犯の可能性があるとしたら、俺は、やっぱり警察に行かなくちゃならなくなる。殺人鬼を野放しにしておくわけにはいかないからな。でも、もしも、おまえが二度とああいうことはしないと誓えるなら、俺は何も知らなかったことにすることもできる……」

「何も知らなかった……って?」

「武原さんはメールの中で、あのテープは俺の好きなようにしていいって言ってくれた。だから、俺はあのテープを破棄することもできるんだ。そうすれば、おまえがやったという証拠は消えてなくなる」

「あんた、俺を助けてくれるのか」

健介は藁にでもすがるような目で工藤を見た。

「勘違いするな。おまえを助けるんじゃない。春海を助けたいんだ。春海には何の罪もない。そうだろう？」

「そうだ。春海は何も知らない。全部、俺のやったことだ」

「だったら、春海が罰を受ける必要はない。でも、おまえが罰を受けるということは、必然的に、春海も罰を受けるということになってしまう。こんなの理不尽だ」

「そうだよ。それで、俺はどうしようもなくなって、春海を連れて死のうと思ったんだ。俺が勝手にやったことで、春海が苦しむなんて、そんなこと、俺には耐えられない……」

「道はもう一つある。だから、早まるなと言ったんだ。春海を愛してるのは、自分だけだなんて思うなよ」

「……………」

「俺はあのテープを破棄する。聴いたことはすべて忘れる。その代わり、おまえも自分のしたことを償わなきゃならない」

「償うって……」

「殺人を犯して有罪を宣告されたものはどうなる？　社会から隔離されて刑務所に入れられるんだ。だから、おまえも刑務所に入らなければならない。三人も殺してるんだからな。昔の事件も入れれば四人か。さしづめ判決は無期懲役ってとこだな」

「あんた、何言ってるんだ……」

「最後まで聞けよ。ただし、おまえの入る牢獄は鉄格子も監視もない牢獄だ。つまり、春海の身体がおまえの牢獄ってわけさ。おまえは二度と春海の身体から出てはならない。春海の身体を使って好き勝手なことをしてはならない。春海の守護霊になりきるんだ。春海を愛しているならできるはずだ。できるか？　これが交換条件だ」

工藤は健介の目を見つめて言った。

健介は何も答えなかった。ただ、自分を見つめている工藤の目を、まばたきもせずに見つめ返すだけだった。

「どうしたんだ。何を黙ってるんだ。できないのか？」

「できない……かもしれない」

健介は自信なさそうに呟いた。

「できないのか」

工藤はがっかりしながら言った。

「できるならそうしたいよ。そうしたいけど自信ないんだ。もし、また、マリみたいな女に出会ったら、俺は自分の意志とは無関係に、フラフラと出てきてしまうかもしれないしさ……」

「できないのか……」

工藤はため息をついた。健介の純粋さというか、この馬鹿正直さが恨めしかった。ウソでもいいから「できる」と言ってくれたら、心の重荷をおろすことができたのに……。

「せっかくだが、あんたの提案は受け入れるわけにはいかない。俺はウソは嫌いだ。ウソはつきたくない。できないかもしれないことをできるなんて言えないよ。だけど、俺なりのやり方で償うことはできる」

「どうするんだ？　他に方法があるのか」

工藤は驚いて聞き返した。

「俺が下した判決は無期懲役じゃない。死刑だ」

健介はそんなことを言い出した。

「え……」

「俺、やっぱり死ぬよ」

健介はぽつんと言った。

「おまえ、まだそんなことを――」

「違う。誤解するなよ。俺一人で死ぬって言ったんだよ。春海は連れていかない。残していく。あんたの言う通りだ。俺に春海を連れていく権利はない。春海には春海の人生があるんだ。だから、俺、一人でいく。それならいいだろう？　真犯人が自殺すれば、裁きもくそもないじゃないか」

「一人で死ぬって、そんなことができるのか」

「できるよ。死ぬっていうか、眠るんだ。深く深く眠るんだ。もう二度と目は覚まさない。

だから、死ぬことと同じさ。ウソじゃないよ。俺、もう疲れたんだよ。疲れきってしまった。こんな風にして生きていることに。もう眠りたい。眠ればマリのところに行ける。マリのところに行きたいんだ。マリのそばで眠りたい。春海を守ることなんて、もう俺にはできない。そんな力、どこにも残っていないよ……」

健介は消え入りそうな声で言った。実際、彼の顔には死相に近い暗い影が宿っていた。目の縁には隈のようなものができ、顔色は真っ青で、老け込んで生気がない。少年の顔からいっきに老人の顔になってしまったようだ。

「でも、もし、また春海がおまえを呼んだら、どうする？　おまえの意志とは裏腹に、目を覚ますんじゃないのか」

工藤が言うと、健介は薄く笑いながら、首を横に振った。

「春海はもう俺のことを呼ばないよ。俺、分かったんだよ。だから、決心がついたんだ。俺がいなくても、あいつがちゃんと生きていけるってことにさ。それに、もし、何かあって、春海が助けを呼ぶとしても、それは俺の名前じゃない。春海が今度呼ぶのは、たぶん、あんたの名前だよ」

「俺……？」

「ああ。悔しいけど、俺、あのとき気が付いたんだ」

「あのときって？」

「春海が洋服ダンスの中からあの紙袋を見つけたときさ。あいつ、頭が混乱して、俺の名前を呼んだんだ。いつもそうだった。何か、心を乱すことがあると、ああして俺を呼ぶんだ。でも、あのとき、いつもと違っていた。俺の名前を呼んだのは最初だけだった。そのあと、あんたのことを呼んだんだ。俺のことは一回しか呼ばなかったのに、あんたのことは何度も呼んだ。あのとき分かったんだ。春海が求めているのは俺じゃないって。もうあいつの心の中には、俺の居場所はなくなりつつあるんだってことに……」

「健介……」

「それに、あんたなら春海のことを任せて行けそうな気がする。俺、あんたのこと、嫌いじゃないよ。同名のよしみでな。俺の代わりに、あいつのこと、守ってやってくれ。あいつはさ、自分の方からはけっして打ち明けないと思うんだ。昔からそうなんだ。好きな男がいても、感情を抑え込んでしまうたちなんだよ。自信がないんだ、自分にね。あいつ、そんなに悪くないだろう？　けっこう可愛い方だよな。でも、駄目なんだ。自分ではそう思っていない。自分なんか何やっても駄目だと思い込んでいる。小さいときから、おふくろに、『おまえは駄目だ、駄目だ』って言われ続けてきたせいかもしれないな。自分に対する愛情というか、自信ってものが欠落してるんだよ。だから、誰かが支えてやらないと駄目なんだ。あいつを支えてくれ。あんたならできるよ、きっと……」

「……努力してみる」

「努力してみる？　政治家みたいな答弁するなよ」

　健介は弱々しく笑った。

「善処するよりはましだろう。俺も誰かさんと同じで、自分にできるかどうか分からないことをできるとは言えないたちなんだ」

「ちっ。変なとこで揚げ足とるなよ。もし、あんたと春海が将来一緒になるようなことがあれば、俺はあんたの兄貴ってことになるんだからな」

「……………」

「それじゃ、そろそろ、俺は行くよ」

「行くって？」

「死ぬんだよ」

　健介はあっさりと言った。

「……………」

「もう話すのも本当はしんどいんだ。早く楽になりたい。春海と替わるよ……」

「ちょ、ちょっと待ってくれ。春海が目を覚ましたら、何て言えばいいんだ。こ、この状況を？」

「どこか横になれる所あるか」

　健介はふいにそう言った。

「横になれる?」

「寝る所だよ。ベッドとかソファとか。俺はそこに横になる。そして、春海と交替する。春海が目を覚ましたら、適当に言ってやれよ。気分が悪くなって休んでいたとかさ」

「それなら、居間にソファがある」

　工藤は立ち上がった。

「こっちだ」

　先にたってダイニングルームを出ると、健介はややふらついた足取りでついてきた。居間に入ると、そこにあった革張りのソファに倒れこむように横になった。仰向けになって目をつぶっていたが、すぐに目を開けた。

「一つ気になることがある……」

　天井を見上げたまま、健介はふっとそう言った。

「声が聞こえるんだ」

「声?」

「さっきも、声が。だから、俺は――いや、たぶん、俺の気のせいだろう」

　健介は独り言のように呟くと、「じゃあな」と言って、また目をつぶった。

「おい……」

　工藤は立ったまま言いかけ、はっと息を呑んだ。健介の憔悴しきった、老人のような顔に少しずつ変化が表れたからだ。皮膚に生気が戻りはじめ、目の下の隈が消えた。顔の線がだんだん柔らかくなって、女性的になっていった。

工藤は、目の前の、その肉体的変化を呆然として見ていた。

やがて、長い睫が微かに震えたかと思うと、ソファの上の肉体は、ぽっかりと目を開けた。

きょときょととあたりを見回し、ようやく目の焦点が合ったという風に、きょとんとした顔で、工藤を見上げて、「あ、先輩……」と言った。

28

目が覚めたとき、春海は見知らぬ部屋の中にいる自分に気が付いた。

春海はあたりを見回した。自分の部屋ではなかった。どこかの家の居間のようだった。

背中にぎしぎしした革の感触を感じた。ソファのようなものに横たわっている。

え、ここはどこ……？

目の前には工藤謙介がいた。何かに驚いたような顔をして、春海の方を覗きこんでいた。

「あ、先輩……」

そう言い、春海は慌てて起きようとした。そのとたん、かすかにめまいがした。春海はまた横になった。

「大丈夫？」

ようやく口をきけるようになったという顔で、工藤が心配そうに言った。

「え、ええ……」

春海は無理に笑った。

「あの、あたし……」

おそるおそる聞いてきた。

「その、なんていうか、別荘に着いたとたん、きみが、急に気分が悪いって言い出したもんだから……」

工藤は妙にしどろもどろに言った。

別荘？　そうだ。ついさっきまで、小田急に乗っていたのだ。小田原をすぎたあたりから、急に気分が悪くなったのを思い出した。頭痛がして、だんだん意識が遠くなって……。

ああ、あたし、また穴ぼこに落ちたんだわ、と春海は思った。そうだ。ここは、武原さんの別荘に違いない。よく覚えてないけど、いつのまにか着いていたんだ……。

「タクシーに酔ったんじゃないのか。降りるとき、青い顔してたから」

工藤がそう言った。

「あ……」

ようやく状況がのみこめた。やっぱりここは別荘だ。たぶん、箱根湯本からタクシーでここまで来たのだ。えーと、別荘に何しにきたんだっけ。そうだ。テープ。テープ。テープだわ。武原さんが隠したというカセットテープのコピーを探しにきたんだっけ。

「先輩。テープは？」

春海はがばっと跳ね起きた。もうめまいはしなかった。

「え」

「え、じゃないですよ。テープです。武原さんが隠したっていう。あれ、探さなくちゃ」

「あ、あれならもう探した――」

工藤がすぐにそう言った。

「その、きみが眠る――と言うか、休んでいる間に」

「あったんですか。もう聴いたんですか。何が入っていたんですか」

春海は矢継ぎ早に質問した。

「いや、それが、なかった……」

工藤は肩をすくめてみせた。

「なかった？」

「どこを探しても、テープなんて出てこなかったよ」

「どういうこと？」

春海はぽかんとした。

「どういうことなのか、俺にもよく分からないんだが、一つ考えられるのは——」

工藤は、食いつくような春海の視線から逃れるように窓の外を見ながら言った。

「武原さんは、あのメールを先に書いたんじゃないかってことだ」

「先に書いたって？」

「つまり、メールを書いたあとで、ここにテープを隠しにくるつもりだった。ところが、それをする前に殺されてしまった。それで、削除されなかったメールだけが自動的にホスト局に届いてしまった。こう考えると、それなりにつじつまがあうんじゃないかと——」

「それじゃ、テープのコピーはまだ武原さんのマンションにあるってことですか」

春海は目を丸くしたまま言った。

「いや、コピーもまだ取ってなかったんじゃないかな。武原さんの部屋は警察が徹底的に調べたはずだからさ、それらしきものがあったら、とっくに警察が見つけているだろう。それがないってことは、コピーもまだ取ってなかったということになる……」

「…………」

「あの人、せっかちなところがあったからさ、メールを書いてから、行動に移すつもりだったんだろうな。それとも、メールにはああ書いたものの、あとで気が変わったとも考えられる。ただ、メールを削除するのを忘れていただけなのかもしれない」

「どちらにしても、テープのコピーはないってことですか」

春海が、がっかりしたような声で聞くと、

「まあ、そういうことになるかな……」

工藤は背中を見せたまま言った。

「骨折り損のくたびれ儲けってことさ」

29

萩尾春海は、何もなくなってしまった空っぽの部屋を見回した。

八月三十一日。引っ越しの日だった。家具類は既に運送業者の手ですべて運び出されていた。青柳麻美の部屋のものは、すべてリサイクルセンターに引き取って貰った。

春海は、ただ四角い空間になってしまったリビングルームの真ん中に、ぼんやりと佇んでいた。

たった五カ月だったが、いざこの部屋を去るとなると、何か感慨のようなものが胸にこみあげてきた。

壁の白さが目に染みる。

この部屋をはじめて見た日のことを思い出していた。不動産業者が鍵を開けて見せてくれたのは、やはり、こんな風に空っぽの部屋だった。

今また空っぽの部屋に立っていると、なんだか、この部屋で暮らした五カ月がウソのような気がした。長い夢でも見ていたようだ。

あたしは、この部屋で本当に暮らしていたのだろうか……。

春海はふとそんなことを思った。西村麗子と名乗る女子大生に出会ったことすら、夢の中の出来事だったような気がする。そして、彼女が失踪し、その行方を追ううちに、彼女の驚くべき秘密を知ったことも……。

みんな現実にあったことではなく、夢の中のことだったのではないだろうか。

彼女は本当にいたんだろうか。あたしが一緒に暮らしていた青柳麻美という女は一体何者だったのだろうか……。西村麗子と名乗り、平田由紀と名乗り、マリと名乗っていたあの女は……。

夢という言葉の連想から、春海は明け方に見た奇妙な夢のことを思い出した。それは、いつか見た夢と同じだった。長い廊下のような所で、前を行く女を追いかけていた。春海はその女の後ろ姿に見覚えがあった。ルームメイトの西村麗子だ。

麗子さん？　春海は女の背中に呼び掛けた。しかし、春海がどんなに呼び掛けても、麗子は振り向かず、どんどん走って行く。春海はその姿を追いかけ、追いつき、彼女の顔を確かめようと肩に手をかけて振り向かせた。

振り向いたその顔は……。

のっぺらぼうではなかった。いつかの夢のように顔がないわけではなかった。振り向いた女には顔があった。でも、それは、春海の記憶の中にある麗子の顔ではなかった。その顔に見覚えがあったが、すぐには誰だか思い出せなかった。

目が覚めても夢で見た顔のことが頭から離れなかった。ぼんやりとした気分でベッドから起き上がって、洗面所に行き、顔を洗おうとして、ふと鏡を見たとき、あっと思った。

あれはあたしだ。あたしの顔だった……。

振り向いた麗子の顔は、春海の顔をしていたのだ。

なぜ、こんな夢を見たのか分からなかった。あたしは、夢の中で、あたし自身を追いかけていたのだろうか……。

あの奇妙な夢の意味はいまだに分からない。

結局、青柳麻美のことは何も分からなかったということなのかもしれない。麻美を殺した犯人もまだつかまっていない。あの一連の事件そのものが、儚い夢の中のできごとのように、日に日に、春海の記憶の中から薄れてゆく。

いや、春海の記憶だけではなかった。世間の人々の記憶の中からと言い換えてもいい。テレビのワイドショーは、もはやあの事件のことを取り上げなくなった。つい最近、起こったさらに刺激的な殺人事件に人々の関心が移ってしまったためだろう。

あの日、新宿の高層ホテルの前で、パーカー事件の詳細を、マイク片手にしゃべっていた男性リポーターは、昨日は、ある山中で絞殺されて発見された女子中学生の事件について熱っぽく伝えていた。

新聞も週刊誌も、より刺激的な新しい事件のために紙面の大半を費やし、古い事件は片隅に追いやられた。

こうして人々は、次々と起こる事件に目を奪われ、古い事件のことは次第に忘れていくのだろう……。

「萩尾さん」

玄関の方から聞こえてきた男の声に、春海ははっと我にかえった。

「そろそろ出ますが――」

Tシャツを汗で濡らした、アルバイトらしき若い運送業者はそう言った。転居先までトラックに乗せて行って貰うことになっていた。

「あ、はい。今行きます」

春海は、もう一度、名残惜しそうな視線で部屋の中を振り返ると、外に出て、鍵を取り出した。ドアを閉め、鍵を錠前の穴に差し込んだ。鍵を回すと、カチリという音がして、空っぽの部屋は封印された。

それは、春海の中で、何かが封印された音でもあった……。

30

静かな寺の境内には、降るような蟬の声だけがした。本堂で住職と話しこんでいる喜恵と達子を残して、工藤と春海は、一足先に墓地の方に向かった。

春海は、萩尾家と刻まれた墓の前まで来ると、枯れた花を持ってきた花に替え、線香をあげた。父の好きだった煙草と兄の好きだったコーラの缶を墓前に供えると、長いこと、しゃがみこんで手を合わせていた。

工藤謙介は、そんな春海の姿を、後ろに立って見守っていた。

あれからちょうど三年がすぎた。工藤は、あの翌年、大学を卒業すると、ある旅行雑誌の記者になった。肩まであった長髪もバッサリと切り、だいぶ社会人らしい風体になっていた。

春海は来年の春卒業する予定になっている。その卒業を待って結婚式を挙げることになっていた。今日、春海の父や兄が眠る墓に来たのは、お盆ということもあるが、二人が正式に婚約したことを報告するためだった。

ようやく春海が立ち上がった。工藤は春海と代わると、墓前に手を合わせたあとで、心の中で健介に話しかけた。

健介。春海と婚約したよ。一生守り抜けるかどうか、自信はないが、まあなんとか頑張ってみるよ。あの事件のことだが、どうやら迷宮入りということになりそうだ……。春海は今も何も気が付いていない。でも、俺は時々どうしようもない不安に駆られる。あれでよかったのかって。俺がしたことは、あれでよかったんだろうか。俺は、ひょっとすると、とんでもない間違いを犯したのではないか。そんな思いに悩まされることもある。

おまえは本当に眠っているのか。眠り続けているのか。あれから一度も現れないのか。俺は時々、春海を見ていると、彼女の向こうにおまえがいるような気がすることがあるんだ。目付きとか、ちょっとした仕草とかに、おまえの存在を感じることがある。これは俺の気のせいなのかな。たぶん、気のせいだろうな。おまえはウソはつかない奴だ。それに、おまえが消える前の、あの憔悴しきった顔は演技でできるものじゃないだろう。おまえは本当に春海の中から消えたんだな……。

でも、おまえが消えたことで、春海は、以前よりも少し強くなったような気がする。強くなったといっても悪い意味じゃない。前よりも他人に依存しなくなったというか、自分の意志を前面に押し出すようになった。前はよく結婚したら家庭に入りたいと言っていたが、最近になって、仕事をしたいと言い出した。家庭に閉じこもってしまうのは嫌だと言うのだ。積極的に就職活動もしているようだ。俺はもちろん反対しなかった。もう、あの乳離れしていない子犬のような目はしなくなったよ。彼女の中で何かが少しずつ変わっているようだ。悪い方向へではない。たぶん、きっと良い方向へ……と思いたい。俺はそのうち尻に敷かれるようになるかもしれないよ。

ただ……。

一つだけどうしても頭から離れないことがある。おまえが消える前に言っていたことだ。声が聞こえるって言ってたな。あの声って何のことだ。一体、誰の声が聞こえるっていうんだ。おまえは最後まで言わずに逝ってしまったが、俺はあれが気になってしょうがないんだよ。

まさか、春海の中に——いや、まさかね。そんなことはないだろう……。俺の考えすぎだよな……。

工藤はふと顔をあげた。喜恵と達子がこちらに近づいてくるのが見えた。

喜恵のさしている白い日傘がくるくると回っている。

工藤はそれを眩しそうな顔で見ていた。

文庫版あとがき――モノローグ4を一度、ここで封印します。

ノベルズ版（一九九七年刊）では、この後に衝撃（?）のラストがあります。ただ、そのラストは、ハッキリ言って後味がチョー悪いです。ですから、そういうラストがお嫌いな方はここで読むのをやめる事をおすすめします。ここで本を閉じてくれても特に問題はありません。最後のヒネリ技ってだけなので、文庫版では取っちゃおうかなとも思ったのですが、世の中には、バッド・エンドがお好きという人もいないわけではないので、そんな少数派のためにあえて残しました。

なお、このお話は十年前に書いたものなので、若い方にはあまりお馴染みのないパソコン通信なんて「過去の遺物」（もっとも、昨今はやりのブログとやらは、このパソコン通信への回帰のようにも見えます）が出てきますが、「パソコン通信って何?」と思う人は、お父さんかお母さんに聞くか、テキトーに読み飛ばしてくれていいです。

最後まで読み進むかどうかは、ご自身の判断でお決めください。

一応、封印しておきます。

二〇〇六年三月吉日　　今邑　彩

モノローグ4

鏡の中に春海がいる。

彼女は純白のウエディングドレスを着て、俺に向かってほほ笑みかけた。

奇麗だよ。春海、とても奇麗だ……。

俺は思わず彼女にそう話しかけた。

ありがとう。

春海は口には出さずに、そう言って、またにっこりとした。赤い唇から白い歯がのぞいた。お世辞じゃなかった。彼女は本当に息を呑むほど美しかった。ただ可愛いだけだった顔に明確な意志の線がくっきりと現れて、美しい大人の女の顔になりつつある。

彼女の顔をここまで作り変えたのは俺だ。俺は自分の手腕に満足していた。俺が一生を共にするパートナーは美しい女でいて欲しかった。

美しいといっても、たんに化粧がうまいとか、顔かたちが整っているとか、そんなレベルの美しさじゃない。もっと、内面から輝き出るような美しさだ。年をとっても衰えることない、いや、年を取れば取るほど、表面的な美を越えて現れてくる真実の美しさだ。

俺は春海にそんな美しさを備えて欲しかったのだ。身も心も醜い女と一生を共にするのはごめんだからな。それも、年を取れば取るほど醜くなるような女と……。

でも、髪はあげてみた方がいいんじゃないのかな。その方がうなじが見えて、もっと奇麗に見えると思うが……。

そう言うと、春海は考えるように小首をかしげた。

そう？

そう言いながら、両手で髪を持ちあげて見ている。

春海はもう俺が話しかけても驚かなくなった。それなりに反応する。最初、話しかけたときは、俺の方がうろたえるくらいに、ひどく動揺していたのだが。でも、俺はあきらめなかった。細心の注意を払い、少しずつ少しずつ、彼女に呼びかけ、話しかけ、俺という存在に慣らしてきた。その甲斐あって、今では、俺と彼女は、好きなときにこうして話ができる。

健介が間違っていたのは、春海とコミュニケーションを図ろうとしなかったことだ。一方的に、ヒーロー気取りで、春海を守っていると勝手に思い込んでいたことだ。春海を温室の花のように、脆いガラス細工のように扱おうとしたことだ。真に美しい花を咲かせるためには、ただ風にも雨にもあたらないようにしておくだけでは駄目だということを知らなかったことだ。

彼は、彼女に話しかけ、自分がここにいるという明白な意思表示をするべきだった。たとえ、そのことで春海が驚き混乱したとしても、それは一時的なことで、彼女がいずれそれを克服するということを信じるべきだった。春海が驚き苦しむことを恐れて、それをしなかったことが、結局は、彼自身を破滅へと導いたのだ。

俺は違う。健介の犯した過ちは繰り返さない。

春海に話しかけ、まず、俺の存在を知らしめ、徐々に俺の存在を認めさせ、そして、最後には、俺だけを愛させる……。

そうすることが彼女にとっても一番良いのだということを、少しずつ教え込んでいくつもりだ。

すくなくとも第一段階はクリアしたようだ。

春海が俺の存在に慣れてしまえば、あとは時間の問題にすぎない。そう遠くない将来、俺と春海は世界で一番似合いのカップルになるだろう……。

ねえ、まだあなたの名前、教えてくれないの？

春海が声には出さずに聞いた。俺たちの会話は、声を出す必要がなかった。もう少し。もう少したったらね。俺が誰だか教えてやるよ。それと、きみの夫になる男がきみに隠していることもね……。

あたしに隠していることって？

春海は少し驚いたように目を見開いた。

いや、まだそれは早い。まだきみの中にその準備ができていないから。今、話したら、きみを壊しかねない。きみがもう少し、俺という存在を認め、受け入れるようになったら……。もう少し強くなったら……。

そう。分かったわ。それまで待つわ、あたし……。

春海は素直にそう言った。

俺はできれば、この場で、春海に全部話してしまいたかった。俺はすべて見ていた。聴いていた。武原英治の別荘で一体何が起こったのか。工藤謙介と萩尾健介がしたことを全部話してしまいたかった。彼女が何も知らない真実を。

健介が別荘のトイレに閉じこもって、春海を道づれにして死のうとしていたとき、彼に話しかけ、なんとか思いとどまらせたのは俺だったのだということを。あのとき、もし、健介の意志が変わらなかったら、俺は出て行って、彼を絞め殺していたかもしれない。そのくらいの気持ちはあった。でも、ありがたいことに、その決心をする前に、健介は考えを変えてくれた。包丁を捨ててくれた。彼は疲れ果てて眠りについた。二度と覚めない死の眠りに……。

そして、俺が彼の代わりに力を持った。最初は声だけの存在にすぎなかった俺は、今は肉体を持っている。春海を健介の暴走から守ろうとしたとき、春海を愛する俺の強い意志が肉体を持つことを可能にしたのだ。

だが、俺はそれをすぐには使わなかった。慎重にやらなければならない。俺はこの世に存在しつづけたい。そのためには、春海以外の人間に、俺の存在を感知されてはならない。細心に、狡猾に、立ち回らなければならない。とりわけ、あの男には、春海の夫になるあの男には、絶対に、俺の存在を嗅ぎつけられてはならない。やつがもし、俺の存在を知ったら、あらゆる手段を使って、俺を抹殺しようとするだろう。そのことは分かりすぎるほど分かっている……。

そのとき、鏡の中でドアが開いた。そのドアの隙間から、あの男の顔が覗いた。着慣れない白のタキシードを着たあの男の顔が。

春海は夫になる男に向かって、鏡の中から、にっこりと笑いかけた。俺に向かって見せたのと全く同じ笑顔で。俺は灼けつくような嫉妬を感じた。

「奇麗だ。とても奇麗だよ……」

彼はふぬけのような声でそう言った。

「髪、あげた方がいいと思う？」

春海は甘えるようにそう尋ねた。彼は、「そのままでいいんじゃないのか」と、半ばうわのそらで答えた。春海は、ちょっとがっかりしたように「そう？」と言い、しばらく、鏡を見つめて考えていたが、「やっぱり、髪、あげることにするわ」と言った。

俺は快哉を叫んだ。春海はあの男ではなく、俺の指示に従ったのだ。ささいなことだが、これはとても重要なことだ。春海が俺の指示に従ったということは、いずれは、何もかも俺の言う通りになるということの前触れなのだから……。

もし、状況が許されるならば、俺はあの男をこの世から抹殺してしまいたい。骨一本、血の一滴も残らぬほどに、あの男の身体を粉々して、この世から完全に消してしまいたい。春海があの男に笑いかけ、甘えるような仕草をするたびに、俺の胸は鋭い爪で掻き毟られるような痛みを感じる。

しかし、この苦しみもそう長くはつづくまい。もう少しの辛抱で終わる。俺は少しずつ、春海の心をつかみ、春海が本当に必要としているのは誰かということを骨の髄まで分からせてやる。そして、春海が俺のことを誰よりも信頼し、誰よりも愛するようになったら、そのときは……。

春海が兄の健介を必要としなくなったように、あの男を必要としなくなるときがきたら、俺は今必死に耐えているこの欲望を実行に移すつもりだ……。

俺はあの男がけっして嫌いなわけではない。そんなに悪いやつじゃない。だが、俺には我慢がならないのだ。この世に、俺と同じ顔を持ち、同じ肉体を持つ男がもう一人存在するということに。工藤謙介は一人でいい。この世に存在するのは、おまえか、俺か、どちらかでいいのだ。

二人はいらない……。

C★NOVELS『ルームメイト』一九九七年八月　中央公論社刊

中公文庫

ルームメイト

2006年4月25日　初版発行
2013年9月20日　22刷発行

著　者　今《いま》邑《むら》　彩《あや》

発行者　小林敬和

発行所　中央公論新社
〒104-8320　東京都中央区京橋2-8-7
電話　販売 03-3563-1431　編集 03-3563-3692
URL http://www.chuko.co.jp/

ＤＴＰ　平面惑星
印　刷　三晃印刷
製　本　小泉製本

Published by CHUOKORON-SHINSHA, INC.
Printed in Japan　ISBN4-12-204679-3 C1193

定価はカバーに表示してあります。落丁本・乱丁本はお手数ですが小社販売部宛お送り下さい。送料小社負担にてお取り替えいたします。

各書目の下段の数字はISBNコードです。978－4－12が省略してあります。

中公文庫既刊より

い-74-5
つきまとわれて　今邑彩
別れたつもりでも、細い糸が繋がっている。ハイミスの姉が結婚をためらう理由は別れた男からの嫌がらせだった。表題作の他八篇の短篇集。〈解説〉千街晶之
204654-2

い-74-7
そして誰もいなくなる　今邑彩
名門女子校演劇部によるクリスティー劇の上演中、連続殺人は幕を開けた。台本通りの順序と手段で殺される部員たち。真犯人はどこに？　戦慄の本格ミステリー。
205261-1

い-74-8
少女Aの殺人　今邑彩
深夜の人気ラジオで読まれた手紙は、ある少女が養父からの性的虐待を訴えたものだった。その直後、三人の該当者のうちひとりの養父が刺殺され……。
205338-0

い-74-9
七人の中にいる　今邑彩
ペンションオーナーの晶子のもとに、二一年前に起きた医者一家虐殺事件の復讐予告が届く。常連客のなかに殺人者が⁉　家族を守ることはできるのか。
205364-9

い-74-10
i《アイ》 鏡に消えた殺人者　警視庁捜査一課・貴島柊志　今邑彩
新人作家の殺害現場には、鏡に向かって消える足跡の血痕が。遺された原稿には、「鏡」にまつわる作家自身の恐怖が自伝的小説として書かれていた。傑作本格ミステリー。
205408-0

い-74-11
「裏窓」殺人事件　警視庁捜査一課・貴島柊志　今邑彩
自殺と見えた墜落死には、「裏窓」からの目撃者が。少女に迫る魔の手……。衝撃の密室トリックに貴島刑事が挑む！　本格推理＋怪奇の傑作シリーズ第二作。
205437-0

い-74-12
「死霊」殺人事件　警視庁捜査一課・貴島柊志　今邑彩
妻の殺害を巧妙にたくらむ男。その計画通りの方法で死体が発見されるが、現場には妻のほか、二人の男の死体があった。不可解な殺人に貴島刑事が挑む。
205463-9

各書目の下段の数字はISBNコードです。978－4－12が省略してあります。

あ-61-2
骨肉
明野照葉
それぞれの生活を送る稲本三姉妹。そんな娘たちの目の前に、ある日、老父が隠し子を連れてきた！　家族関係の異変をユーモラスに描いた傑作。〈解説〉西上心太
204912-3

あ-61-3
聖域　調査員・森山環
明野照葉
「産みたくない」と、突然言いだした妊婦。最近まで、生まれてくる子供との生活を楽しみにしていた彼女に、何があったのか……。文庫書き下ろし。
205004-4

あ-61-4
冷ややかな肌
明野照葉
外食産業での成功、完璧な夫。全てを手にしながらも、異様に存在感の希薄な女性取締役の秘密とは？　女性の闇を描いてきた著者渾身の書き下ろしサスペンス。
205374-8

あ-61-5
廃墟のとき
明野照葉
不毛な人生に疲れた美砂は自殺を決意する。十ヶ月間で自分を華やかに飾り、人々の羨望を浴びながら死ぬのだ。偽りのショーは成功するかに見えたが……。〈解説〉瀧井朝世
205507-0

あ-61-6
禁断
明野照葉
殺された親友の元恋人は、正体不明の謎の女だった。死の真相を探る邦彦はいつしか女に惹かれていくが、身辺に不審な出来事が起き始める。渾身の長篇サスペンス。
205574-2

あ-61-7
その妻
明野照葉
私はいまから人を殺しに行く——。貞淑な妻はなぜ変貌したか？　鬼となった女の大胆不敵な罠。予期せぬラストから、あなたは目をそらせない！　文庫書き下ろし。
205648-0

あ-61-8
チャコズガーデン
明野照葉
自分の不幸は隠したい。人の秘密は覗きたい。あの家族も最上階の謎のレディも、皆が何かを抱えている。高級マンションを舞台にサスペンスの名手が描く人間ドラマ。
205768-5

わ-16-1
プレゼント
若竹七海
トラブルメイカーのフリーターと、ピンクの子供用自転車で現場に駆けつける警部補——。間抜けで罪のない隣人たちが起こす事件はいつも危険すぎる！
203306-1